KB193758

다리를 건너

강소금 장편소설

다리를 건너

나와 함께 다리를 건너 온 이현경에게 이 글을 바칩니다.

| 차례 |

| 프롤로그 |

1964년, 작은 아이 이현경은 엄마 치마폭을 벗어나 학교라는, 조금은 버거운 사회의 일부가 됐다. 그 뒤로 아이는 몇 개의 다리를 건너면서 한 뼘 두 뼘, 마음이 자라고 몸이 자랐다. 그러면서 세상살이의 답을 찾아가고 있었다.

1

하얀 봄

"아이들이 훨씬 더 솔직하구나.
재는 좋은 친구들을 많이 갖게 될 거야."
겁에 질려서 영미를 보고 있는 내게 엄마는 별거 아니라는 투로 말했다.

툭 터진 운동장 건너편엔 계백 장군 동상이 늠름한 모습으로 서 있었다. 학교와 집은 엎어지면 코가 닿을 만치 가까운 거리였고 우리가 세 들어 살고 있던 집엔 '한정수'라는 문패가 걸려 있었다. 송진 냄새가 채 가시지 않은 나무판을 불에 달군 꼬챙이로 지져 낸 문패는 거칠지만 그런대로 멋이 있었다. 한정수는 집주인 이름이었다. 문패를 달 수 있는 것 또한 집주인의 특권이었다. 나는 입학을 코앞에 둔 일곱 살짜리 꼬마였다.

나는 꽉 찬 여덟 살짜리 아이들 틈바구니에 끼어 입학을 하게 됐다. 그건 나의 의지나 선택과는 무관했다. 엄마의 열정에 떠밀린 나는 순하게 그 아이들을 따라 입학식에 가야 했다. 주인 집 큰딸인 미순이는 나보다 두 해 먼저 태어났지만 나랑 똑같이 왼쪽 가슴에 하얀 손수건을 달고 학교에 갔다.

반이 정해졌다. 일 학년 삼 반. 그러나 들어갈 교실이 없었다. 우리가 들어간 천막교실 바닥은 가마니였는데 물이 질퍽하게 스며들어 새 운동화를 적시곤 했다. 삼월이라곤 하지만 변덕맞은 봄 날씨는 이따금씩 심술을 부려 눈발을 날리기도 했다. 밤사이에 기온이 뚝 떨어진 날은 가마니에 백 개도 천 개도 넘는 희고 작은 별꽃이 매달려 있곤 했다.

우리 담임은 정채순 선생님이었다. 얼굴엔 주근깨와 기미가 깔려 있지만 웃는 모습이 참 예뻤다. 선생님은 배가 터질 것처럼 부풀어 있었다. 풍성한 벨벳 원피스를 받쳐주고 있는 가느다란 종아리가 퍽이나 안쓰러웠다. 나는 선생님의 거친 숨소리를 들을 때마다 마음이 조마조마했다. 천막 사이로 파고드는 봄바람이 아이들의 머리카락을 사납게 잡아당겼다. 가 갸 거 겨…. 하나 둘 셋 넷. 어머니 어머니 우리 어머니. 아버지 아버지 우리 아버지.

아이들은 목청을 높였다. 그렇게 악을 써 봐도 교실 안의 냉기는 가시지 않았다. 아이들의 입술이 새파랗게 변할수록 선생님의 숨소리는 더 거칠어졌다. 그 교실 안에는 내가 세상에 태어나서 처음 사귄 동무, 영미도 함께 있었다.

예비소집을 하는 날이었다. 엄마 손에 이끌려 집에서 빤히 내려다뵈는 학교 운동장으로 갔다. 엄마 치마꼬리를 붙잡고 비척거리는 나를 엄마는 자꾸만 떼놓으려고 했다. 좀 떨어져서 걸으면 안 될까? 다른 애들을 좀 보렴. 앞으로도 계속 이러면 흉 거리야. 시원스럽게 쌍꺼풀 진 엄마의 눈이 더 커졌다. 그건 엄마가 화가 나 있다는 표시였다. 미순이 봐라. 그 나이에 동생들을 다 업어주고…. 나는 슬며시 엄마 치마꼬리를 놓아버렸다. 그러고 나니 의지할 데가 없어 땅속으로 푹 꺼져 버릴 것만 같았다. 그런 나를 애써 모른 척하고 앞만 보고 걸어가는 엄마가 낯설기 그지없었다. 엄마의 치맛자락을 놓는 순간 나는 마당으로 내던져진 작은 생쥐 꼴이 돼버렸다.

언젠가 생쥐 한 마리가 안방까지 들어왔었다. 엄마는 일 초도 망설이지 않고 집게로 생쥐를 잡아 마당으로 내던졌다. 흙바닥으로 떨어진 생쥐는 전혀 움직이지 못했다. 엄마에게 거부당한 내 꼴이 마치 그 생쥐와 같다는 생각이 들자 무척이나 슬퍼졌다. 그저 울고만 싶다는 생각이 들 때쯤, 엄마는 부드럽게 말했다. 현경아 좋지? 나는 무엇이 좋은지 생각할 틈도 없이 그저 으응, 엄마 말에 고개를 끄덕였다. 무쇠라도 녹여낼 것 같은 엄마의 목소리에 이미 백기를 들어버리고 만 거였다.

학교 운동장엔 어른과 아이들이 빼곡하게 들어차 있었다. 나같이 작은 꼬마가 있는가 하면 미순이처럼 키가 큰 아이들도 많았다. 그 많은 아이들 가운데 영미는 단번에 내 눈에 들어왔다. 영미도 큰 키였다. 나보다 목 하나는 더 있어 보였다. 그러나 그 앤 반듯하게 서 있을 수가 없었다. 불안정하게 땅을 짚고 선 것도 그나마 두 개의 목발 덕이었다. 목도 약간 삐뚜름했고 전체적으로 몸이 뒤틀려 있었다. 내가 세상에 태어나 처음 알게 된 동무의 모습은 예사롭지가 않았다. 쯧쯧. 영미를 보고 있던 어른들은 혀를 찼다. 그러나 아이들은 어른들처럼 그러진 않았다. 영미를 간신히 서있게 하는 목발을 만져보는 아이도 있었고, 네 다리는 왜 이렇게 흔들려? 대놓고 물어보는 아이도 있었다.

"아이들이 훨씬 더 솔직하구나. 쟤는 좋은 친구들을 많이 갖게 될 거야."

겁에 질려서 영미를 보고 있는 내게 엄마는 별거 아니라는 투로 말했다. 우리 엄마보다 훨씬 나이가 들어 보이는 부인이 웃으면서 다가섰다. 나는 나쁜 생각을 하다가 들킨 것처럼 엄마 뒤로 몸을 숨겼다. 따님이세요? 아직 애기 같네요? 네. 일곱 살인데 생일이 십일월이라 애만 살이에요. 아, 그래 보여요. 얜 우리 집 막내예요. 이젠 마지막 입학식이 되는군요. 영미는 언니랑 오빠가 셋씩 있어요. 영미가 칠 남매의 막둥이에요. 어느새 우리 엄마와 영미 엄마는 친숙하게 말을 트고 있었다.

예비소집을 하던 날 얼굴을 익혀 두었던 영미도 나랑 같은 반이 됐다. 두 번째 만남인 우리는 서로 얼굴을 맞대고 활짝 웃었다. 서로 친해지고픈 마음이 있었던 것일지도 몰랐다. 기분 좋은 걸 표시하는 웃음마저도 영미는 힘이 들어 보였다.

운동장 수업은 성한 아이들도 견뎌 내기가 어려웠다. 영미는 더 말할 것도 없었다. 우리들이 네 시간 수업을 할 동안 영미는 담임이 챙겨준 나무 걸상에 한 시간 쯤 앉아 있다가 집으로 갔다. 날마다 영미를 데리고 오고 가는 건 그 애 큰언니 몫이었다. 영미 큰언니는 어깨까지 내려오는 긴 생머리에 발목까지 올라오는 가죽 구두를 신고 있었다. 또 영미의 책이며 공책, 따뜻한 물이 담긴 보온병 등을 넣는 커다란 가방을 어깨에 메고 다녔다. 들리는 얘기로는 영미가 날 때부터 그런 건 아니고, 돌 지날 무렵에 심한 열병을 앓고 난 뒤 영미 몸이 저렇게 허물어진 거라고 했다. 서울에 있는 큰 병원에도 수십 차례 드나들면서 명의들에게 보였지만 모두들 고개를 흔들었고, 그나마 서둘러 치료를 받은 덕에 목발이나마 짚고 걸을 수 있게 됐다는 거였다. 영미 아버지는 딸의 병을 고치느라 전국을 누비다가 화병으로 세상을 등졌고, 영미 고모가 부여 쪽으로 와서 정착을 하는 바람에 영미네 식구들도 이곳에 터를 잡았다고 했다.

언제 완성될지 모르는 새 교실에 들어갈 날을 기다리면서 우린 목을 뺐다. 그러나 새 교실을 완성시키는 일은 더디기만 했다. 그동안 날도 따뜻해졌고 발이 시린 일도 없게 됐다. 그러는 사이에 담임은 쌍둥이를 낳았다. 학교생활에 겨우 적응을 해가던 우리는 회오리바람을 만난 어린 병아리들 모양 이리저리로 쓸려 다니는 꼴이 됐다. 당분간 일 학년 삼반은 여기저기로 나뉘었다. 임시 담임을 세운 게 아니라 열 명씩 다른 반으로 더부살이를 갔다. 아예 반이 없어진 셈이었다. 그 바람에 나는 영미랑 더 가까워졌다. 반이 나뉠 때 영미 큰언니의 간곡한 청이 있었다. 우리 영민 친구 사귀기가 어려우니 꼭 현경이랑 같이 있게 해주세요. 그렇게 말하면서 영미 큰언니는 내 손을 살짝 쥐었다 놓았다.

예쁘고 세련된 영미 큰언니가 날 예뻐하는 기색이 보이자 가장 심통을 부리는 건 주인집 딸 미순이였다. 그 앤 대놓고 영미를 모욕했다. 너 네 엄마가 너 뱄을 때 오징어랑 문어만 먹었다며? 아닌데. 아니란 말이야! 기어이 영미가 목발을 내던지면서 울음보를 터뜨렸다. 너, 너, 이런 말 하면 나쁜 사람이야! 난 있는 힘을 다해 미순이에게 발길질을 했지만, 미순인 눈 하나 까딱 안했다. 여이! 땅꼬마! 뎀벼 보시지? 난 제풀에 엉덩방아를 찧었고 펑펑 울고 있는 영미를 일으켜 세우느라 있는 힘을 다했다.

배가 홀쭉해진 담임이 나타남과 동시에 우린 새 교실로 들어갔다. 몸은 홀쭉해졌지만 선생님의 얼굴은 부기가 안 빠져 턱선이 없어졌다.

"아이구! 우리 강아지들! 잘 있었어?"

선생님은 육십여 명의 아이들을 다 껴안을 듯 허둥거렸다. 우리는 다시 일 학년 삼반으로 돌아온 것이 너무 좋아 저절로 어깨춤을 췄다. 새 교실은 아직도 칠 냄새가 가시지 않아서 눈이 따끔거렸다. 창문을 활짝 열어 놓아도 매캐하고 시큼한 냄새는 쉽게 가시지 않았다.

선생님은 목이 가늘어졌고 어깨도 훨씬 더 앙상해졌다. 하지만 가슴은 더 커졌다. 앙상한 가지에 탐스런 과일이 매달린 것처럼 보였다. 수업은 대개 열두 시쯤 끝이 났다. 선생님은 두 시간 수업을 끝내면 우리들에게 잠깐만 쉬라고 하면서 부리나케 밖으로 달려 나갔다. 나중에 알고 보니 쌍둥이들에게 젖을 먹이러 가는 거였다. 운동장 귀퉁이 나무 그늘엔 할머니 한 분과 열댓 살 정도의 소녀가 아기를 한 명씩 업고 있다가 번갈아 가면서 엄마젖을 먹게 했다. 수업 도중에 인기척도 안내고 드르륵 문을 열던 교감도 이 때만큼은 못 본 척 눈을 감아주는 눈치였다. 쌍둥이에게 젖을 먹이고 돌아온 선생님 얼굴에 새 기운이 돌았다. 묵직했던 젖가슴도 훨씬 가뿟하게 보였다.

손꼽아 기다리던 봄 소풍이었다. 나는 소풍 가기 며칠 전부터 잠을 설쳤다. 새로 산 앵두빛 배낭을 꺼내 이것저것 짐 싸는 흉내도 냈고, 수박색 물통에 물을 담아서 둘러매 보기도 했다. 그러나 그보다 더 기다려지는 건 참새가 많아서 짹짹골로 불리는 부소산에 하루 빨리 가는 거였다. 부소산엔 다람쥐며 딱따구리 등 없는 게 없다고 했다.

상후는 미순이 사촌오빠인데, 6학년이지만 코밑이 거뭇거뭇하고 목소리가 굵직하여 어른처럼 보였다. 그는 어쩌다 마주치는 나를 보면 그냥 지나치는 법이 없었다.

"여이! 땅꼬마! 너 부소산에 살고 있는 날다람쥐는 봤냐?"

"네? 다람쥐가 날아다녀요?"

"그러엄. 이번에 소풍가면 꼭 보고 와라."

나는 다람쥐가 날아다닌다는 소리에 눈이 동그래졌다. 풀밭이나 나무 위에 앉아서 앞발로 도토리를 움켜쥐고 오물거리고 있던, 그 조그만 몸통 어느 곳에 날개가 숨어 있었을까? 아무리 생각해도 짚이는 구석이 없었다. 상후는 그 말만 툭 던지고 돌아섰다. 나는 궁금증을 견딜 수 없었지만 상후를 불러 세우지는 못했다. 그렇게 아는 것이 많은 상후를 오빠라고 부르는 미순이가 새삼 부러웠다.

우린 정해진 날짜에 맞춰 소풍을 다녀왔다. 일 학년들은 으레 엄마들이 따라나서는 걸로 알고 있었지만, 엄마는 혼자 다녀오라고 말했다. 나는 그런 엄마가 무척 야속했다. 서운함과 설렘을 반반씩 안고 남들보다 일찌감치 학교로 내려갔다. 텅 빈 운동장엔 봄 햇살이 환하게 퍼지고 있었다. 아무도 없는 운동장에서 나는 작은 돌멩이를 골라내서 사정없이 걷어차고 있었다. 그때였다. 바람결에 달콤한 드롭스 향이 실려 왔다. 고개를 들고 보니 영미 큰언니가 내 앞에 서서 드롭스 봉지를 내미는 게 아닌가. 큰언니! 나는 언니에게 안기듯 달려들었다. 일찍 왔네. 영미는요? 드롭스 향기하고는 다른 향이 은은하게 풍기는 언니는 왠지 울 것만 같은 얼굴로 나를 내려다 봤다.

"저어, 영미가 어제부터 몹시 앓고 있단다."

"왜요? 어디가 아픈데요? 영미랑 먹으려고 김밥 많이 싸왔는데…."

"고맙구나. 영미는 아프면서도 너랑 같이 부소산에 못 가는 걸 무척 속상해하고 있어. 날다람쥐를 꼭 찾아내야 한다면서. 참, 이것도…."

언니가 은박지로 싼 걸 내 손에 꼭 쥐어줬다.

"이건 초콜릿이야. 이따 더워지면 녹으니까 지금 먹어."

나는 언니가 이른 대로 은박지를 벗기고 초콜릿 한 개를 입에 넣었다. 달콤하고도 쌉쌀한 침이 고이면서 별안간 눈시울이 뜨거워졌다. 난 바보처럼 아무 말도 못했다. 영미가 없는 소풍은 정말 맥이 빠졌다. 온몸의 기운이 빠져나가 아무것도 할 수가 없었다. 배는 고팠지만 김밥을 눈으로만 맛보고 찬합 뚜껑을 닫고야 말았다. 배낭 안에는 삶은 달걀도 있고 영미 언니가 준 드롭스도 있었지만 아무것도 안 먹었다. 고열에 들떠 괴로워하고 있을 영미 얼굴만 떠올렸다. 찬 물수건을 번갈아 대고 있을 영미 엄마의 근심어린 얼굴과 애써 눈물을 참고 있을 영미 큰언니 얼굴이 번갈아 가며 내 눈앞을 스쳐갔다.

앉은자리에서 꼼짝하기가 싫었다. 보물찾기 표를 미순이에게 주었다. 그러자 마음이 좀 가벼워졌다. 미순인 내 몫까지 챙겨가는 게 무척이나 신이 났는지 팔짝팔짝 제자리 뜀을 뛰면서 좋아했다. 내 기분이 그렇게 엉망인 것을 조금도 생각하지 못하는 속없는 아이였다. 기분이 좋아진 미순인 내 배낭을 대신 메주겠다고 선심을 쓰기도 했다. 나는 고개를 세차게 흔들었다. 열없어진 미순이는 무리 지어진 아이들 틈으로 사라졌다. 짹짹골은 온통 유록빛으로 물들고 봄바람은 따스했다. 그러나 내 가슴은 얼음이 박힌 것처럼 차갑기만 했다. 선생님들은 진기한 음식들을 앞에 놓고 환하게 웃으면서 얘기를 나누었고 아이들은 부소산이 떠나가도록 웃고 떠들었지만, 나는 그들과 멀찌감치 떨어져 앉아 흘러가는 구름조각만 세고 있었다.

소풍을 다녀온 다음날은 하루를 쉬었다. 나는 싸준 음식을 고스란히 남겨온 것 때문에 엄마한테 된통 혼이 나서 저녁까지 굶은 채로 잠들었다가 느지감치 일어났다. 거의 하루를 굶다시피 한 나는 온몸이 축 늘어질 만큼 기운이 빠졌다. 그렇게 기다리던 첫 소풍인데 뭔 일이 있었다니? 미순이 엄마가 자기 딸에게 물어보는 소리는 나를 두고 하는 말 같았다. 그러나 나는 온갖 것이 다 귀찮아서 내다볼 생각을 안했다.

"그러게요. 애가 뭐가 뒤틀렸는지 아무것도 안 먹고 그대로 다 가지고 왔지 뭐에요. 김밥이고 뭐고 다 쉬어버렸어요."

"에구! 아까워서 원! 현경이 엄마 김밥 정말 맛있는데."

식성 좋은 미순 엄마의 가벼운 한숨소리도 들려왔다.

하루를 쉬는 동안 난 자꾸만 '죽음'이란 단어를 생각했다. 그리고 이어서 영미 얼굴을 떠올렸다. 내 머릿속은 온통 영미와 죽음, 죽음과 영미, 영미, 또 죽음, 또 영미로 가득 찼다. 난 미칠 것만 같았다. 그러던 어느 순간이었다. 영미 얼굴이 휘익, 내 눈앞을 스쳐갔다. 나도 모르게 '영미야!'라고 크게 소리를 쳤다.

내가 유독 죽음에 대한 두려움과 집착이 강했던 건 우리가 살던 동네 탓도 있었다. 우리 집에서 곧바로 올려다 보이는 금성산 자락엔 공동묘지가 있었다. 우린 때때로 울긋불긋하게 치장을 한 상여가 동네 한가운데를 지나가는 것을 보고 자랐다. 누런 베옷을 입고 슬프게 곡을 하면서 상여 뒤를 따라가는 남자와 여자들. 그들은 머리를 풀어헤치고 때로는 흙바닥을 나뒹굴기도 했다. 그 광경을 지켜보고 있자면 저절로 가슴이 콱 막히면서 눈물이 치솟곤 했다. 온몸이 찌르르 하도록 진한 슬픔에 함께 목이 메다 보면, 어느새 해가 기울고 공동묘지엔 죽은 사람만 남겨놓고 그렇게 울던 사람들은 각자의 집으로 돌아간다는 사실, 난 그 사실이 상여의 긴긴 행렬보다 더 슬프고 괴로웠다.

영미와 죽음을 묶어서 생각했던 것은 영미 큰언니의 얼굴과 눈빛에서 이미 알아챈 암호 같은 거였다. 나는 암호를 너무 쉽게 풀어버렸다. 세상에 태어난 지 만으로 여섯 해가 채 안 된 나의 예감은 무섭도록 정확했다. 나는 물조차도 못 넘겨 탈진 상태가 되고 말았다. 가슴속의 열기가 열병으로 치닫고야 만 것이다.

고열이 솟고 눈곱이 끼며 콧물이 줄줄 흘러내리는 증세가 계속됐다. 나는 목이 타는 와중에도 이따금씩 영미의 안부를 묻곤 했다. 엄마는 아무 염려 말라고 타이르면서도 담임 선생님을 만나고 온 눈치였다. 드디어 나는 홍역이라는 병명을 달고 집안에 갇히게 됐다.

"이 병은 누구나 앓아야 하는 것이란다. 만약에 앓지 않으면 무덤까지 따라가서 그예 앓아야 하는 거야."

나는 무덤이란 말에 자극을 받아 자리에서 벌떡 일어났다. 그러나 어지럼증으로 천정이 뱅글거려 맥없이 뒤통수를 베개에 묻어야만 했다. 나는 긴긴 잠을 잤고 끝없이 나비 떼를 쫓아다니는 꿈을 꾸었다. 그러다가 정신을 차리고 보면 페니실린 주사로 띵띵하게 멍울이 선 엉덩이가 몹시 아팠고, 머리맡엔 들척지근한 복숭아 통조림이 서너 개 놓여 있곤 했다. 복숭아 통조림 국물로 겨우 허기를 면한 내가 자리를 털고 일어나 보니 밖은 아카시아 꽃 냄새가 진동하는 초여름이 돼 있었다. 나는 소풍 다녀온 이튿날부터 꼬박 한 달을 아팠던 거였다. 지루한 휴가를 마치고 학교로 돌아갔다.

부드럽게 감기던 햇살이 제법 따가워졌다. 나는 따끔거리는 목덜미를 어색하게 문지르면서 교실로 들어섰다. 아이들은 나를 낯선 사람처럼 멀뚱멀뚱 쳐다보기만 했다. 담임 선생님이 달려와 나를 부둥켜안았다. 아이구! 내새끼! 그동안 빰이 홀쭉해졌구나. 나는 눈만 껌뻑거렸다. 그동안 아이들은 모두들 어른이 된 것만 같았다. 왼쪽 가슴에 하얀 손수건을 매단 아이는 하나도 없었다. 아이들은 전보다 훨씬 영글어 보였는데 나만 흐느적거리는 것처럼 보였다. 나는 비실비실 게걸음으로 비어 있는 자리를 찾아가 앉았다. 자리에 앉아 칠판을 보니 백묵 글씨가 부옇게 보였다. 담임은 날 일으켜 세워 맨 앞자리로 데려갔다. 그때서야 칠판 글씨가 눈에 들어왔다. 교실엔 낯익은 것들이 그 자리를 지키고 있었지만, 나는 낯선 곳에 들어와 있는 것만 같아 자꾸만 두리번거렸다.

자아, 이젠 공부를 시작하자. 선생님은 씩씩하게 국어책을 읽기 시작했다. 그러더니 내 어깨를 살며시 짚으면서 속삭이듯 말했다. 현경인 우선 듣고만 있어. 곧 따라갈 수 있을 테니까 염려 말고. 선생님의 시원시원한 목소리를 듣고 있자니 나도 새 기운이 솟는 것만 같았다. 선생님의 책읽기는 점점 신이 올랐다. 국어 책 속의 영희란 아이는 심부름도 잘하고 공부도 잘하는, 착하고 똑똑한 아이였다. 영희의 이름을 듣는 순간 나는 숨이 가빠졌다. 맞다. 영희? 아니야. 영미! 생각이 거기서 멈췄다. 나는 앗! 하고 외마디소리를 질렀다. 눈을 씻고 봐도 영미가 보이지 않았다. 교실에 처음 들어섰을 때의 썰렁하고 낯설었던 느낌. 그건 바로 영미의 부재였다. 나는 선생님의 목소리를 더 이상 듣고 싶지 않았다. 나는 손을 번쩍 들었다. 내 뒷자리의 동무가 내 팔을 잡아당겼다. 그러나 나는 선생님을 소리쳐 불렀다.

"선생니임! 영미는요? 영미 어디 갔어요?"

선생님의 눈동자가 심하게 흔들렸다. 공부시간이야. 이현경! 쓸데없이 소리 지르고 그러면 혼난다. 조용히 하렴. 선생님은 어깨를 쓱 올렸다가 내리더니 읽던 책을 마저 읽었다. 나는 올렸던 팔을 내리지도 못한 채 가슴이 짓눌리는 고통을 느꼈다. 선생님은 차분하게 국어시간을 마쳤다. 그리고 나를 위해 조퇴 증을 끊으러 교무실로 갔다. 나는 집에 가도 좋다는 담임의 허락을 받지도 않고 교실을 나왔다.

교문께로 천천히 걸음을 옮겼다. 굽이 높은 신을 신고도 흐트러지지 않은 자세로 걸어가던 영미 큰언니의 걸음걸이를 흉내내 보려고 했지만 자꾸만 몸의 중심이 흔들렸다. 교문 밖을 나와 멀리 보이는 계백 장군 동상을 한없이 바라보고 서 있자니 문득, 꿈 생각이 났다. 하늘에 떠다니는 하얀 구름 조각들이 꼭 꿈에 본 나비 떼와 비슷했다. 꿈에 본 나비들은 내가 잡으려고만 하면 형체도 없이 흩어지곤 했다. 어쩌면 그 많은 나비가 한 마리도 내 손 안에 들어오지 않았을까? 꿈은 어제나 안타까움으로 끝이 나곤 했었다.

"어머나!"

담임과 엄마가 동시에 소리를 질렀다.

"글쎄, 열에 들떠 있으면서도 내내 영미만 불렀어요. 미순이 엄마가 영미 죽은 얘길 했지 뭐예요. 아이가 죽어 나가자 큰 바가지를 엎어놓고 밟았다는 얘기, 영미 엄마가 슬픔을 못 이겨 몇 번이나 혼절했다는 얘기, 그 얘길 하필이면 우리 현경이가 자고 있는 방 앞에서…."

"아이구! 정말 미안해요. 난 애가 그렇게까지 예민할 줄은 정말 몰랐어요."

거듭 미안하다고 머리를 조아리는 미순 엄마의 목소리가 들리는 것도 같았지만 난 눈을 뜰 수가 없었다. 비몽사몽간에 나는 다시 한 번 나비 떼를 만났다. 수천 마리도 더 될 것만 같은 나비들은 황홀한 빛 덩어리였다. 나는 팔을 크게 벌리고 나비 떼를 쫓아갔다. 그러나 나비는 내 손끝이 닿지 않는 곳으로 방향을 틀고 날아가 버렸다.

2

내 이름은 꼴찌

어른이고 애들이고 할 것 없이
하늘을 수놓은 색종이 가루와 비둘기에 정신을 쏟고 있는 틈을 타서
경자와 나는 '도망'을 성공시켰다.

경자에게서는 언제나 한약 냄새가 났다. 일본 인형같이 오동통한 볼, 웃으면 금세 없어지고 마는 실눈. 아이들이 닭똥구멍이라고 놀리는 볼록하게 튀어나온 입술. 그러나 경자 곁에 있으면 난 왠지 기분이 좋아졌다. 달지도 쓰지도 않은 경자만의 독특한 향내가 날 취하게 했고 그 향내는 늘 나의 온몸을 훈훈하게 감싸주었다.

초여름이 시작될 무렵, 난 영미를 만날 수 없다는 사실에 잠시 기절을 했다. 그것을 지켜본 엄마나 담임은 어찌할 바를 몰라 발을 굴렀다. 내가 기절해 있는 동안 교문 앞엔 눈 깜짝할 사이에 아이들이 겹으로 울타리를 쳤다. 구경꾼들 중엔 경자도 있었다. 경자는 우리 옆반이었다. 우리 아버지한테 알리면 되는데, 하는 경자의 말 한마디에 엄마는 정신을 차렸다. 급하게 사람을 보냈고 경자 아버지는 왕진 가방을 챙겨 달려왔다. 경자 아버지가 찌른 대침 한방에 나는 다시 살아났다. 쯧쯧쯧. 이렇게 기가 약해서야, 원! 경자 아버지 박 의원은 혀

를 차면서 핑하니 가버렸다. 경황이 없던 엄마는 박 의원에게 인사조차 제대로 하지 못했다.

나는 학교에서 죽었다 살아난 아이로 통했다. 경자와 말을 트게 된 것도 그 일 때문이었다. 경자는 한의사인 아버지 덕에 선생님들의 귀여움을 독차지 하고 있었다. 대부분의 아이들이 농사꾼 자식이거나 영세한 상인들의 자식이었다. 그러나 아버지가 군인이던 나는 한의사 딸인 경자에게 조금도 꿀릴 게 없었다. 군인 출신의 대통령이 천하를 호령하고 있을 때였다. 또 아버지는 방첩대라는, 듣기만 해도 무게감이 실리는 곳으로 출퇴근을 하고 있었다. 그러니 박 의원이 나의 생명의 은인이라지만 부러움의 대상은 아니었다.

박 의원은 경자가 할아버지라고 부를 만큼 나이든 노인이었다. 그리고 박 의원의 외모는 정말로 볼품이 없었다. 키도 땅딸막했고 눈은 경자랑 비슷하게 감았는지 떴는지 분간이 안 가게 작았다. 어디를 보더라도 우리 아버지하고는 비교할 수 없었다. 포마드(고체로 된 머릿기름)를 발라 빗어 넘긴 아버지의 윤기 흐르는 까만 머리카락과 균형 잡힌 체구, 그리고 시원시원한 이목구비, 사시사철 칼날 같은 주름을 세운 군복 바지와 단정한 옷매무시. 그런 아버지를 경자네 아버지와 견준다는 것 자체가 우스꽝스러운 일이었다. 난 선생님들의 귀여움을 독차지하고 있는 경자를 부러워하지 않기로 마음을 고쳐먹었다.

경자는 공부엔 도통 취미가 없었다. 입학한 지 일 년이 다 됐어도 받아쓰기 점수가 겨우 이십 점을 웃돌았다. 그 얘긴 정보통인 미순이가 물어 나른 거였다. 미순이도 공부가 시원치 못했지만 약아 빠지고 욕심이 하늘을 찌르는 아이니까 옆 짝꿍 것을 훔쳐보더라도 경자 같은 점수를 맞진 않았다. 한글을 제대로 깨우치지 못한 경자가 옆 반의 부반장을 맡고 있는 것도 부자연스러웠다. 아이들은 그런 경자를 두고 별의별 말을 다 퍼뜨리곤 했다. 아버지가 돈이 많은 사람이라서 선생님들이 꼼짝을 못 한다고 했다. 나중에 안 일이지만 아이들이 그런 소문을 퍼뜨리는 것도 무리가 아니었다. 경자 아버진 학교 살림을 쥐고 흔드는 육성회장님이었다. 볼품없이 생긴 경자 아버지 앞에서 교장 선생님까지 고개를 숙이는 것을 보는 것은 어렵지 않았다.

우리들이 못난이 인형 같다고 생각했던 경자를 두고 미순이 엄마는 이렇게 말했다.

"경자는 얼굴이 뽀오얀 게 분 잘 핀 감자 같어. 포슬포슬하게 잘 쪄진 감자 말이다. 맛이 얼마나 좋게? 경자 볼 살에 복이 한가득 들어 있을 거야, 아마. 애가 어딜 봐도 버릴 게 하나도 없어. 아주 복뎅이야, 복뎅이."

그러면서 은근슬쩍 미순일 경자와 붙여 주지 못해 안달을 냈다. 그러나 미순이는 한사코 경자를 멀리했다. 자기는 그 애가 풍기는 한약 냄새만 맡으면 골이 아프고 어지럽다고 했다. 본래 약이라면 천리만리 도망치는 미순이다. 회충약을 먹을 때도 선생님 앞에선 넘기는 시늉만 하고 있다가 변소에 가서 죄다 뱉어내곤 했다. 유행성 독감이 기승을 부릴 때도 미순인 혀가 오그라들 만큼 열이 올랐지만 찬물을 한 바가지씩 퍼 먹으면서도 끝내 알약을 삼키지 않던 독종이었다. 그런 딸을 한약 냄새에 절어버린 경자와 맺어주려고 갖은 애를 쓰는 미순이 엄마가 참으로 딱하다는 생각이 들곤 했다.

나는 의식적으로 경자를 멀리했다. 그 애가 짐스럽게 느껴진 까닭이었다. 죽었다 깨어난 나의 속사정을 그 애만큼 빤히 알고 있는 아이는 없었다. 그러나 그런 내 속을 아는지 모르는지 경자는 나만 보면 찰거머리처럼 따라붙었다. 그런 경자를 마냥 멀리 할 수는 없었다. 사실 경자는 미순이 엄마 말마따나 어디 한 군데 모난 데가 없는 아이였다. 경자 위로는 언니 오빠가 수두룩하다고 했다. 그리고 궁핍함을 모르고 자랐다. 그래서 그런지 경자는 누구에게나 너그러웠다. 경자는 박 의원이 쉰 살에 얻은 딸이었다. 부소산에서 곧바로 내려다보이는 저잣거리 한가운데에 3대째 간판을 내건 '박 의원'이 있었다. 옛 백제의 영화를 고스란히 싸안고 경자 증조부 때부터 한의원은 한 번도 자리를 옮기지 않았다고 한다. 그들은 일제강점기 때나 한국전쟁 때도 갖가지 풍상을 겪긴 했지만 끝까지 그 자리를 지켜낸 것을 무척이나 자랑스럽게 여겼다.

맞춤법이 한 개도 올바른 게 없는 삐뚤삐뚤한 글씨의 쪽지가 내게로 왔다. 경자 딴에는 엄청나게 공을 들여 쓴 거였다. 종이가 뚫릴 만큼 꾹꾹 눌러 쓴 쪽지를 받아들었을 때, 난 벌에 쏘인 것처럼 다섯 손가락이 따끔거렸다. 저를 볼 때마다 시큰둥하게 바라본 나를 기어코 동무삼겠다고 나선 경자 속마음을 나는 알다가도 모를 것 같았다. 걘 속도 참 좋다! 난 오래간만에 엄마 말투를 흉내내면서 경자의 쪽지를 무시했다. 경자와 나 사이를 왔다 갔다 하면서 다리를 놔 준 건 경자와 같은 반인 미순이었다. 악동 기질이 있고 한 번 심술 통이 터졌다 하면 아무도 말릴 길 없는 미순이지만 그런 때는 정이 철철 흘러넘치는 것이 미순이의 좋은 점이기도 했다.

평소엔 경자가 풍기는 한약 냄새가 싫다고 몸을 움츠리던 미순이었지만 속마음은 그게 아니었다. 미순이 역시 경자와 친해지고 싶은 마음이 간절하다는 걸 바로 알 수 있었다. 말괄량이로 소문난 미순이가 그렇게 새침을 떠는 건 참 우스웠다. 그러나 나는 미순이 입에서 그 말이 나올 때까지 모르는 척 시치미를 뗐다.

나는 엄마에게 경자가 보낸 쪽지를 보여주었다.

“그으래? 잘됐구나. 그렇지 않아도 박 영감님께 인사를 갈 참이었는데 말이다. 느이 아버지 출장에서 돌아오시면 함께 가 봬야지. 초대를 받았다니 너희들 먼저 다녀오렴. 경자는 어쩌면 애가 속이 그렇게 깊으냐?”

나는 경자네 집에 가는 걸 어떻게든 뒤로 미루려고 했지만 오히려 그 반대가 되고 말았다.

드디어 경자네 집을 방문하는 날이었다. 미순인 경자의 초대에 들떠 있었다. 쉬는 시간마다 우리 반으로 쪼르르 달려와 미주알고주알 있는 대로 수다를 떨다가 시작종이 울리면 후다닥 저의 교실로 뛰어가곤 했다. 그러다가 결국은 우리 담임에게 핀잔을 듣고 말았다. 담임은 쌍둥이들에게 무슨 일이 있었는지 연사흘 퉁퉁 부은 얼굴이었다. 그런데 눈치코치 없이 들락거리던 미순이가 날벼락을 맞았다. 너 왜 이렇게 수선을 떨고 다녀? 이따가 변소청소 시킨다! 미순인 혀를 쏙 내밀고 도망치듯 가버렸다. 그리고 수업을 마칠 때까지 우리 반 쪽으로는 그림자도 비추지 않았다.

약속한 시간이 다가올수록 자꾸만 가슴이 콩닥거렸다. 약속을 파기하고 어딘가로 도망치고픈 유혹도 없지 않았다. 그러나 네 시간 수업을 마치고 청소까지 하고 밖으로 나가보니 얼굴 두 개가 나를 반갑게 맞이했다. 미순인 언제 혼났느냐싶게 말짱한 얼굴이었다. 그리고 뭐가 그렇게도 신나는지 코 주름을 만들어가면서 계속 웃고 있었다. 난 네가 참 좋단다. 그러니 우리 동무하면 좋겠어. 나는 저만치 앞서가는 미순이의 까치집 진 뒤통수를 바라보면서 경자의 쪽지 내용을 떠올렸다.

학교 울타리엔 측백나무가 빙 둘러서 있다. 우리는 측백나무 길을 지나 작은 개울을 건너가야 했다. 말이 개울이지 물줄기가 보일락 말락 하는 작은 도랑이었지만, 도랑 위에 위태롭게 걸쳐 있는 엉성한 나무다리를 건너가야만 했다. 그 다리를 건너가는 일이 내겐 늘 공포였다. 앞장서서 가던 미순이가 나를 약 올리듯 엉덩이를 씰룩대면서 뜀박질을 했다. 그 바람에 다리가 심하게 흔들렸다. 다 건너간 미순이는 왜 그렇게 빨리 못 오냐면서 깔깔대고 웃었다. 경자는 말없이 다리를 건너갔다. 갑자기 토할 것처럼 속이 울렁거렸다. 나는 다리 한가운데서 그대로 주저앉았다. 나무다리의 갈라진 틈새로 발이 쑥 빠져버릴 것만 같은 공포가 나를 두렵게 만들었다. 나는 색색색…, 가쁜 숨을 몰아쉬었다. 다리를 다 건너간 경자가 돌아섰다. 경자는 아주 침착하게 말했다. 자아, 앞만 보고 걸어봐. 그러면 하나도 안 무서워. 그래,

그렇게. 옳지, 됐어. 나는 경자의 작은 두 눈을 뚫어지게 바라보면서 무사히 다리를 건너갔다.

다리를 다 건너고 나자 등줄기에 땀이 흥건했다. 나는 미순이와 경자 몰래 웃옷을 살짝 들어 올려 땀을 말렸다. 그때였다. 어디선가 휘이익! 휘파람 소리가 들려왔다. 우리는 소리 나는 쪽을 돌아다봤다. 다리 아래쪽이었다. 우리들과 비슷한 또래의 사내아이들 대여섯이 옹기종기 모여 앉아 우릴 보고 뭐라고 말을 걸었다. 신경 쓸 거 없어. 나는 쟤들을 아침저녁으로 봐. 미순이가 한쪽 다리를 건들거리면서 말했다. 우리들이 우물쭈물 하고 있는 동안 저만치 앞서가던 경자가 돌아서서 소리를 질렀다. 얘들아! 뭐해! 빨리 가자. 우리 엄마가 맛있는 거 해놓고 눈 빠지게 기다려.

우리가 건너온 다리에서 오백 미터쯤 떨어진 곳에는 이 고장의 자랑거리인 정림사지 5층 석탑이 있었다. 그리고 탑으로 가기 전에 고개를 오른쪽으로 돌리면 허연 김이 쏟아져 나오는 굴뚝이 보였다. 은근하게 퍼지는 달착지근하고 쌉싸름한 냄새. 바로 인삼전매청이다. 그곳은 밭에서 캐낸 인삼을 씻고 쪄서 말리는 일을 하는 곳이었다. 쪄서 말리는 과정을 나누어서 수삼과 홍삼, 그리고 흑삼이 나온다면서 경자는 수삼이 홍삼과 흑삼으로 변하는 과정을 눈을 반짝이면서 설명했다. 그런 경자를 보고 있자니 학교 공부와는 또 다른 공부법이 있나보다 하는 생각이 들었다.

나무다리 밑에서 휘파람을 불던 아이들에 대해서도 경자를 통해 금방 알게 됐다. 사내애들은 거의 학교를 다니지 않고 전매청의 하수구를 통해 나오는 인삼의 실뿌리를 체로 건져내는 일을 하고 있었다. 실뿌리는 돈이 되었지만, 그걸 줍는 일은 매우 위험했다. 수위 아저씨들에게 목덜미를 잡히는 일은 별것도 아니고, 하수구를 통해 나오는 물의 온도가 제법 뜨거워서 때론 화상을 입기까지 한다는 거였다. 나는 다리를 건널 때의 공포 같은 건 까맣게 잊었다. 경자와 미순이가 들려준 얘기는 내가 한 번도 생각해보지 않았던 낯선 세상이었다. 우리는 정림사지 5층 석탑을 지나 부소산이 똑바로 올려다 보이는 저잣거리로 들어섰다. 경자네 집에 간다는 사실도 처음처럼 설레진 않았다. 그저 덤덤했다.

"아유! 우리 복실이 친구들이로구나!"

훅, 불면 날아갈 것처럼 생긴 젊은 아줌마가 우리들을 맞이했다. 경자는 집에서 부르는 이름이 따로 있었던 모양이다. 삼대에 걸쳐 내려오는 한의원은 분명 기와를 올린 한옥일 거라 생각했던 나의 짐작은 맞지 않았다. 결코 깔끔하다고 할 수 없는 저잣거리 한가운데에 있는 경자네 집은 네모반듯한 2층 양옥이었다. 우리가 다니는 학교만큼 거대한 건물은 아니어도, 미순이와 내가 입을 다물지 못할 만큼 웅장했다. 아래는 약방이고 아버지가 일하시는 곳이야. 그리고 이층이 살림집. 경자는 아주 빠르게 지껄이더니 선녀처럼 예쁜 아줌마를 힐끗 쳐다보곤 저 먼저 이층으로 올라갔다.

어머머! 재는 친구들만 놔두고 어째 저렇게…. 얘들아, 어서 올라가렴. 네가 현경이고, 넌 미순이로구나. 그렇지? 네에. 나와 미순인 주눅이 들어 비칠거리면서 이층으로 올라가는 계단을 밟았다. 젊은 여인은 우리들을 잘 알고 있는 것 같았다. 길쭉한 목이며 커다란 눈은 도무지 경자하곤 겹치는 부분이 하나도 없었다. 그러나 일을 하는 아줌마로 보기엔 외모나 분위기가 맞질 않았다. 이상한 건 경자의 태도였다. 나를 저희 집에 못 데려가 안달을 부릴 때하곤 영 딴판이었다. 마치 골난 애처럼 퉁퉁거리면서 여인을 뭐나 얻어먹으러 온 사람 취급을 했다. 여인은 그런 경자를 웃음이 가득한 얼굴로 바라보더니 점심상을 봐 온다면서 부엌으로 들어갔다.

누구야? 저 아줌마? 미순이가 경자의 옆구리를 콕 찌르면서 조그만 소리로 속삭였다. 일하는 아줌마가 너무 예쁘다. 음식도 엄청 잘할 거 같아. 경자 너는 좋겠다. 저런 아줌마가 맛있는 거 많이 해줄 거 아냐? 입을 꾹 닫은 경자 때문에 미순이의 궁금증은 더 이상 진도를 나가지 못했다. 내 머릿속은 실타래가 엉킨 것처럼 복잡해졌다. 풀이 빳빳한 옥양목 앞치마에, 회색 저고리, 자주색 통치마를 받쳐 입은 부엌 아줌마가 흔할까? 그런 생각에 푹 빠져 있던 나는 여인이 밥상을 들고 와 우리들 앞에 내려놓는 것조차 알지 못했다.

애호박을 고명으로 얹은 잔치국수는 맛도 모양도 훌륭했다. 우리 집은 위가 약한 아버지 때문에 국수를 해먹는 일이 드물었다. 나는 오래간만에 매끌매끌한 국수의 식감을 맘껏 즐기면서 순식간에 국수 한 그릇을 비웠다. 그러나 경자는 무슨 생각을 하고 있는지 고개조차 들지 않았고 국수 몇 가닥을 입에 넣는 시늉만 하고 있었다. 그런 경자 몸짓은 맘씨 좋다고 소문난 아이 같지 않았다. 밥상머리에서의 예의 없음은 여인을 대할 때도 마찬가지였다. 별것 아닌 걸 갖고도 트집을 잡았고 그럴 때마다 여인은 절절매고 있었다. 점심을 먹고 난 뒤에도 끊임없이 간식거리가 나왔다. 처음 먹어보는 대구포도 있었고 달콤 짭짤하게 조린 호두도 나왔다. 호두를 대구포에 얹어서 먹으면 맛이 좋다고 설명해 주는 젊은 아줌마를, 경자는 실눈을 아래로 내리깔면서 아주 못마땅하게 대했다. 그러나 나와 미순인 고급 간식을 종류별로 맛보느라 경자의 뚱한 표정 따위는 무시해 버리고 말았다.

우리들에게 살갑게 굴었던 여인의 정체가 궁금했지만 나는 왠지 때가 이르다는 생각을 했다. 미순이와 나는 경자의 불친절에 기분이 별로였지만 초대 손님다운 예의를 지키다가 집으로 돌아왔다. 돌아오는 길에 미순이는 경자네 집에서 있었던 일을 가지고 계속 입을 놀렸다. 맛있는 것으로 속을 채우고 나니 기분이 한없이 좋아진 모양이었다. 나는 미순이 얘길 한 귀로 흘려들으면서 땅바닥만 내려다보고 걸었다.

인삼전매청이 보이고 나무다리가 보였다. 미순이는 선심을 쓰듯이 날보고 나무다리를 건네준다고 했다. 나는 싫다고 쌀쌀맞게 대답했다. 흥! 그러셔? 그럼 한 번 잘 건너가 보시지? 미순인 아까보다도 더 요란스럽게 엉덩이를 흔들어댔다. 헤헤헤! 너는 죽었다 깨나도 요렇겐 못할 걸? 아차! 하는 순간이었다. 미순이의 몸이 기우뚱하더니 다리 아래로 곤두박질을 쳤다. 우와! 사내아이들이 몰려드는 소리를 들으면서 나는 어찌할 바를 몰랐다. 미순이의 비명이 들린 것 같기도 했고 아닌 거 같기도 했지만 나는 용기를 내서 전매청 건물 안으로 뛰어 들어갔다. 얼굴이 시커멓고 수염이 짙은 아저씨가 무슨 일이냐고 물었다. 내 친구가 다리 아래로 떨어져서 못 일어난다고 말했다. 아저씨는 나를 앞질러 뛰어갔다. 나도 아저씨를 따라 다리 아래쪽으로 내려갔다. 그러나 미순인 멀쩡하게 앉아 사내애들과 시시덕거리고 있었다. 나는 분한 마음에 미순이를 향해 눈이 째지도록 흘겨주었다.

날은 어느새 어둑어둑해졌고 인적이 드문 전매청 담장길이 무척이나 길다고 느껴졌다. 사내아이들과 미순일 싸잡아 혼내고 있는 수위 아저씨의 목소리가 측백나무 길 사이로 울려 퍼졌다. 나는 두 번 다시 미순이와 경자 앞에서 겁쟁이가 안 되리란 결심을 하면서 집을 향해 빠른 걸음을 걸었다.

땀이 후줄근하게 배어 있는 나를 보더니 엄마는 수상쩍은 얼굴을 했다. 미순인 어디다 떼버리고? 몰라. 엄마 옆에서 우리를 기다렸던 미순이 엄마는 연신 대문 밖을 내다보면서 욕을 했다. 아유, 이 망아지 같은 년은 날도 저문데 어데 가서 안 와? 나는 미순이가 다리 아래로 떨어진 것, 거기서 만난 남자애들과 놀고 있다는 것을 전하지 않았다. 경자네 집에서의 일만으로도 내 작은 머릿속은 아주 복잡했다.

엄마와 미순 엄마는 경자네서 얻어먹은 음식이 무엇인지 많이 궁금해 했다.

“무얼 해주디? 경자 엄마가 절세미인이라고 하던데. 또 한식집에서 주방 일을 봤다고도 하고. 정말 예뻐? 아, 글쎄 걔 엄마가 박 의원 전실 큰딸하고 동갑이라네. 그러니 얼마나 젊겠어? 전실 딸들이 그런 새파란 계모에게 엄마란 말이 나오나? 안 나오고말고.”

“미순 엄마, 그런 얘기는 우리끼리….”

"아이구! 내 입이 요렇게 방정이우. 히히히. 그래두 현경인 우리 미순이처럼 팔랑개비가 아니니 괜찮아요. 현경인 나인 어려도 속에 영감탱이가 들어 있지 않수? 호호호."

정말 못 말리는 미순 엄마였다.

날씨가 제법 선선해졌다. 여름옷을 벗고 긴소매 옷으로 갈아입으면서 다리 밑에 숨어서 인삼 찌꺼기를 건져 올리던 사내애들이 자꾸만 눈에 밟혔다. 측백나무 울타리를 지나 다리께로 가보았다. 그리고 목을 길게 빼고는 전매청 쪽을 살폈다. 그러나 사내애들은 한 명도 볼 수가 없었다. 미순이에게 물어보면 신이 나서 얘기를 해주겠지만 그렇게 하지 않았다.

머리를 쓰는 일에는 뒷전이던 미순이가 운동신경 하나는 그만이었다. 미순이가 달리기를 했다 하면 남자아이든 여자아이든 당할 사람이 없었다. 뼈대만 앙상한 길쭘한 다리는 꼭 황새같이 생겼다. 그 다리로 땅을 딛지 않고 마치 날아가는 것처럼 빨리 달리는 미순일 보면서 모두들 입을 다물지 못했다. 운동회 연습이 시작된 뒤부터 미순이는 딴 세상을 만났다. 교실에선 늘 기가 죽어있던 미순이가 운동장에만 나오면 아이들의 부러움을 온몸에 받으면서 의기양양해졌다.

나는 미순이와 정반대였다. 그렇다고 처음부터 운동장을 피해 다닌 건 아니었다. 나도 내 자신이 설마 그렇게까지 달리기를 못하리라곤 생각을 못했다. 물론 몸이 잰 편은 아니었다. 겁이 많아서 좁다란 나무다리를 제대로 못 건넌 것은 사실이다. 그러나 내가 평균치의 운동신경을 못 갖고 있다는 것을 알고부터 운동장에 나가는 것이 죽기보다 싫었다. 경자의 운동신경도 만만치 않았다. 미순이만큼은 날래지 않았지만 경자도 달리기라면 일이 등을 놓치지 않았다. 얼굴이며 몸집이 동글동글한 경자가 달리기를 할 때면 먼저 신발을 벗어 양손에 들고 어금니를 앙다물고 악바리로 뛰었다. 그 모습이 마치 공이 빠르게 굴러가는 것 같다고 선생님들은 손뼉을 치면서 크게 웃곤 했다. 나는 운동장을 밟는 것조차 두려웠다. 학교 운동장을 빤히 내려다보면서 미순이 엄마는 모처럼 신이 나 있을 테고 우리 엄마는 차라리 내가 내려가 뛰는 게 백번 낫다고 하는 말을 수도 없이 중얼거리면서 화를 낼 것이다. 그러니 운동회 전부터 내 꼴은 말이 아니었다. 그러나 나는 달리기 종목을 빼고는 최선을 다했다. 공굴리기며 어린이 행진곡에 맞춘 군무를 할 땐 동작 하나하나에 온 정성을 다했다.

운동회를 하루 앞두고 총연습을 하는 날이 왔다. 우리는 총연습을 소운동회라고 불렀다. 운동복이나 참가 종목에 따른 도구들을 실제 하는 날처럼 갖춘, 제법 행사 분위기가 나는 하루였다. 우리는 광목으로 만든 덧신을 신고 머리엔 청군과 백군을 표시하는 헝겊 띠를 둘렀다. 미순이는 운동회 연습을 하면서부터 '타조'라는 별명을 얻었다. 그리고 이제까지 받지 못했던 선생님들의 칭찬을 한꺼번에 받느라고 정신이 없었다. 그러니 미순이는 눈에 뵈는 게 없었다. 공부 못하는 딸 때문에 그동안은 학교 근처에 얼씬도 하지 않았던 미순이 엄마도 덩달아 신이 났다. 연년생인 동생들 모르게 날달걀을 먹이는가 하면 미순이를 대하는 말씨도 훨씬 부드러워졌다. 미순이가 이번 운동회 때 릴레이 종목에서 1학년 백군 대표로 뽑힌 덕이었다. 그러나 우리 엄마는 자꾸만 신경질이 늘어만 갔다. 확성기에서 들려오는 행진곡이 귀가 아프다면서 하루 빨리 운동회가 끝나야 사람이 살겠다고까지 했다. 그러면서도 엄마는 자신의 학창시절에 있었던 운동회 얘기를 했다. 엄마는 몸이 얼마나 날랬는지 달리기는 물론, 체조며 구기 종목까지 못하는 운동이 없었다는 얘기였다. 나는 그 얘기를 들을 때마다 풀이 죽어 고개를 푹 숙이고만 있었다.

소운동회 날이었다. 나는 소리를 안 내고 준비물을 챙겨 집을 빠져나왔다. 미순이 엄마는 채 식지 않은 삶은 달걀을 봉지에 넣어 자기 딸에게 주다가 나를 보더니 히쭉 웃었다. 나는 미순이 엄마의 웃음이 조롱처럼 느껴져서 심히 불쾌했다. 그러나 겉으로는 전혀 얼굴 표정을 바꾸지 않고 고개를 빳빳하게 쳐들고 미순네 모녀 앞을 지나쳤다.

나는 있는 힘을 다해 앞으로 내달렸지만 웬일인지 제자리걸음을 하고 있다는 생각이 들었다. 우리 담임은 운동장 가에 서서 아이구! 저녀석, 저녀석 좀 봐, 하면서 깔깔거렸다. 나는 온몸이 굳어가고 있었다. 함께 출발했던 네 명의 아이들은 보란듯이 도토리 깍지 같은 뒤통수를 보이면서 저만치 앞으로 달려가고 있었다. 나는 수백 개가 넘는 눈동자들이 내 등에 박혀 버린 것만 같아 식은땀이 흘렀다. 문득 정신을 차리고 보니 내 앞의 아이들이 하나도 없었다. 그러다가 뒤를 돌아다봤다. 이게 어찌 된 일인가. 뒷줄에 있던 아이들이 인정사정없이 내 뒤를 바짝 쫓고 있었다. 나는 눈앞이 노래졌다. 내 모습을 지켜보던 담임은 괜찮다는 말과 함께 나를 그늘진 곳으로 데려갔다. 아이들의 조롱과 미순이의 의기양양한 모습이 한데 겹쳐 눈조차 뜰 수가 없었다. 나는 어느새 울고 있었다. 그 때 누군가가 내 눈물을 닦아주고 있었다. 부끄러워서 차마 눈을 뜰 수가 없었지만 나직하게 속삭이는 목소리가 경자임을 금방 알아차렸다.

저쪽으로 가자. 그까짓 달리기가 뭐라고. 경자는 아주 작은 소리로 말하면서 나를 어디론가 끌고 갔다. 경자가 이끄는 대로 따라갔다. 서늘한 기운이 온몸에 스며들었다. 그때서야 눈을 떴다. 경자 얼굴이 잘 익은 토마토처럼 빨갰다. 우리는 고학년 언니들이 일구어 놓은 실습지에 들어와 있었다. 널따란 밭에는 무며 배추가 푸른 독을 잔뜩 내뿜고 거둬들일 손길을 기다리고 있었다.

"나, 내일 도망칠까봐."

느닷없이 경자가 내뱉은 말이었다. 도망? 무슨?

"나는 학교에 행사가 있으면 정말 싫어. 어디론가 숨어버리고 싶단 말이야. 우리 엄마, 엄마 때문이야. 아니다. 엄마가 아니라 아버지 때문이야."

경자는 고개를 저으면서 이 말 저 말을 늘어놓았다.

"애들이 우리 아버질 자꾸만 할아버지 아니냐고 놀려. 그리고 나는 우리 엄마가 그렇게 늙고 못생긴 사람하고 사는 게 정말 싫어. 우리 엄마를 쌀쌀맞게 대하는 언니 오빠들도 자꾸만 미워지고. 내일이 운동회니 엄마 아버지가 함께 올 거라고. 교장 선생님 초대를 받아 놓았으니까. 나는 그게 싫다고. 온종일 어떻게 운동장에 있겠니."

도망? 히히히! 난 기운이 펄펄 솟는 느낌이었다. 그래서 큰 소리로 외쳤다.

“그거 참 좋은 생각이다. 나랑 같이 도망치자. 나도 운동회가 죽기보다 싫거든.”

우린 실습지의 푸른 채소들이 내뿜는 새 기운을 받아 힘차고도 당차게 도망을 약속해 버렸다.

진짜 운동회 날이지만 난 겁이 나지 않았다. 보통 때 같으면 한두 숟갈 뜨는 아침밥이었지만 이 날은 열 숟가락도 넘게 밥을 퍼 넣었다. 엄마는 기가 막혀서 날 쳐다봤다. 아니 이것아! 그렇지 않아도 몸이 무거워 뒤뚱대면서 밥을 그렇게나 많이? 하면서 쏘아붙였다. 다른 때 같으면 무안함을 참지 못해 눈물을 찔끔댔겠지만 이 때 만큼은 엄마 잔소리를 가볍게 흘려 넘겼다. 왜냐하면, 어제 실습지에서 경자와 굳게 약속한 ‘도망’이 나를 평온하게 해 주었기 때문이었다. 그동안의 쓸데없는 걱정거리들을 상큼하게 날려버리니 발걸음마저 가벼워졌다. 걷다 보니 학교 운동장이었다. 언제나 일등으로 달려갔던 학교 운동장이었지만 운동회 날 만큼은 그렇지가 못했다. 집이 먼 아이들이 아침 일찍부터 나와서 자리를 펴고 있었다. 좋은 자리를 골라 큼지막한 멍석으로 자리를 깔아놓은 게 벌써 열 개도 넘었다. 자리엔 온종일 먹고도 남을 만치의 먹을 것들이 한 보따리씩 올라와 있었다.

‘깃발이 춤을 춘다 우리 머리 위에서 우리 편아 이겨라 저쪽 편도 이겨라’

행진곡이 울려 퍼졌다. 엄마가 그토록 듣기 싫어하는 행진곡도 오늘 저녁으로 끝이 날 것이다. 학생하고 엄마하고 함께 달리는 종목은 희망자만 받기로 했는데, 달리기가 시원찮은 딸 때문에 엄마는 경기를 포기했다. 재미로 하는 거니까 한번 해보시라는 담임의 권유에 엄마는고개를 저었다. 아유, 싫습니다. 저런 둔자바리하고 뭔 망신을 당하고 싶어서요. 나는 그 말을 들으면서 가슴 한 구석에 묵직한 통증을 느꼈다.

드디어 막이 올랐다. 교장 선생님은 머리부터 발끝까지 하얀 색으로 차려 입고 단상에 올라가 일일이 초대 손님들을 소개했다. 그러나 나는 아무것도 귀담아 듣지 않았다. 사방으로 곁눈질을 하다가 옆반의 경자와 눈이 마주쳤다. 경자는 빙긋 웃었다. 박 의원의 모습이 눈에 띄었지만 경자는 신경을 안 쓰는 눈치였다. 우스운 것은 말괄량이 미순이가 교장 선생님의 긴긴 훈화를 꼼짝도 않고 잘 듣고 있다는 거였다. 체육부장님의 호루라기 소리에 맞춰서 운동회가 시작됐다. 제일 먼저 일 학년들의 무용이 있었다. 나는 한 동작도 안 틀리게 잘 해냈다. 일 학년들이 퇴장을 하면서 이 학년들의 바구니 터트리기가 이어졌다. 모래주머니를 던져서 장대에 매달린 바구니를 터트리면 오색의 색종이 가루가 날리고 맨 마지막엔 비둘기가 날아오르는 신기한 놀이였다. 날아오르는 비둘기의 모습에 반해 경자와 나는 도망계획을 놓칠 뻔했다. 곧이어 일 학년들의 달리기가 준비되고 있었다. 어른이고 애들이고 할 것 없이 하늘을 수놓은 색종이 가루와 비둘기에 정신을 쏟고 있는 틈을 타서 경자와 나는 '도망'을 성공시켰다.

실습지에 앉아 있던 우리들은 달리기를 알리는 딱총 소리가 피융, 피융, 들릴 때마다 깜짝깜짝 놀라면서 귀를 틀어막았다. 그리고 가슴을 쓸어내렸다. 우리는 정말 큰 죄인들 같았다. 나는 경자에게 물었다. 너네 엄마도 오셨니? 그러엄. 엄마도 차일 속에 앉아있던 걸. 몸을 잔뜩 오그리고 있어서 내 눈에만 뜨인 거 같아. 오늘도 우리 엄마가 새벽같이 일어나 김밥을 많이 싸 놓았어. 근데 언니 오빠들은 흰밥을 내놓으라면서 트집을 잡더라고. 거의 날마다 그런 일이 일어나고 있단다. 경자가 처음으로 자기 집안 얘기를 들려줬다. 아침을 굶고 왔는지 경자의 작은 눈이 더 작아 보였다. 어쩌면 그 애는 운동장을 탈출한 일을 벌써부터 후회하고 있는지도 몰랐다. 그러나 나는 달랐다. 나는 딱총 소리가 들릴 때마다 담임 얼굴과 엄마 얼굴을 그려보면서 통쾌한 기분이 들곤 했다.

볕이 전혀 들지 않는 실습지는 축축하고 싸늘했지만 도망자인 우리들은 어쩔 수 없이 쪼그리고 앉아 있어야만 했다. 불편한 자세 때문에 종아리에 서서히 쥐가 오르기 시작했다. 그렇다고 축축한 바닥에 퍼질러 앉을 수도 없었다. 나는 도망을 후회하기 시작했다. 남의 흉 거리가 되고 엄마의 핀잔을 듣더라도 내 자리를 지켜야 했을까? 하는 데 생각이 미치자 갑자기 울고 싶어졌다. 가을 해는 점점 짧아졌고 실습지엔 좀 더 일찍 그늘이 찾아들었다. 그러나 운동장 쪽에서 들려오는 아이들의 함성은 열기로 펄펄 끓어올랐다. 나는 경자의 꾐에 빠진 것만 같은 억울함에 몸을 떨었다. 갑자기 경자의 작은 눈과 오동통한 볼이 그렇게 미울 수가 없었다. 그 애의 통통한 볼을 꼬집어 뜯던지 한 대 쥐어박고픈 충동이 일어났다. 생각 같아선 용기를 내서 운동장으로 돌아가고 싶었지만 차마 그럴 수는 없었다.

아랫배가 심하게 당겨왔다. 몸이 오그라들 것 같았고 머리끝이 쭈뼛거렸다. 참을 수 없을 만치 오줌이 마려웠다. 그렇다고 엉덩이를 까고 오줌을 눌 수는 없었다. 경자는 내가 울상을 지으니 자기도 아까부터 참고 있던 중이라고 했다. 우린 서로 얼굴을 마주보면서 오만상을 찡그렸다. 변소에 가려면 누군가의 눈에 띌게 분명했다. 그러나 엉덩이를 까고 염치없는 짓을 하는 것보다는 들키는 쪽이 낫다는 생각이 들었다. 경자와 나는 누가 먼저랄 것도 없이 몸을 일으켰다. 저 멀리 변소가 보였고 보얗게 먼지가 피어오른 운동장도 보였다. 나는 날개를 매단 듯이 내달렸다. 숨이 차오르고 가슴이 터질 것만 같았다. 그러나 멈출 수가 없었다. 뒤에서 경자의 숨찬 소리가 들렸다. 얘, 같이 가자. 너 이제 보니 달리기를 아주 잘하네? 맨날 달리기 땜에 징징거리더니 그거 엄살이었니? 그 말을 듣고 나니 스르르 긴장이 풀렸다. 그러나 뛰는 속도를 늦출 수는 없었다.

퀴퀴한 냄새가 진동을 하고 코 속으로 진한 암모니아 냄새가 쏙 들어와 눈물이 핑 돌았다. 드디어 변소에 도착했다. 서둘러 운동복 바지를 내렸다. 운동회의 백미인 릴레이 경주를 응원하는 함성이 천둥소리보다 더 요란하게 들려왔다. 나는 양쪽 귀를 틀어막고 앉아서 아주 오래오래 오줌을 눴다.

3

유리구슬

별무리가 기막히게 아름다웠다.
검푸른 보자기에 박혀 있는 하얀 별을 세기 위해 고개를 뒤로 젖혔다.
무섭게만 느껴지던 어둠이 포근하게 나를 감싸 안았다.

해가 바뀌었다. 아이들은 물먹은 콩나물처럼 쑥쑥 자라났다. 그러나 나는 여전히 땅꼬마 그대로였다. 새 학기가 시작됐다. 담임은 거무튀튀하고 담배 냄새에 절은 남자 선생님이었다. 나는 새로운 아이들과 친해지는 게 쉽지 않았다. 경자도 미순이도 학교생활에 재미가 난다고 했지만 난 그 반대였다. 갈수록 학교생활이 지겨워졌다. 그런 나를 지켜보면서 엄마는 한숨을 내쉬곤 했다. 나이 차지 않은 아이를 억지로 입학시킨 걸 몹시 후회하는 눈치였다. 그러나 엄마는 입 밖으로 그런 말을 꺼낼 사람이 아니었다.

전쟁 중은 아니었지만 우리들은 구호물자의 혜택을 보고 있었다. 등이 구부정한 소사 아저씨가 큰 가마솥에 끓여 내는 비릿한 우유와 구수한 맛이 도는 옥수수죽이 바로 구호품이었다. 화독내(탄내)가 많이 나는 우유는 모든 아이들이 먹을 수 있었다. 하지만 옥수수죽은 정해진 아이들만 먹었다. 반 아이들 절반이 책가방 속에 양은그릇을 넣어가지고 다녔다. 넷째 시간이 끝날 무렵이면, 옥수수죽 끓이는 냄새가 교실 안까지 스며들었다. 아이들은 코를 벌름거렸고 여기저기서 양은그릇을 꺼냈다. 양은그릇이 책가방 속의 연필통이며 책받침과 부딪치는 소리가 듣기 좋았다. 그 소리는 실로폰 소리 같기도 했고 절에서 듣던 풍경소리 같기도 했다.

나는 옥수수죽을 타먹지 못했다. 경자도 미순이도 마찬가지였다. 미순네와 우리는 경자네처럼 부자는 아니었다. 그러나 밥을 굶진 않았다. 미순이 엄마는 가끔 미순이에게 옥수수죽을 타 올 수 있냐고 물었다. 그럴 때마다 미순이는 입을 쑥 내밀면서 볼멘소리를 했다. 우리 담임 알면 엄마 주책바가지라고 할 걸? 미순이의 답은 언제나 똑같았다. 지난 가을 운동회를 마친 뒤로 미순이는 유명세를 타는 아이로 변했다. 그래서 그런지 그 애의 행동이며 말씨가 많이 달라졌다. 어딘가 모르게 의젓해져서 심술통이니 꼴통이니 하는 별명조차 무색해졌다.

나는 입학 전에 깨우친 한글과 산수를 더 이상 되풀이하고 싶지 않았다. 학교공부는 정말 지루했다. 날마다 학교에 다니는 게 멀미가 날 지경이었다. 그것은 담임에게서 풍겨오는 담뱃진 냄새와도 연결됐다. 나는 맨 앞자리에 앉아 있어서 담임이 온몸에서 뿜어내는 냄새에 더 예민해질 수밖에 없었다. 담임은 수업을 하다 말고 느닷없이 내 머리통을 쓸어주면서, 어이 땅꼬마, 또는 짱구야, 그러면서 친밀감을 보였다. 나는 담임의 무례함과 체취가 너무나도 싫었다. 담임이 내 옆을 스쳐 지나가기만 해도 몸을 또르르 말았다. 천적을 피하려는 작은 애벌레처럼 말이다. 나는 날다람쥐에 대한 호기심으로 잠을 설쳤던 일학년 때의 봄 소풍이 눈물 나게 그리웠다. 그러나 그 일은 아주 오래전의 일처럼 아득했다. 학교생활은 언제나 같았다. 더하기와 빼기와 읽고 쓰는 것, 그리고 그림을 그리고 풍금에 맞춰 노래를 부르는 것. 정말 단순하기 그지없이 반복, 또 반복이었다. 그리고 시험이 있었다. 나는 시험에서는 늘 좋은 성적을 거두었다. 그럴 때마다 엄마는 큰 숨을 토해내면서 환하게 웃곤 했다.

내 가슴을 뛰게 하는 일은 딱 한 가지였다. 그것은 내 동생을 보는 일이었다. 어느 날부터인가, 엄마 얼굴이 몹시 창백해졌다. 그리고 가끔씩 어지러움을 호소했다. 그러다 다시 엄마 얼굴에 생기가 돌았고 몸이 자꾸만 불어났다. 엄마는 배 속에 동생을 넣고 있었다. 배 속의 아기가 점점 커가는 중이었다. 점점 불러오는 엄마 배를 보면서 나는 매우 행복했다. 아기들이 세상에 나오는 과정을 어렴풋하게 알고 있던 나는 엄마의 부푼 배를 보면서 학교생활의 지루함을 잊었다.

아버지는 늘 누런 봉투를 들고 다녔다. 거기엔 엄마 입맛에 맞는 간식이 들어 있었다. 봉투 속에 들어 있는 건 화교들이 만든 전병이나 돼지비계가 듬뿍 든 군만두였다. 밥 한 공기 외에 간식이라곤 몰랐던 엄마는 끝도 없이 먹을 것을 찾았다. 미순이 엄마는 간식 봉투를 들고 들어오는 아버지를 보면서 표가 나게 시샘을 했다. 자긴 연년생으로 아이들을 낳아도 미순이 아버지가 간식거리를 한 번도 사오지 않았다고 했다. 나는 미순이 엄마가 너무 불쌍했다. 그리고 이런 생각이 들었다. '혹시 미순이 엄마 배 속에 또 아기가 있는 건 아닐까? 그래서 그렇게 옥수수죽을 먹고 싶어하는 것인지도 모르지.' 나는 무슨 일이 있어도 옥수수죽 한 그릇을 미순네 엄마에게 얻어다 주겠다는 결심을 했다.

엄마가 출산을 얼마 남기지 않은 때였다. 아침밥을 먹고 엄마 몰래 놋주발을 챙겼다. 웬일인지 양은그릇이 눈에 안 보였다. 얄팍한 책보다 자리를 더 차지하는 놋주발은 가방을 앞뒤로 불룩하게 만들었다. 엄마가 눈치 못 채도록 잰걸음으로 집을 빠져나왔다. 책가방을 등에 메지 않고 가슴에 꼭 껴안고 걷자니 빨리 걸을 수가 없었다. 무언가 음모를 꾸민다는 것은 축축한 땀과 쫄밋거리는 심장의 박동이 함께 해 주었다. 그것은 지루함을 송두리째 깨부수는 유쾌한 놀이였다. 나는 기분이 너무 좋아서 첫째 시간과 둘째 시간이 어떻게 지나갔는지도 몰랐다.

그러다가 셋째 시간에 일이 벌어졌다. 산수 시간이었다. 학교에서 집까지의 거리와 시간을 환산하여 풀어야 하는 응용문제가 칠판 가득 쓰여 있었다. 나는 누구보다 빨리 문제를 풀어놓고 느긋한 마음으로 공상을 즐겼다. 김이 솔솔 나는 고소한 옥수수죽을 받아든 미순 엄마 표정이 어떨까? 그런 생각을 하면서 혼자서 실실 웃었다. 죽을 타기 위해서 아이들의 줄서기에 끼어들었을 때 손때 맵기로 소문난 양호 선생님을 만나게 될까봐 겁이 나기도 했다. 그러면 도망을 쳐야지. 나는 자꾸만 배짱이 두둑해지고 있었다. 그러다가 하마터면 큰 소리로 웃을 뻔했다. 나는 입안 가득히 고이는 침을 삼키면서 웃음을 참았다.

그 때였다. 뭔가 퀴퀴한 냄새가 내 코를 자극했다. 어느새 담임의 커다란 손이 내 목을 움켜쥐었다. 이 녀석은 뭐가 좋아서 혼자 키들거리고 있냐? 앞에 나가서 저것들 풀어. 나는 의자를 뒤로 빼면서 벌떡 일어섰다. 그 때 쨍그랑! 놋주발이 굴러 떨어졌다. 아이들의 시선이 내게로 모아졌다. 와아! 쟤도 옥수수죽 타먹어? 아이들이 벌떼처럼 잉잉거렸다. 시끄러워! 담임이 인상을 쓰면서 소리를 질렀다. 이현경 넌 그릇 들고 교무실로 와! 때마침 수업을 마치는 종이 울렸다. 나는 얼굴이 시뻘개져서 담임을 따라 교무실로 갔다.

쇳조각이 목에 걸린 것만 같이 뻑뻑한 목소리로 야단치던 담임은 나만 남겨놓고 휭하니 나가버렸다. 나는 놋주발을 손에 들고 여러 선생님들이 보는 가운데 벌을 서고 있는 중이었다. 쯧쯧쯧. 애가 겉으론 그렇게 양순해 보이는 데 좀 엉뚱한 데가 있다더니만, 그 말이 맞네요. 앳된 여선생 두엇이 내 흉을 보고 있는 게 귓속을 파고들었다. 놋주발을 들고 서 있는 내 모습은 옥수수죽을 빌어먹고 사는 거지랑 다를 바가 없었다. 그들은 번갈아 가면서 나를 놀려먹었다. 나는 눈을 반쯤 감고 입술을 깨물었다. 자존심 하나로 뭉쳐진 엄마 얼굴이 떠올랐다. 나는 참고 참았던 울음보를 터트렸다. 선생님들이 놀란 눈으로 나를 돌아다봤다. 얘, 이젠 집으로 가봐. 그리고 그릇 이리 줘. 내가 죽 한 그릇 담아 줄 테니 가져가. 근데 뜨거운 거 잘 들고 갈까? 손때 맵고 독종이라고 소문이 나 있는 양호 선생님이 손을 내밀었다. 나는 양손으로 눈물을 닦아내고 총알처럼 빠르게 양호 선생님 뒤를 따라나섰다.

의석의 호주머니엔 색색의 유리구슬이 가득 들어 있었다. 우리는 그 애 이름이 김의석인데도 그냥 서울아이로 불렀다. 여름방학이 끝나고 새 학기가 시작될 무렵이었다. 그날따라 아침 조회가 늦어졌다. 새 친구를 소개한다. 이름은 김의석. 서울에서 온 친구다. 시골생활이 처음일 테니 여러 친구들이 많이 도와줘야 한다. 담임은 교장 선생님이 훈화를 할 때보다 더 근엄한 표정으로 김의석을 소개했다.

짜아식이 얼굴이 왜 그렇게 희냐? 이러면서 남자애들은 의석을 에워싸고 실핏줄이 그대로 드러난 그 애 얼굴을 뚫어지게 들여다봤다. 여자애들은 멀찌감치 떨어져 있긴 해도 온 시선이 의석에게 집중돼 있었다. 소개 받을 땐 담임 등 뒤에 숨어 있던 의석은 언제 그랬냐싶게 능청스럽게 말을 받아쳤다. 서울에선 아무 물이나 안 쓰고 약품을 넣어 깨끗해진 물만 써. 그러니까 너희들보다 얼굴이 하얄 수밖에. 의석의 말투엔 반 아이들 전체를 촌것들로 까뭉개는 오만함이 가득했다.

그 때 나는 반애들 중에 복숭아 속살처럼 뽀오얀 피부를 가진 아이들 몇을 재빨리 훑어보면서 의석을 향해 암팡지게 쏘아붙였다. 얘! 거짓말 좀 하지 마라. 얘들은 시골에서만 살았어도 얼굴이 이렇게 하얀 걸? 이건 어떻게 설명할래? 의석의 얼굴이 순간 하얘졌다. 그러더니 따발총 같은 반격이 시작됐다. 쬐끄만 기집애가 어디서 함부로…. 뭐? 기집애? 그리고 주둥이? 나는 독이 오를 대로 올라 악을 썼다. 그 때 담임이 문을 열고 들어왔다. 아이들은 재빠르게 제자리를 찾아가 앉았다. 교실 안이 물 끼얹은 듯 조용했다. 웬일인지 담임은 아무 말도 안 하고 수업을 시작했다. 나는 고개를 길게 빼서 맨 뒷자리에 앉아 있는 의석을 쳐다봤다. 의석은 점잔을 빼고 앉아 나를 못 본 체했다. 나는 눈이 찢어질 만큼 그를 흘겨봤다. 그러나 그 앤 눈썹 하나 까딱 않고 비시시 웃는 것으로 날 무시해버렸다.

의석은 전학 온 지 일주일이 채 안 돼서 아이들의 인기를 독차지했다. 담임의 각별한 관심을 받고 있다는 게 더 정확했다. 그는 창백해 보이는 얼굴과는 영 딴판으로 굴었다. 좁은 교실을 걸어 다니는 법이 없었다. 늘 뛰어다녔다. 쉬는 시간이 되면 교실 안은 어수선하기가 그지없었다. 그러나 담임은 전혀 야단을 치지 않았다. 그저 다정한 눈빛으로 어허허! 저 녀석 보게! 야생마 같군, 이러면서 허허거렸다. 난 담임을 비롯한 반 아이들이 쓸개 빠진 사람들 같단 생각을 떨칠 수가 없었다. 나는 학교 가는 게 더 싫어졌다. 그러나 의석을 향해 싸움을 걸고 싶다는 생각은 나날이 더해갔다.

나는 의석이가 벌이는 오만함이 바로 그 애의 유리구슬에 있다는 결론을 내렸다. 그때까지도 아이들이 갖고 놀던 구슬은 학교 앞 구멍가게에서 파는 짙은 감청색의 구슬, 그거 한 가지였다. 그러나 의석이가 날마다 주머니가 불룩하게 넣어가지고 오는 구슬은 오색, 아니 열 가지도 넘는 고운 빛깔의 구슬이었다. 그러니 눈길이 가는 건 당연했다. 어떤 때는 나도 그 구슬을 한 주먹 얻어 갖고 싶기도 했다. 반 애들 중에서 의석의 구슬을 얻어 갖지 않은 아이들은 나를 포함해서 서너 명쯤 됐다.

그 애의 특별한 점은 오색구슬만이 아니었다. 그 애는 우리가 들어

보지 못했던 노래를 흥얼대고 다녔다. 그런데 그 노래의 대부분이 라디오 연속극의 주제가였고 교과서에는 실리지 않은 노래였다. 댁의 부인은 어떠십니까? 라디오에서 흘러나오던 노래였다. 또 이런 노래도 있었다. '줌가리 가리 가리 줌가리 가리 개척자의 찬 바람은(참 바라는)…' 그 노래는 보이스카우트 단가라고 했다. 그러면서 자기는 서울에서 보이스카우트 단원이었다는 말을 슬쩍 흘린 것도 같았다.

의석이가 우리들을 깜짝 놀라게 한 사건이 있었다. 그건 얼음이었다. 겨울이 코앞으로 다가왔다. 그 때쯤이면 우리는 첫눈을 기다렸다. 매서운 바람. 그리고 추녀 끝에 매달린 투명한 고드름. 호호 언 손을 부비면서도 처마 끝에 달린 고드름을 따먹는 것이 진짜 겨울이었다. 우리가 겨울에 먹을 수 있는 얼음은 고드름이 전부였다. 그러나 의석이 가지고 나타난 얼음을 보는 순간 우리들은 그동안 그렇게 기다렸던 고드름의 존재를 까맣게 잊고야 말았다.

유리구슬보다 좀 큰 투명한 얼음은 구슬처럼 반짝거렸다. 우리는 그가 내미는 작은 얼음을 만져볼 엄두를 못 냈다. 왠지 그것을 만지면 안 될 것만 같은 두려움도 따랐다. 의석은 좋아 죽겠다는 듯이 배를 움켜쥐고 키득거렸다. 괜찮아. 이거 먹는 거야. 입에 넣어보라고. 깨끗한 물로 일부러 얼린 거라니까. 누군가가 의석의 말에 토를 달았다. 에이, 눈도 안 왔는데 어떻게 얼음이 있어? 너 거짓말 치는 거지? 에이, 빨리 안 먹으면 다 녹아. 자아, 어서 입에 넣어 봐. 한 아이가 조심스럽게 얼음을 집어 입에 넣었다. 아! 시원하다. 얘들아 너희들도 입에 넣어봐. 그냥 시원해. 얼음을 입에 넣은 아이들이 한마디씩 감탄사를 뱉어냈지만 나는 아이들의 뒤통수만 쳐다보고 끝내 얼음을 집지 않았다. 의석의 오만한 태도를 보고 있자니 마음이 뒤틀리기도 했고 호들갑을 떠는 아이들이 모두 바보처럼 보였다.

내 동생 이름은 이은경이다.

이은경. 이현경보다 훨씬 더 따스하고 사랑스러운 느낌이 든다. 엄마는 은경이를 낳을 때 무척 힘이 들었다고 했다. 주변에선 나이가 있어서 그랬나보다는 말들을 했다. 똑, 남자앤 줄 알았지 뭐냐. 네가 배 속에 있을 때보다 훨씬 힘들었다. 먹는 것만 해도 그랬어. 난 나중에 네 아버지한테 미안해서 혼났다. 먹고 돌아서면 금방 허기가 지곤 했단다. 그런데 낳고 보니 저렇게 똘망똘망하네. 아버지도 엄마도 은경이가 두 번째 딸인 것을 전혀 섭섭해 하지 않았다.

은경이가 어느새 백날을 맞이했다. 우리 집 행사에 외할머니를 빼놓을 수는 없었다. 엄마의 산후 뒷바라지를 한 달 해주고 가셨던 할머니가 은경이의 백일을 위해 크고 작은 보따리를 여러 개 가지고 우리 집에 오셨다. 나는 할머니가 가져온 보따리를 풀어보는 재미로 시간 가는 줄을 몰랐다. 추석 때도 아닌데 어른들이 끼는 골무만 한 송편이 소반 위에 쌓여만 갔다. 할머니가 떡의 재료와 고물을 모두 준비해 오신 거였다. 백설기를 찌기 위해 엄마는 쌀가루에 물을 내렸고 시루 밑바닥엔 구멍을 막기 위해 무를 얇게 저며 깔아 두었다.

“어떤 음식이든 정성이 들어가야 하는 거란다. 더구나 애기 백날은 아주 특별한 날이니 조심해야 해. 현경이도 말 많이 하지 말고. 머리카락이 빠지든지 침이 튀어 들어가면 못써."

평소 말수 적은 할머니가 자꾸만 주의를 주었다. 네에, 어머니! 엄마는 조심스럽게 고운 쌀가루를 시루에 쏟아 붓고 맨 위에는 한지를 살짝 덮었다.

"백날엔 백 사람에게 백설기를 나눠주는 거란다. 그래야 우리 은경이가 무병장수를 하지."

할머니의 조용한 말소리와 소복하게 쌓여가는 앙증맞은 송편을 들여다보다가 잠이 들고 말았다. 난 잠을 쫓아내려고 기를 썼다. 하지만 졸음이 눈두덩을 짓누르니 당할 장사가 없었다. 애, 자리를 깔고 자야지. 바닥이 차다. 할머니가 타일렀지만 세상모르게 곯아떨어졌다. 꿈속에서도 송편을 빚고 백설기를 찌는 엄마를 만났다.

"옛날에 양반가의 아낙들은 아무리 화가 나도 큰소리를 안 냈대요. 여인 목소리가 담을 타고 넘어가면 안 된다는 금기였겠죠. 물론 금기란 것도 따지고 보면 남정네들이 만든 거겠지요. 그런 인습에 매이다보니 화가 쌓였을 테고 그러니 화병으로 돌아간 아낙들이 어디 한둘이었겠어요?"

자꾸만 커져가고 있는 송편을 애써 작게 빚으려고 진땀을 흘리는 미순이 엄마는 우리 엄마 말을 별로 귀담아 듣지 않았다. 그러나 엄마는 쉬지 않고 할머니 얘기를 들려주려고 애를 썼다.

"저어, 충북 괴산 땅에 청안이라는 데가 있어요. 우리 외할아버지가 진사 벼슬을 하셨대요. 작은 고을에선 보기 드문 일이었겠죠. 그러니까 우리 어머니가 진사님 막내딸이에요. 우리 외할머니가 아들딸을 열이나 낳았다는데, 어찌된 일인지 어려서 다 떠나고 어머니 위로 외삼촌 한 분만 계세요. 옛날엔 그런 일이 많았다고 하네요."

"현경이 할머니는 대하기가 참 조심스러워요."

미순이 엄마가 우리 엄마 얘기를 거들었다. 나는 꿈속에서도 엄마 말을 듣고 있었다. 그리고 이따금씩 추임새를 넣고 있는 할머니의 나직한 말소리가 자장가로 들려왔다. 늘 들어온 외할머니 댁의 이야기는 언제 어디서고 달달 외울 만치 익숙한 얘깃거리였다.

"옛날 청안이라는 곳에 글쎄, 하루는 외할머니의 어머니가 낮잠을 주무시다가 꿈을 꾸었다지 뭐냐. 근데 집안으로 거북이들이 줄줄이 기어 들어오더래. 숫자를 세 보니 꼭 열 마리였다는 거야. 앞장서서 들어오는 놈들은 어찌나 크고 실한지 백년은 묵은 거 같더래. 기분이 좋아진 할머니가 그 놈들을 붙잡으려고 치마폭을 벌렸다는 거야. 그런데 한 놈 두 놈 모두 할머니 치마폭을 피해 달아났고 그중 작고 약해 보이는 거북이 두 마리만 할머니 품에 안기더래. 할머닌 그 두 마리를 뒤꼍에 있는 우물에 넣어두었지. 그리고 잠이 깼다나봐. 결국, 십남매 중에 살아남은 사람은 외할머니랑 서울 할아버지 둘뿐이었어."

그래서 그런지 나는 할머니를 사람이 아닌 옛날얘기 속의 주인공으로 착각할 때가 많았다. 입을 크게 안 벌리고도 정확하게 말을 전달했고, 쪽을 지은 머리 매무새도 보통 할머니들하곤 다르게 정갈했다. 엄마의 말처럼 할머니는 그냥 할머니가 아닌 청안 고을의 진사 댁 막내따님으로 우리 곁에 계신 거였다.

은경이의 백일 상차림은 여름 꽃밭처럼 곱고 화려했다. 미순이 엄마와 몇몇 동네 아줌마들이 다녀갔다. 저녁에는 아버지의 동료 대여섯이 군복을 입은 채로 백날을 축하해 주러 왔다. 엄마는 온종일 종종걸음으로 뛰어다니면서 손님 접대를 했지만 조금도 피곤한 기색이 없었다. 나는 은경이 백일상에서 이것저것 맛있는 것들을 골라 먹다가 문득, 의석이가 가져왔던 작고 투명한 얼음조각을 떠올렸다. 백일상엔 어떤 것보다 귀한 음식들이 많았지만 구슬처럼 투명하게 빛나던 얼음 조각이 없으므로, 뭔가 허전하다는 느낌을 지울 수가 없었다.

"왜? 더 먹지 그래? 이런 상은 이제 두 번 다시 못 차리는데. 이제 은경이가 우리 집 막내야."

엄마는 내가 상 위의 음식을 달가워하지 않는다는 걸 눈치챈 모양이었다. 은경이가 막내라는 건 더 이상 동생을 보진 못할 거란 암시였다. 그러나 난 별로 서운치 않았고 기어이 얼음 얘길 꺼냈다.

"엄마, 엄마도 밤톨같이 생긴 얼음 먹어봤어?"

"얘는 이 계절에 얼음은 무슨? 얼음이라면 지난여름에 미순네 아버지가 자전거로 실어 와서 두 집이 수박화채 만들어 먹지 않았던? 근데 왜 갑자기 얼음 타령이야? 이렇게 귀한 음식들 앞에서?"

아냐, 그게 아니야. 나는 말솜씨를 총동원해서 의석이가 가져왔던 얼음에 대한 설명을 길게 늘어놓았다. 그러나 엄마는 나의 설명을 중간쯤에서 뚝 끊더니만 이런 말을 했다.

"4.19 때 이기붕이란 세도가의 집에선 별별 게 다 나왔더랜다. 제철이 아닌데도 수박이며 과일이란 과일이 다 있더래. 그런데 도대체 얼음을 가져온 애가 누구야?"

"있잖아. 서울에서 전학 온 의석이란 남자애. 엄마도 알아?"

"그럼. 알고말고. 이렇게 좁은 바닥에서 그걸 모를까. 걔 아버지가 전매청 국장이라고 하더구나. 근데 걔 엄만 같이 안 사나 보더라. 한 번도 본 일이 없어."

국장이란 자리가 얼마나 높은 자리인지는 몰라도 의석의 아버지가 우리가 늘 지나다니는 길가에 자리 잡은, 허연 김이 쏟아져 나오는 인삼전매청에서 근무한다는 사실에, 나는 처음으로 의석에게 친밀감을 느꼈다. 그러나 그 이후에도 난 그 얼음조각이 어디서 왔는지, 어떻게 만들어진 건지 몹시 궁금했지만 두 번 다시 그 얘기를 꺼낼 수가 없었다. 그거야 의석이를 만나 물어보면 금방 알 수 있겠지만 그것만큼은 내 자존심이 허락하지 않았다.

겨울방학을 끝내고 우린 학년말 시험을 보았다. 나는 그럭저럭 상위권을 유지하고 있어서 체면치레를 할 수 있었다. 은경이가 태어나자 엄마도 나에 대한 지나친 관심에서 한 발 뒤로 물러섰다. 그러다보니 시험을 본다고 해도 전보다는 긴장을 덜했다. 엄마의 감독권에서 벗어난 나는 해방감을 느끼면서 시험을 봤고 새 학년이 되면 바뀔 담임에 대한 기대가 있었다. 어쩌면 조금씩 철이 들어가고 있다는 얘기도 됐다. 학년 말 시험을 치렀고 교과서도 이젠 더 들여다볼 게 없었다. 우리는 해방감으로 들떠 있었지만 학년말 시험의 결과에 대한 조바심을 떨쳐버릴 수는 없었다.

의석은 기대했던 대로 우리 반에서 일등은 물론이며 학년 전체에서도 일등을 했다. 그러나 의석은 당연한 일인 것처럼 별로 좋아하는 기색이 없었다. 그는 창밖을 내다보면서 무언가 골똘하게 생각하는 때가 많았다. 그리고 말수가 눈에 띄게 줄었다. 전처럼 주머니 가득히 구슬을 넣어 오는 일도 없었다. 의석은 명랑함과 우울함이 빠르게 교차했다. 나는 한 번쯤 그에게 다가가서 그의 고민거리를 나누고도 싶었지만 그럴 용기는 없었다.

봄방학을 하던 날이다. 해가 숨어 버리고 회색 구름이 하늘을 덮고 있어 교실 분위기가 우중충했다. 아침에 교실에 들어서는 의석이가 보기 드물게 산뜻한 표정이었다. 나는 의석이가 다시 예전의 야생마로 돌아간 것만 같아 덩달아 기분이 좋아졌다. 이번 봄방학이 지나면 우린 새 친구들을 찾아 반을 가르게 돼 있고 담임도 이젠 마지막 시간을 보내야 했다. 아이들은 모두 들떠 있어 수업이 제대로 될 리가 없었다. 4교시 수업을 마치고 대청소를 하기로 했지만 담임은 3교시만 하고 수업을 마쳤다. 각자 맡은 구역을 청소하고 개인 소지품들을 꼭 챙겨가라는 말을 남기고 담임은 교무실로 갔다. 우리는 웅성거리면서 책 보따리를 싸고 사물함을 정리했다.

"여러분! 오늘은 제가 여러분을 매우 즐겁게 해 드리겠습니다."

김의석이었다. 그는 선생님만 올라갈 수 있는 교탁에 떡 버티고 서서 한 손엔 병을, 다른 한 손은 바지 주머니에 찌르고 익살스러운 표정을 지었다. 병은 주둥이가 좁고 배가 볼록한 게 마치 우리 엄마가 은경이를 가졌을 때의 모양과 비슷했다. 병 속엔 짙은 색의 액체가 담겨 있었다. 그리고 병 곁에는 우리들이 한 번도 보지 못했던 글씨가 가득했고 수염이 허연 할아버지 얼굴이 박혀 있었다. 너희들 춥지? 한 사람씩 이리로 나와 봐. 요걸 조금씩 마시면 춥지도 않고 기분이 아주 좋아진단다. 나서기 잘하는 윤철이와 감초인 영호가 빗자루를 집어던지고 앞으로 나섰다.

이상한 향내가 코를 찔렀다. 미순이 엄마가 금싸라기보다 더 아껴 쓰고 있는 일제 화장품 냄새가 나는 것도 같았고, 한편으론 송진 냄새가 나는 것도 같았다. 아이들은 너 나 할 것 없이 갈색 액체를 한 모금씩 얻어 마셨다. 이현경, 너 이리 와 봐. 쬐끄만 게 맨날 잘난 척만 하지 말고. 의석의 목소리가 은근해졌다. 나도 모르게 앞으로 나갔다. 밤톨만 했던 얼음을 못 얻어먹고 두고두고 궁금해 했던 일이 생각났다. 나는 자존심 따윈 배 속 깊숙한 곳으로 밀어 넣었다. 얼음을 못 차지했던 서운함을 달랠 좋은 기회라는 생각이 앞섰다. 자아, 마셔 봐. 나는 코를 막고 갈색 병 주둥이에 입을 댔다. 망설임 없이 단숨에 한 모금을 들이켰다. 아앗! 쓰고 뜨겁고 진한 액체가 이미 내 식도를 타고 넘어갔다. 그 순간 눈앞에서는 불꽃이 일렁이는 듯했고 구역질이 올라왔다.

아이들이 하나같이 이리 비틀 저리 비틀, 꼴이 말이 아니었다. 그러나 아이들은 서로의 걸음을 흉내내면서 다함께 키득거리기 시작했다. 대청소는커녕 빗자루를 잡기도 힘들 만치 몸이 휘청거렸다. 손목의 힘이 빠져 버렸고 제대로 서 있을 수가 없었다. 어떤 애들은 입을 틀어막고 변소로 달려가기도 했다. 나는 유리창 당번이지만 손걸레를 잡을 수가 없었다. 그리고 몸이 뜨거워지고 속이 울렁거렸다. 이대로 창틀에 앉아 있다가는 아래로 떨어지기 십상이었다.

이런! 난장판이 따로 없구나! 성난 담임 목소리에 아이들은 눈을 크게 뜨고 정신을 차리려고 애를 썼다. 너 이리 와! 담임은 이미 사정을 파악한 눈치였다. 의석이 가져온 병은 어느새 바닥을 보이고 있었다. 이 독한 술을…. 너 도대체 이게 무슨 짓이냐? 담임은 힛김이 빠지는 것처럼 숨을 몰아쉬었다. 의석은 입을 꾹 다물고 서서 미동조차 하지 않았다. 야, 임마! 아버지가 너 하나 믿고 사시는 데…. 허어, 참! 얼굴이 창백해진 의석은 벙어리가 된 채로 움직이지 않았다.

그 사이 양호 선생님이 달려왔다. 대부분의 아이들이 물을 마시면서 토해 낼 것을 토해 낸 뒤엔 정신을 차렸다. 그러나 심한 아이들은 양호실로 데려가서 안정을 취하게 했다. 양호 선생님이 담임에게 그만두시라는 말을 했다. 담임은 얼굴이 벌겋게 돼서 의석을 한참이나 노려보더니 양호 선생님을 따라 교실을 나갔다. 담임은 아이들 모두를 운동장으로 나오라고 했다. 그러나 나는 운동장으로 나가지 않았다. 한쪽 구석에서 돌덩어리처럼 처박혀 있는 의석이 꼭 무슨 일을 저지르고야 말 것 같은 불안감이 들어서였다.

의석은 내가 다가가서 살짝 건드렸지만 아무런 반응이 없었다. 그러나 그 애의 등이 심하게 떨리고 있었다. 의석은 소리 죽여 울고 있었다. 얘, 의석아, 울어? 나는 용기를 내서 그 애 팔꿈치를 잡아 흔들었다. 의석이가 벌떡 일어섰다. 그러더니 큰소리로 엉엉 울면서 미친 듯이 노래를 불렀다.

"댁의 부인은 어떠십니까? 엉엉엉! 야, 이 땅꼬마야, 네가 내 맘을 알아? 아냐고오! 우리 엄마는 자유부인이야. 알아? 우리 아빠가 속이 상하거나 마음이 추울 때는 꼭 이 술을 마시지. 이 술이 얼마나 비싼 것인지 알고나 있어?"

의석은 빈 술병을 가슴에 끌어안고 있었다. 그것은 시골에 계신 할아버지가 손자를 끌어안고 있는 것처럼 보였다. 나는 무심코 밖을 내다봤다. 정신이 든 아이들이 단체로 토끼뜀을 뛰고 있었다.

어느새 교실엔 잿빛 어둠이 살금살금 기어 들어왔다. 뒤를 돌아다봤다. 그사이 의석은 사라지고 없었다. 방금 전까지 들려오던 아이들의 낑낑대던 목소리도 순식간에 사라져버렸다. 창문을 열고 고개를 쑥 빼서 운동장을 구석구석 살펴보았다. 그러나 운동장엔 개미 새끼 한 마리도 남아 있지 않았다. 의석이 소리 없이 가버린 것과 아이들이 한꺼번에 사라진 것을 알고 나니 기분이 몹시 언짢았다. 의석을 향해 처음으로 마음을 여는 순간이었고 아직은 술에 취해서 정신이 얼떨떨한 반 애들을 걱정하고 있었는데, 내 눈에 들어오는 건 쓸쓸한 어둠뿐이었다. 나는 집을 향해 겅중겅중 뛰어갔다. 오늘 일어났던 일들이 꿈을 꾼 것만 같았다. 그러다가 하늘을 올려다봤다. 별무리가 기막히게 아름다웠다. 검푸른 보자기에 박혀 있는 하얀 별을 세기 위해 고개를 뒤로 젖혔다. 무섭게만 느껴지던 어둠이 포근하게 나를 감싸안았다. 그러는 사이 하늘에선 놀라운 일이 벌어지고 말았다. 별들이 길게 꼬리를 그으면서 하나씩 둘씩 땅으로 떨어졌다.

4

다리를 건너

이젠 읍의 풍경이 거의 안 보이게 됐다.
버스는 속력을 내기 시작했다. 그때부터 터지기 시작한
나의 눈물주머니는 참으로 주체할 수 없는 골칫거리였다.

한밤중이었다. 사람 살려요! 당장 숨이 멎을 것 같은 외마디소리가 들리자 나는 누웠던 자리에서 발딱 일어났다. 은경인 놀랐는지 엄마 품을 파고들면서 울음을 터뜨렸다. 또 시작이구나. 큰일이네 정말. 엄마는 대수롭지 않게 말하면서 머리맡에 두었던 스웨터를 들어 천천히 팔을 끼웠다.

비명은 새로 세 들어온 부부교사 방에서 들려온 소리였다. 그리고 소리를 지른 사람은 우리 반 담임 선생님이었다. 담임이 미순네로 세를 얻으러 왔을 때 난 숨어버리고 싶은 심정이었다. 날마다 얼굴을 마주 대할 선생님이 한 울안에 산다는 게 숨이 막힐 것만 같이 싫었다. 아니나 다를까. 나는 고된 시집살이를 살게 됐다. 담임의 잔심부름을 도맡아 하게 된 거였다. 그런 나를 두고 담임은 책임감이 투철한 아이란 칭찬을 아끼지 않았다. 엄마는 그런 칭찬을 들을 때마다 어쩔 줄을 모르면서 얼굴을 붉혔다.

세를 들어오면서도 선생님은 일하는 처녀를 데려왔다. 엉덩이가 펑퍼짐한 처녀는 선생님 어머니가 보내 준 사람이었다. 살림에 서툰 선생님을 도와서 나리도 돌보고 부엌일을 거들 가사도우미였다. 미순이 엄마는 별일을 다 본다고 혀를 차면서도 창고로 쓰던 골방을 새로 도배했고 짭짤하게 세를 받았다. 처녀의 이름은 복순이고 선생님 어머니의 먼 일가였다. 선생님의 친정은 큰 부자라고 했다. 어른들이 반대하는 연애결혼을 하는 바람에 겨우 혼인식을 했고 피란 보따리 같은 살림을 이고 지고 셋방을 얻어 들어왔다고 했다. 이웃 사람들은 윤기 나는 머리를 어깨까지 늘어뜨리고 높은 구두에 좁은 치마를 입은 멋쟁이 선생님이 어디 애엄마냐면서 입을 삐죽거렸다. 더구나 운동선수같이 건장한 남편과 팔짱을 끼고 출근하는 모습을 보면 망측스럽다고 고개를 돌렸다. 하지만 선생님 내외는 이웃 사람들을 스스럼없이 대했다. 선생님에겐 나리라는 딸애가 있었다. 복순 언니가 주로 하는 일은 나리를 돌보는 일이었다. 스물이 채 안 된 복순 언니가 아이를 돌보는 일은 서툴렀다. 그럴 때마다 엄마와 미순 엄마의 육아법이 큰 도움이 됐다. 선생님은 퇴근 후나 주말 오후엔 호박을 썰어 넣은 수제비를 끓여 이웃들과 나눠 먹기를 잘했다. 선생님은 이웃 사람들이 수군대던 깍쟁이가 아닌 평범한 애기 엄마였다.

선생님 부부에게 문제가 있다면 그건 너무 자주 싸운다는 거였다. 싸울 때 보면 두 사람이 너무 좋아해서 친정 부모와 의절했다는 말을 이해할 수 없었다. 그들은 일주일이 멀다고 툭탁거렸는데 싸움의 정도가 보통 이상의 것이었다. 싸움은 말다툼에서 그치는 게 아니었다. 치고받고 때리고 할퀴고…. 싸움이 끝난 다음날 아침엔 온 집안이 고요 속으로 가라앉았다. 복순 언니조차 숨소리를 내지 않았다. 선생님은 두껍게 화장을 했고 긴 머리로 얼굴을 반 이상 가리고 출근했다. 그러나 두꺼운 분칠도 부풀어 오른 피멍을 감출 수는 없었다. 선생님의 부부싸움은 교무실에서도 이미 알고 있는 모양이었다. 담임이 양호실에 가 있는 동안 대신 수업을 맡아 준 다른 반 선생님이 수업이 끝나자마자 나를 교실 밖으로 잡아끌었다. 너네 담임 어제도 한바탕 했니? 난 목을 움츠리면서 눈을 다른 데로 돌렸다. 몰라요. 모르긴, 한집에서 왜 몰라? 정말 몰라요. 어유, 이 녀석 참 의리 있네. 그래도 지네 선생님이라고 감춰주는 거 봐.

그렇게 사람들의 흉 거리가 됐지만 난 선생님 부부가 참 좋았다. 담임 남편은 읍내에 하나밖에 없는 여자고등학교 미술 선생님이었다. 들려오는 얘기로는 담임이 미술 선생님의 제자였단다. 여학교 때부터 눈여겨본 제자를 사범학교 졸업하자마자 아내를 삼은 거였다. 선생님 아버지는 오래 전에 박 의원과 사돈을 맺자는 약속을 해 놓았다. 그러나 딸이 일찌감치 연애를 하는 바람에 그 일은 물거품이 되고 말았다. 우리는 선생님 남편을 화가 선생님이라고 불렀다. 화가 선생님이 화구를 챙겨서 나리와 선생님과 함께 야외 스케치를 하러 나가는 것을 온 동네 사람들이 부러워했다. 그게 그렇게 부럽더라는 말을 흘려들은 화가 선생님이 선심을 베푼 적이 있었다. 그는 울안의 아이들 모두를 데리고 야외 스케치를 나갔다. 우리들은 화가 선생님과 함께 보낸 한나절을 소중한 추억으로 간직해 두었다.

야외 스케치가 있는 날이 바로 복순 언니의 휴가였다. 언니는 아침 일찍 나갔다가 어두워져서 들어왔는데 목이 쏙 들어갈 만큼의 보따리를 이고 왔다. 보따리를 풀면 시골에서 추수한 온갖 것들이 끝도 없이 쏟아져 나오곤 했다. 복순 언니는 학교를 다닌 건지 안 다닌 건지 알 수 없었다. 한글을 더듬더듬 읽는 정도였지만 받침 두 개가 붙은 것들은 자신 없는 눈치였다. 내가 은경이에게 동화책을 읽어주는 것을 가장 부러워하는 사람이 바로 복순 언니였다. 어쩌면 이렇게 막 힘없이 좔좔 읽을 수 있어? 언니도 날마다 책을 보면 그렇게 돼. 아유, 아니야. 난 그럴 시간도 없고 취미도 없어. 오죽했으면 국민학교를 반 토막내고 말았을까. 우리 집이 학교에 못 갈 만큼 가난뱅인 아니야. 내가 공부하기 싫어서 포기한 거야. 그런 말을 하면서 복순 언니의 양 볼이 홍시처럼 붉어졌다.

아침 잘 해먹고 도시락까지 싸들고 나갔던 선생님 가족이 돌아올 때면 영 딴판이었다. 나리마저 꾀죄죄한 얼굴로 엄마 아빠 눈치를 보면서 비척거렸다. 화가 선생님은 입을 꾹 다물고 있다. 선생님의 멋진 플레어스커트에서도 찬바람이 휙휙 일어났다. 폭풍우가 몰아치기 직전의 아슬아슬함이다. 아니나 다를까. 그럭저럭 넘어가나 보다 했더니만 그예 일이 터졌다.

담임 선생님이 부부싸움을 하고 있으니 모른 척을 해도 아는 척을 해도 불편해서 말이지. 엄마는 혼잣말을 지껄였다. 정말 난처한 모양이었다. 이봐요! 현경 엄마! 미순이 엄마가 숨죽인 발걸음으로 다가와 엄마를 불러댔다. 엄마는 문고리를 벗기고 방문을 열었다. 어여 나와 봐요. 화가 선생님이 다른 사람 말보다 현경 엄마 말을 잘 듣던데….
잘 듣긴요. 이거 한두 번도 아니고 정말 난처하네요. 그동안 선생님
부부의 고함소리는 점점 커졌고 울안의 아이들도 하나둘씩 선잠에
서 깨어났다. 그러나 미순이와 나는 엄마들의 엄명을 받고 작은 아이
들을 꼭 끌어안고 숨을 죽인 채 있어야만 했다. 복순이 언니에게 꼭
붙어 있는 나리도 이젠 절대 울지 않았다. 엄마와 미순 엄마가 선생님
네 방으로 들어갔고 화가 선생님의 거친 숨소리가 잦아들었다. 담임
의 흐느낌도 시간이 갈수록 옅어지면서 싸움은 끝을 보였다.

전쟁이 휩쓸고 간 다음날은 우물에 갈 일이 있어도 되도록이면 각
자의 부엌에서 대충 일을 보고 말았다. 그것은 집주인이나 세든 사람
들 모두가 똑같았다. 복순 언니조차 죄인인 양 얼굴을 못 들었고 나
리네는 아예 아침을 굶는 눈치였다. 하지만 그런 분위기는 하루나 이
틀이면 그만이었다. 화가 선생님이 기분 좋게 술 한 잔을 걸치고 제철
과일을 상자째로 들여오거나 읍내 중국집에서 볶음밥을 시켜다가
아이들까지 배불리 먹였다. 그리고 미순이 아버지에게는 독한 술을
따라주면서 집안 분위기를 흐리게 한 것을 사과했다.

나는 예전처럼 집안에서만 놀았다. 그건 은경이가 태어난 이후로
더했다. 내 또래의 아이들과 고무줄을 해도 공기놀이를 해도 난 시원
치가 못해 늘 '왔다리갔다리(어느 편에도 속하지 않는 거. 깍두기라고도
불렀다.)'만 했는데 그것도 오래 하다 보니 싫증이 났다. 아이들끼리의
놀이지만 이 편도 저 편도 아닌 내 위치는 결국 나의 정체성을 잃어버

리게 했다. 나는 슬며시 모든 놀이에서 빠져나왔다. 겨우 사귀기 시작한 새 동무들하고도 멀어져 갔다. 동무들 대신 겨우 말을 시작한 은경이와 나리를 끼워 넣으면서 나는 뭔가 대단한 일을 하고 있다는 생각에 저절로 어깨가 올라갔다.

날이 갈수록 은경이의 재롱은 늘어만 갔다. 엄마는 나를 대할 때의 날카로움이라든지 각이 진 것처럼 엄격했던 것들을 훌훌 벗어던졌다. 나 역시 그런 엄마를 보면서 마음이 훨씬 가벼워졌다. 은경인 어떤 때 보면 막무가내였다. 그래도 엄마는 놀라운 참을성으로 은경일 달랬다. 나는 엄마의 새로운 면을 훔쳐보면서 뭔가 묵직한 것이 가슴에 얹히곤 했다.

엄마의 친정 나들이가 부쩍 늘어났다. 부여에서 버스를 타고 비포장 길을 두어 시간 달려가면 외가에 닿았다. 그곳은 복숭아로 유명했고 기차를 탈 수 있는 기차역이 있다. 그리고 외가에는 누가 위고 누가 아래인지 구분이 잘 안 가는 외삼촌들과 이모들이 여럿이었다. 전에는 무슨 일만 있으면 옷매무새 단정한 할머니가 우리 집으로 오셨지만 이젠 엄마가 조치원으로 가는 일이 많아졌다. 은경이의 재롱에 넋을 놓고 웃고 있었지만 그 웃음이 그다지 행복해 보이지 않는 엄마 얼굴을 보면서 나도 기분이 안 좋았다. 그리고 미순 엄마가 한숨을 내쉬면서 했던 말도 마음에 걸렸다.

"현경이네 떠나면 난 어째. 무슨 낙으로 살까. 이웃사촌이지만 우리가 쌓은 정이 어디 보통 정이든가?"

의석이가 제 아버지와 함께 서울로 떠났다는 말도 들렸다. 떠난다는 말은 이사한다는 말과 같은 거였다.

"엄마, 우리 이사 가는 거지? 어디로 가는 거야?"

엄마는 한참 뜸을 들인 후에 입을 열었다.

"그래. 이사 간다. 외가 동네로."

나는 외가 동네란 말에 맨 먼저 연분홍 복숭아꽃을, 그리고 달고 상큼한 과즙이 줄줄 흐르던 복숭아 속살을 떠올렸다.

아버지가 안 계시니 너희들까지 반찬 없는 밥을 먹게 되네? 엄마가 많이 미안하구나. 그러면서도 엄마는 반찬 만들 생각은 안 하고 날이면 날마다 손을 놓고 먼산만 쳐다봤다. 은경이를 배 속에 넣고도 엄마는 늘 바지런하게 몸을 움직였던 사람이다. 철철이 나오는 생선들을 사다가 배를 갈라서 말리고 어떤 것들은 소금을 뿌려서 젓갈을 만들기도 했다. 그렇게 바삐 움직이던 엄마가 어째서 저렇게 맥이 빠져버린 것일까. 그 이유를 알 수가 없었다. 나는 시어빠진 김치 가닥을 이리저리로 밀어놓으면서 아무 말 없이 떠나버린 아버지를 생각했다. 아버진 왜 그렇게 멀고 추운 곳으로 가버린 것일까. 나는 밥이 목에 걸려 넘어가지 않았다.

"밥 먹는 거 하고는. 밥 그렇게 깨작거리고 있음 복 못 받아. 멀리 계신 아버지를 생각해야지. 아버진 혼자서 춥고 외로울 텐데. 어째 우리 현경인 이렇게 철이 안 들까?"

느닷없는 엄마의 핀잔에 정신을 차리고 빠르게 수저를 놀렸다.

담임은 공부를 가르치는 일엔 누구보다 열정이 많은 사람이었다. 나는 그 덕에 공부에 다시 재미를 붙였다. 내가 책을 파고들었지만 엄마는 왠지 무관심했다. 은경이도 엄마 눈치를 보면서 전처럼 떼를 쓰지 않았다. 빨간색 색연필로 달팽이 모양의 100점을 받을 때마다 나는 기분이 좋아졌다. 그러나 몇몇 아이들은 시험지를 받아들 때마다 입을 쑥 내밀었다. 그 중에서 좀 성깔이나 있는 애들은 그예 한마디를 던졌다.

"너, 담임하고 한집에 사니까 아무래도 덕을 많이 보는 거 같다."

"뭐? 이건 어디까지나 내가 열심히 해서 받은 점수야."

나도 지지 않고 앙칼지게 대들었다. 그러나 내가 상대하기에 버거운 아이도 있었다. 바로 포목점 딸인 백희였다. 엄마를 쫓아서 시장에 갔을 때였다. 백희는 저보다도 덩치가 훨씬 큰 아이들을 모아놓고 호령을 하고 있었다. 저잣거리에서 백희는 여장부로 통한다고 했다. 담임도 그런 백희를 추켜세웠다. 백희 역시 담임 말이라면 죽는 시늉까지도 해 보였다. 그러니 담임이 백희를 예뻐하지 않을 수 없는 모양이었다. 그렇지만 백희가 내 시험 점수까지 넘보는 건 그다지 기분 좋은 일이 아니었다. 그럴 때 담임이 나서서 교통정리를 해주면 좋으련만 웬일인지 담임은 모른 척을 해버렸다.

백희는 학교에서 집으로 돌아가면 곧장 포목점으로 가서 엄마 일을 돕는다고 했다. 심부름을 시키면 어찌나 똑 부러지게 잘 해내는지 몰라. 백희네 가게에서 바느질품을 팔고 있는 젊은 과수댁이 백희를 바라보는 눈은 대견함으로 넘쳐 있었다. 담임 아니라 누구라도 그런 백희를 예뻐하는 건 당연한 일일 것이다.

그러나 나는 왠지 백희가 싫었다. 잘못한 것도 없이 백희 그림자만 얼씬대면 몸을 숨겼다. 엄마는 그런 나를 두고 맹추라는 별명을 얹어 주었다. 그러나 맹추인 내게도 은경이와 나리라는 보물단지가 둘이나 있었다. 은경이와 나리는 내가 학교에서 돌아오기만을 목을 빼고 기다렸다. 나 역시 학교에서 돌아오면 잠들기 전까지 그 애들과 함께 뒹굴며 놀았다. 그때 막 유행하던 맹호부대 용사들의 군가를 나는 무진장 좋아했다. 그 노래를 은경이와 나리에게 한 소절씩 부르게 했다. 담임과 엄마는 질색을 했다. 하고 많은 노래 중에 하필이면 그런 딱딱한 군가를 가르친다고 나무라기도 했다. 그러나 나는 못들은 척 귀를 막아버렸다. '가시는 고~옷 월~나~암 땅…' 월남이라는 곳이 어딘지는 전혀 짐작을 못했다. 그러나 곡과 노랫말이 주는 아련함 혹은 아득함 같은 그런 느낌이 중독성을 갖게 했다. 나는 월남이 아버지가 가 있는 최전방이란 곳과 같을 거라는 막연한 생각을 하고 있었다.

우리가 떠난다는 사실이 울안에 퍼지게 되자 담임은 무척이나 서운한 표정을 지었다. 그는 저녁마다 나와 미순이를 불러 복습과 예습을 시켰다. 그리고 은경이와 나리에겐 나직한 목소리로 동화책을 읽어주었다. 또 공부를 하다가 좀 지루해지면 전등을 끄고 촛불 한 개를 켜놓고 그림자놀이를 했다. 선생님의 가늘고 긴 손가락은 갖가지 모양의 그림자를 만들어냈다. 오리며 토끼, 너구리 비슷한 짐승이 벽위에서 살아 움직였다. 우린 숨소리조차 내지 않고 그림자를 지켜보았다. 선생님의 손가락이 마술사의 손처럼 신기했다. 나는 긴 생머리를 늘어뜨린 선생님을 보면서 왈칵, 눈물이 솟았다. 선생님은 어쩌다가 화가 선생님과 결혼까지 하고 나리를 낳았는지? 가녀린 몸집의 선생님을 마구 때리는 화가 선생님은 건달이나 깡패가 아닌지?

"의처증이래요. 나 아니면 죽는다고 두 번이나 약을 털어 넣었을 때, 그 때 끝냈어야 했어요. 그땐 그걸 전혀 몰랐어요. 제가 무지했던 탓이에요."

담임이 엄마에게만 살짝 털어놓은 일급비밀이었다. 엄마는 더듬더듬 말을 이어갔다.

"사랑이었겠지요. 좀 과하긴 하지만 애정표현 아닌가요?"

"아니에요, 현경 어머님. 제가 동료 교사들하고 회식 한 번을 제대로 못하는 걸요. 저는 새장에 갇힌 새에요. 날개가 찢겨버린 새. 날지 못하는 새는 아무 쓸모가 없는 거예요. 물론 저 사람의 어릴 적 환경이 좋진 않았대요. 상처가 많았다는데 그 화를 이런 식으로 푸네요."

"예술가들이 좀 남다른 데가 있긴 하나보던데…."

엄마는 대화의 출구를 못 찾아 허둥거렸다. 글쎄요. 다 그렇진 않아요. 저 사람은 환자인 걸요. 잔뜩 뒤틀리고 꼬인 사람이에요. 선생님의 한숨소리가 태산을 무너뜨릴 것처럼 크고 깊고 무거웠다.

신기한 그림자들이 벽 위에서 살아 움직이는 동안 나는 선생님 얼굴을 빤히 들여다보았다. 선생님은 나와 눈을 맞추면서 얘기를 꺼냈다. 현경인 꿈이 뭐야? 꿈이요? 난 제대로 된 대답을 못했다. 그래. 꿈, 말이다. 아마 수만 가지의 꿈을 꿀 때지. 너 만할 땐 꿈도 웃음도 많을 때야. 현경아, 꿈도 많이 꾸고 웃음도 실컷 웃어 봐. 근데요, 선생님. 전 늘 날아다니는 꿈만 꿔요. 어떤 땐 꿈을 꾸다가 온몸이 안 움직일 때도 있고, 오줌이 마려운데 눈이 안 떠질 때도 있어요. 호호호! 그럴 때야. 걱정할 것 없어. 나이 먹으면 저절로 해결될 일이지. 우리 나리도 현경이처럼 맑고 티 없이 자라야 할 텐데 걱정이 많네. 나는 선생님 얼굴이 다른 때와 같지 않다는 생각을 했다. 선생님은 금방 울어버릴 것처럼 울먹울먹 했다. 나는 졸음 기운이 있는 은경일 데리고 서둘러 방을 빠져나왔다. 만약에 선생님이 울어버린다면 감당할 자신이 없어서였다. 눈치 없는 미순이는 선생님에게 그림자를 더 보여 달라고 조르고 있었다. 나는 선생님이나 미순이가 내 발목을 잡아챌 것만 같아 서둘러 문지방을 넘다가 새끼발가락을 콩, 찧고 말았다. 발가락 통증은 눈물이 날만큼 엄청나게 아팠다. 그러나 나는 아무렇지도 않은 것처럼 굴었다.

마법에 묶인 것처럼 보였던 선생님은 그날 밤에 일어날 사건을 미리 알고 있었을까. 나리 아빠가 오늘은 늦네. 선생님의 혼잣소리를 들은 것도 같았다. 나는 은경일 데리고 오자마자 깊은 잠속으로 빠져들었다.

꿈속에서의 길은 푸석한 황톳길이었다. 한발을 내디딜 때마다 발이 푹푹 빠지는 길 위에 서서 나는 겁에 질려 있었다. 그러다가 얼마쯤 갔을까. 길이 끝나는 곳에는 동굴이 있었다. 시커멓게 아가리를 벌리고 있는 동굴은 발이 빠지는 황톳길보다 더 무서웠다. 동굴은 순식간에 내 몸뚱이를 빨아들였다. 아무리 팔을 휘젓지만 내 힘으론 절대 이길 수 없는 거센 바람이 불어오고 있었다. 살려주세요! 엄마!

"얘, 얘, 현경아!"

눈을 떠보니 꿈이었다. 아니, 얘가 가위에 눌렸나보네. 이 땀 좀 보게. 정신을 차리고 보니 내 몸이 땀으로 범벅이 돼있다. 차암! 왜 그렇게 헛소리를 해? 팔을 이렇게 내두르면서? 또 무서운 꿈을 꾼 게로구나? 엄마가 계속 물어봤지만 나는 입술이 떨려 제대로 대답을 할 수 없었다. 엄마는 잠이 들지 않았던 모양이었다. 엄마 앞엔 뜨개질 감이 수북했다.

'이이가 늦네'라는 말이 오래도록 귓전을 울렸다. 그림자놀이를 하면서 들려준 슬픈 공주님 얘기가 내 머릿속에 그대로 남아 있었다. 그날 밤, 화가 선생님은 집으로 돌아오지 못했다.

다음 날 아침이었다. 간밤의 흉몽 때문에 다리에 쥐가 오르고 머리가 지끈거렸다. 엄마는 끈끈한 잠에서 떨어지지 못하는 나를 깨우느라 엉덩이를 서너 번 두들겼다. 엄마가 떠다 준 찬물로 세수를 하고 나서야 겨우 정신이 들었다. 바로 밥상이 들어왔지만 입안이 깔깔하여 밥맛이 없었다. 미순인 벌써 학교로 달려갔는지 집안이 조용했다.

미순이 엄마가 자기 집 마루에 우두커니 앉아 있었다. 그런데 얼굴 표정이 매우 복잡해보였다. 무언가 이상한 기운이 감도는 아침이었다. 나리의 재잘거림도 복순 언니의 요란한 웃음소리도 들리지 않았다. 늦었는데 얼른 밥 먹고 학교 가야지? 나를 채근하는 엄마 목소리가 힘이 한 푼어치도 없었다. 나는 심하게 두근대는 가슴을 진정시키고 밥을 두어 숟가락 뜨는 체하다가 책가방을 메고 학교로 갔다.

맨 앞자리였지만 선생님과 마주칠까봐 교실 뒷문을 열었다. 그러나 선생님은 보이지 않았다. 교탁 쪽을 보니 선생님 대신 백희가 칠판에 붙어 서서 글씨를 쓰고 있었다. 백희는 자습문제를 내는 중이었다. 선생님이 시킨 거겠지? 하면서도 나는 자리에 앉기가 싫었다. 글씨를 다 쓴 백희가 뒤를 돌아다봤다. 그리고 큰소리로 말했다. 나는 교무실에 다녀올게. 너희들 이거 풀고 있어. 백희는 선생님처럼 엄하게 말하면서 분필가루 묻은 손을 치마에 닦았다. 나는 공처럼 튀어서 백희를 쫓아나갔다. 백희가 뒤를 돌아다봤다.

"너, 나오지 말고 문제 풀고 있으라고 했는데 왜 나와?"

백희가 차갑게 쏘아붙였다.

"어떻게 된 거니? 선생님은?"

백희는 눈을 아래로 내리깔고 대답했다.

"나도 몰라. 교감 선생님이 이렇게 하라고 했어. 그리고 너, 어째 한 집에 살면서 선생님이 아프신 것도 모르니?"

"아프다고?"

"내가 어떻게 알아. 너도 모르는 일을."

백희가 있는 대로 쏘아붙이더니 교무실 쪽으로 가버렸다.

자습이고 뭐고 할 것 없이 나는 한달음에 집으로 갔다. 앞이 보이지 않던 아침나절의 안개는 말끔히 거두어졌고 햇살이 환했다. 집 근처엔 동네 아줌마들이 팔짱을 끼고 모여 서 있었다. 나는 우리 엄마를 눈으로 찾으면서 다가섰다. 현경아, 뭐 빠뜨리고 갔니? 이 시간에 왜? 엄마가 놀란 눈으로 나를 맞이했다. 아니, 그게 아니고 선생님이 아프다고 안 나오셔서. 어제저녁에도…. 엄마, 선생님 무슨 일 있는 거야? 아, 아니야. 일은 무슨. 그때였다. 얘야! 늙수그레한 정복 형사가 아줌마들 틈을 헤치고 날 불렀다. 엄마는 흠칫 놀라며 내 앞을 가로막았다. 왜 그러세요? 이 댁 딸이에요? 얘한테 몇 가지 물어볼 게 있어서요. 무슨 소리예요? 얘는 어제 초저녁부터 곯아떨어진 애예요. 그리고 애한테 뭔 얘길 하고 싶으신 거죠? 엄마 목소리가 높아졌다. 형사는 아무것도 아니라는 투로 팔을 내젓고는 뒤로 물러섰다. 그 뒤로도 정복 차림의 형사들이 두 번이나 더 다녀갔다. 동네 아줌마들은 아예 일손을 놓고 우리 집 대문 앞을 떠날 줄 몰랐다.

그날 하루가 어떻게 지나갔는지 모르겠다. 아이들은 아이들대로 웅성거렸고 우리들을 통제한답시고 큰 막대기를 휘두르던 교감 선생님도 형사가 다녀간 뒤론 맥을 놓았다. 아이들은 망아지처럼 뛰놀다가 시간을 채우고 집으로 가버렸다. 나는 콩닥거리는 가슴을 진정시키면서 집으로 갔지만 집은 아침이랑 달라진 게 아무것도 없었다. 복순 언니와 나리도 안 보였다. 그러나 그들이 어디로 갔는지 말해주는 사람이 아무도 없었다. 울안의 모든 사람들이 서로서로 눈치만 보고 있는 걸 보면, 선생님에게 무슨 큰일이 닥친 것만은 확실했다.

졸음을 쫓아가며 선생님네 소식을 기다렸지만 결국 잠이 들고야 말았다. 나는 또 꿈을 꾸었다. 좁다란 골목길을 한없이 걷고 또 걸었다. 길은 끝이 없었다. 좁고 구불구불한 골목길을 계속 걷고 있자니 멀미가 날 지경이었다. 그만 쉬어야 할까보다 하는 생각을 하고 있는데 별안간 골목 안으로 물이 들어오기 시작했다. 물은 뻘건 황토색이었다. 좁은 길은 흔적도 없어지고 나는 시뻘건 홍수 속에서 빠져나오려고 허우적대고 있다. 끼약! 엄마야! 나, 물에 빠졌…. 나는 입을 크게 벌렸지만 소리가 나오지 않았다. 사납게 달려드는 물살이 나의 목소리를 삼켜버리고 만 것이다. 아! 아아! 아아아!

애가 날마다 왜 이런대? 약이라도 한 첩 먹여야지 안 되겠네. 엄마 목소리였다. 걔가 원체 어린애 같질 않잖아요? 미순 엄마 목소리도 들렸다. 나는 간신히 눈을 떴다. 그리고 정신을 가다듬었다. 땀을 얼마나 흘렸는지 요가 오줌을 싼 것처럼 축축했다. 엄마는 새 내의를 내줬고 부엌으로 나가 찬 숭늉을 떠왔다. 나는 차고 구수한 숭늉을 들이키면서 정신을 차렸다. 그러다가 다시 잠 속으로 굴러떨어졌다. 다행스럽게도 꿈 없는 깊은 잠을 잤다. 다음날 아침이었다. 온 동네 사람들이 우리 집으로 몰려오는 것처럼 소란스러웠다. 나는 벌떡 일어나 길가로 난 창문을 열었다. 사람들이 우리 집 쪽을 바라보면서 떠들고 있었다. 나는 내복 위에 스웨터를 걸치고 대문 밖으로 나갔다. 미순이도 눈곱이 덜 떨어진 얼굴로 나와 있었다.

얘, 이리와 봐. 글쎄 화가 아저씨가 죽었대. 나는 내 귀를 의심했다. 화가 선생님이? 진짜야? 그렇다니까. 그래서 어제 선생님이랑 복순 언니가 경찰서로 끌려갔대. 그때 미순이 엄마가 우리들 사이로 파고들더니 미순일 끌어냈다. 이 기집애가? 못하는 말이 없어. 아직 확실치도 않은 걸 갖고 고렇게 주둥이 놀릴래? 어서 못 들어가? 미순이 엄마는 미순이를 한 대 칠 기세였다. 미순이는 혀를 쏙 내밀고는 재빨리 안으로 사라졌다. 나도 엄마한테 야단을 맞고야 말았다. 어디든지 고렇게 통통거리며 나서다가 큰코다친다는 말로 엄마는 나의 입을 막아버렸다. 나는 입이 간지러워 견딜 수가 없었다. 화가 아저씨가 왜 죽었으며 선생님과 복순 언닌 왜 경찰서로 끌려가야 했는지, 도무지 이해가 안 갔다.

우리는 어른들의 철저한 입막음으로 두 번 다시 화가 선생님 얘기를 꺼내지 못했다. 미순네든 우리 집이든 그 얘기를 꺼내면 회초리를 맞아도 할 말이 없을 줄 알라는 경고를 들은 뒤로는 섣불리 그 얘길 꺼낼 수는 없었다. 그러나 날개를 단 소문은 하룻밤 새에도 부여 읍내를 몇 바퀴씩 돌아다녔다. 학교에서도 오직 그 얘기뿐이었다. 나는 두 귀를 틀어막았지만 소용없었다. 그 사이에 담임은 두 번인가 수업에 들어와서 시늉만 하다가 돌아갔다. 그리고 얼마 뒤에 우린 담임이 바뀐 걸 알게 됐다. 백희는 어깨를 축 늘어뜨리고 다녔지만 담임은 두 번 다시 우리들 앞에 모습을 드러내지 않았다. 담임이 사라지고 난 뒤에 백희는 열을 올리면서 이런 말을 했다.

"너희들 뭔가 큰 오해를 하고 있나 본데 절대 아니야. 이것만은 꼭 기억해야 돼. 우리 선생님은 정말 억울해. 그날 화가 선생님이 집에서 싸간 도시락을 먹고 쓰러졌대. 그래서 선생님과 일하는 언니가 의심을 받고 경찰서로 붙잡혀 갔어. 그러나 곧 아니라고 밝혀졌어. 화가 선생님은 머리가 이상해져서 계속 약을 먹고 있었대. 그게 바로 약물 중독이라는 거지. 화가 선생님 몸에서 그 약물이 나왔는데, 그게 엄청난 독이라잖아. 선생님은 정말 억울해. 소문이 나서 이젠 학교에도 못나오고. 그래도 누명이 벗겨져서 얼마나 다행인가 몰라."

백희 말에 토를 다는 사람은 없었다. 반 애들 모두 눈을 껌뻑이며 백희 말을 믿어보려고 애를 썼다. 나는 평소에도 겁이 많아서 놀라기를 잘했던 복순 언니 얼굴을 떠올렸다. 언니가 얼마나 놀랐을 것인가. 아마 복순 언닌 지레 겁을 먹고 죽었다가 살아났을 것이다. 선생님도 선생님이지만 복순 언니가 걱정됐다.

선생님은 우리가 깊이 잠든 한밤중에 친정 남동생과 함께 와서 살림을 실어갔다. 그리고 복순 언니도 시골집으로 돌아갔다. 그렇게 담임은 우리들과 소리 없는 이별을 했다. 도망치듯이 빠져나간 선생님네 방은 한동안 비어 있었다. 말끔하게 청소를 하고 밝은 색 벽지로 도배를 해놓았지만 방은 쉽사리 세가 나가지 않았다. 나리네가 살던 방의 벽지가 뜯겨져 나갈 때 뭔가 뜨거운 것이 내 목을 타고 넘어왔다. 먼지가 피어오르는 방안엔 선생님의 나직나직한 목소리, 나리의 어여쁜 눈망울, 호들갑스럽던 복순 언니의 웃음소리가 그대로 떠다녔다. 나는 미순이 엄마에게 내 마음을 들키지 않으려고 어금니를 꽉 깨물었다.

배추 고갱이를 넣고 끓인 된장국은 맛이 그만이었다. 미순 엄마의 장 솜씨는 온 동네서 알아줬다. 우리들이 떠나기 전에 미순 엄마는 돼지고기 고추장 구이와 함께 배추된장국을 끓여서 우리들을 초대했다. 우리는 드디어 이사를 가기로 했다. 엄마는 우리가 살 집을 보고 왔다고 했다. 선생님과의 갑작스러운 이별도 서러웠는데 이곳을 아주 떠난다고 하니 내 마음은 걷잡을 수 없이 쓰렸다. 내가 전학 가는 걸 제일 섭섭해 하는 건 역시 미순이였다. 엄마가 전학서류를 떼오고 짐을 꾸리기 시작해도 미순인 우리가 떠나는 걸 실감하지 못하는 눈치였다. 누런 서류봉투에 든 내 전학서류를 보고서야 참았던 눈물을 터뜨렸다.

눈이라도 올 것처럼 무거워 보이는 하늘을 머리에 이고 나는 미순이와 손을 꼭 붙잡고 인삼전매청이 보이는 다리까지 걸어왔다. 이삿짐은 이미 새벽에 떠났다. 외삼촌 셋이서 트럭을 몰고 와서 이삿짐을 실어가 버렸다. 나는 선생님이 살던 방을 들여다보았다. 그 방은 이제 미순이와 여동생들의 공부방으로 결정이 났다. 미순이 모녀는 차부까지 우리를 따라왔다. 나는 옷가방을 등에 메고 책가방은 따로 들었다. 은경인 다 큰 애기였지만 엄마가 포대기로 들쳐 업었다. 동네 아줌마들이 앞 다투어 내민 선물 꾸러미가 큰 짐이 돼 버렸다. 엄마는 양손 가득히 짐을 들고 있었다. 인삼전매청 굴뚝에선 여전히 허연 김이 쏟아져 나오고 있었다.

나는 그렇게 겁내하던 나무다리를 단숨에 건너버렸다. 아쭈! 이젠 안 무서운가 보네? 미순이가 놀랍다는 듯이 입을 크게 벌렸다. 나는 미순이의 놀림에도 그다지 마음 상하지 않았다. 천년 이상을 한 자리에 서있는 정림사지 오층석탑이 내게 아쉬운 눈길을 주었다. 나는 눈앞이 흐릿해졌지만 눈물을 떨구진 않았다.

좁고 볼품없는 나무다리 저편으로는 내가 다녔던 학교의 담이 보였다. 담은 시멘트가 아닌 측백나무 울타리였다. 측백나무는 계절에 상관없이 여전히 푸른빛을 자랑하고 서 있었다. 측백나무는 사람들에게 이로운 향을 뿜어낸다는 사실을 다시 한 번 기억하면서 나는 살짝 손을 흔들어 보였다. 문득, 인삼 찌꺼기를 주워 돈을 마련한다던 사내애들 생각도 났다. 그러나 나는 미순이에게 그 애들에 대해서 끝내 묻지를 못했다. 정림사지의 너른 풀밭을 지나고 우린 차부 쪽으로 걸어갔다. 이제 큰길 하나만 건너면 바로 버스를 탈 수가 있다. 차부에서 오른쪽으로 돌아가면 내가 첫 소풍을 다녀온 부소산 자락이 보일 것이다. 그리고 별리의 아픔을 가르쳐 준 금성산 자락의 공동묘지가 병풍처럼 둘러서서 나를 배웅해 줬다.

"이제 가면 언제나 만날거나?"

느린 아리랑을 읊조리듯 하면서 미순 엄마가 눈물을 훔쳤다. 미순 엄마는 싫다고 도리질을 치는 은경이를 붙잡고 뺨을 부비기도 했다. 은경인 엄마 등에서 내리겠다고 발버둥을 쳤다. 엄마는 아무 말도 안 하고 등을 보이면서 연신 눈물을 닦아냈다. 나는 말 한마디를 못하고 몸을 비비꼬았다. 매캐한 냄새가 그득한 차부에는 사람이 별로 안 보였다.

"복숭아 철이 되면 꼭 한 번 와요!"

엄마의 마지막 인사였다. 엄마! 저기 차! 은경이가 제법 또렷해진 발음으로 먼지를 일으키면서 들어오는 버스를 손가락으로 가리켰다. 잘 가! 미순이가 코가 막힌 소리로 인사를 했다. 어여, 올라가라. 방학 때면 꼭 와. 온다고 기별만 하면 차부로 마중 나오마. 미순이 엄마가 내 등을 세게 떠다밀었다. 나는 떠밀린 채로 버스 안으로 들어갔다. 텅 빈 버스 안에는 달랑 우리 세 식구뿐이었다. 눈물 보이는 게 싫었던지 미순이 엄마는 미순이를 끌고 정림사지 풀밭 쪽으로 급히 달려가고 있었다.

차가 움직이기 시작했다. 나는 때가 잔뜩 끼어있는 유리창에 입김을 쏘였다. 입김이 서린 창에 '미순이'라고 써 보았다. 금세 손가락이 새카매졌다. 날다람쥐와 꽃상여, 화가 선생님과 나리와 복순 언니, 꼴찌를 면하기 위해 도망쳤던 운동회 날의 실습지. 또 있다. 금방이라도 쑤셔 박힐 것만 같았던 나무다리. 다리 건너편에서 손을 내밀어준 경자의 작은 눈. 하늘에 있는 별을 따올 것만 같이 당당했던 의석, 그리고 유리구슬. 내손이 점점 더러워지고 있었다. 차가 군청 앞의 계백장군 동상을 돌아나갔다. 차장 밖으로 학교 운동장을 잠깐이라도 볼 수 있는 게 퍽 다행이었다. 이젠 읍의 풍경이 거의 안 보이게 됐다. 버스는 속력을 내기 시작했다. 그때부터 터지기 시작한 나의 눈물주머니는 참으로 주체할 수 없는 골칫거리였다.

5

쪽지

나는 수인이가 엄마를 찾아가는데도 불쌍한 생각이 들어 저절로 눈시울이 붉어졌다. 시간이 흐를수록 내 주변엔 불쌍한 사람이 많아졌다. 수인이가 그렇고 우재 아저씨가 그랬다.

우재 아저씨가 대문에 붙어 서서 나를 목 빠지게 기다리고 있었다. 나는 우재 아저씨 눈을 피해 도망칠 궁리를 했지만, 대문을 지키고 서있는 아저씨를 피해 나갈 방법은 없었다. 우재 아저씨는 주인댁의 막내아들이었다. 내가 그에 대해 알고 있는 것은 몸이 아파 군대생활을 하다말고 돌아왔다는 거 정도였다. 또 군대 가기 전에는 서울에 있는 대학교로 유학을 갔었다고도 했다.

도무지 바탕이라곤 없어 보이는구나. 엄마는 이삿짐을 풀던 날부터 그 말을 입에 달고 살았다. 누구를 두고 하는 말인지는 정확하게 몰랐지만 엄마는 이 집으로 세 들어온 것을 후회하는 눈치였다. 우리가 세든 집은 일본식 목조건물을 개조했다지만 집이라기보다 꼭 닭장 같았다. 세를 받기 위해서 들인 방들은 하나같이 무허가 건축물이었다. 솜씨가 서툰 일꾼이 들인 방은 허술하기 짝이 없어 겨울에는 한데 같았고 여름엔 찜통이었다. 주인댁은 칠순의 할머니와 병든 우재 아저씨뿐이었다. 칠남매나 되는 자식들이 사방 흩어져 산다고 들었지만 우리가 이사를 간 뒤 반년이 지나도록 그 집엔 개미 새끼 한 마리도 얼씬거리지 않았다. 우재 아저씨가 날마다 나의 등굣길을 지키고 있는 것은 그만한 까닭이 있었다. 아저씨는 일부러 여유를 부리고 있는 나를 향해 속으로만 부아를 끓였다. 나는 미닫이 문 안쪽에서 밤새 잠을 설쳤을 그의 핏발 선 눈을 훔쳐봤다. 그리고 길쭉한 손가락 사이에 끼어 있는 분홍쪽지를 보면서 한숨을 내쉬었다.

얘! 너 뭐하고 있어? 학교 안 가? 색색의 털실뭉치 사이에서 엄마는 짜증스럽게 말했다. 알았어. 아직 시간 있다고. 선희 언니도 안 나왔는데 뭘. 선희 언니랑 같이 갈 거야. 한집에 사는 선희 언니는 육학년이고 선도부(규율부)였다. 조금 늦더라도 언니랑 함께 가면 교문은 무사통과였다. 선희 언니 기척을 살피느라고 나는 뿌연 젖유리 미닫이 문을 조금 밀어보았다. 열린 문 사이로 두 눈만 내밀었는데 그 기척에도 우재 아저씨는 고개를 돌려 내가 서있는 쪽을 뚫어지게 쳐다봤다. 나는 마른침을 꼴깍 삼켰다. 억지로 침을 넘기자니 헛기침이 나왔다. 이윽고 선희 언니가 연년생 동생들을 거느리고 나왔다. 언니이! 난 일부러 더 반가운 척을 하면서 선희 언니에게 안길 듯이 다가섰다. 어! 아직 안 갔네? 빨리 가자. 늦었어. 아이들이 우르르 대문께로 몰려들자 우재 아저씨는 한옆으로 비켜섰다. 나는 몸을 오그리고 최대한 빨리 대문을 빠져나갔다. 오늘은 제발! 그러나 난 곧 우재 아저씨에게 붙들리고 말았다.

늦었어요. 늦었대두요. 지각하면 운동장에서 토끼뜀 뛰는 벌 받아요. 알았어. 내가 책임질게. 어떻게요? 이거 좀, 너희 선생님께…. 분홍빛 쪽지를 억지로 내 손에 쥐어주는 우재 아저씨의 손이 땀으로 축축했다. 나는 그 손과 맞닿는 게 너무 싫어 재빨리 쪽지만 낚아챘다. 그리고 그를 째려보면서 쌀쌀맞게 말했다. 지난번에도 선생님한테 혼났다구요. 어쩌면 오늘도 아저씨 땜에 변소청소 할지도 몰라요. 그래? 나 불러. 내가 가서 해줄게. 몰라요. 저만치 앞서가던 선희 언니가 눈을 찡긋하더니 큰소리로 나를 불렀다. 빨리 와! 이현경.

은희는 선희 언니 동생이다. 전학 오던 날 선생님은 은희를 짝으로 정해줬다. 은희는 깔끔한 제 언니와는 달리 언제나 지저분했다. 나중에 알고 보니 반 아이들 중 은희와 짝을 하겠다는 애들이 아무도 없었다고 했다. 잘 감지 않은 은희의 숱 많은 머리카락엔 허연 서캐가 바글거렸다. 그런 은희와 짝을 지어준 선생님이 미웠다. 선생님은 보조개가 쏙 들어간 귀염성 있는 얼굴이었다. 그러나 은희 생각만 하면 그 보조개가 곰보딱지처럼 흉해 보였다. 나는 아침마다 도살장으로 끌려가는 소처럼 신발을 직직 끌었다.

담임은 처음에는 우재 아저씨의 편지를 보면서 깔깔대며 웃었다. 그리고 내게도 별 말을 안했다. 그러나 쪽지의 횟수가 거듭되자 화를 내기 시작했다. 이런 바보 같은…. 하면서 선생님은 쪽지를 갈기갈기 찢었다. 나는 우재 아저씨의 사연이 콩가루처럼 부서질 때마다 몸을 떨었다. 우재 아저씨의 가늘고 긴 손가락과 선생님의 손가락이 비슷한 게 참 신기했다. 그러나 쪽지를 가루로 만들어버리는 선생님 손가락은 우재 아저씨와 달리 쇠꼬챙이처럼 강인한 거였다. 선생님은 겁에 질린 눈으로 서있는 날 보고는 뭘 봐? 너 이러는 거 어머니도 아시니? 한 번만 더 이런 짓 하면 어머니를 학교로 오시게 할 거야. 알았지? 그리고 덧붙였다. 너 다음번엔 정말 따끔한 매 맛을 보여줄 거야. 그 말을 듣고 난 정신이 번쩍 들었다.

나는 드디어 결심했다. 우재 아저씨의 쪽지를 감쪽같이 없애야겠다고. 처음엔 선생님처럼 잘게 부순 쪽지를 교실에 있는 휴지통에 버렸다. 그런데 예상치 못한 일이 벌어졌다. 청소를 하던 남자애들 중에 얌심맞은 아이가 그걸 죄다 모아 풀로 붙여서 읽고 다녔다. 오! 내 사랑! 나는 기함을 할 뻔했다. 그걸 뺏어서 다시 변소에 버리느라 온몸의 진이 다 빠져버렸다. 쪽지를 없애는 데 가장 안전한 곳은 변소였다. 분홍색 편지지는 눈에 금방 띄어서 처리하는데 아주 신경이 쓰이곤 했다. 나는 코를 찌르는 냄새를 참아가면서 우재 아저씨의 사연을 아주 잘게 찢었다. 처음엔 가슴이 콩닥거렸지만 나중엔 재미가 들렸다. 팥알 크기로 잘게 부셔진 쪽지는 어둡고 더러운 변소의 저 깊은 곳으로 추락했다. 일을 다 마치고 변소 문을 열고 나오면 나도 모르게 무릎이 휘청거리며 제멋대로 꺾였다.

"오르지 못할 나무를 왜 올려다보누. 그러니 병이 더 깊어지지."

두개의 대바늘로 두툼한 스웨터를 짜고 있던 엄마가 혼잣소리로 말했다. 누구? 누구 얘기야? 넌 알 거 없어. 쓸데없는 데 참견 말고 공부나 하셔. 뜨개질을 시작하고부터 엄마는 짜증을 달고 살았다. 우리 세 식구가 살기에도 비좁은 방안엔 색색의 털실이 산을 이루었다. 나는 숙제를 하다가도 밤에 오줌을 누다가도 무지개 빛깔로 떠다니는 먼지들을 헤아려보곤 했다. 엄마는 요술쟁이였다. 하룻밤을 자고 나면 새로운 색상의 옷 한 벌이 태어났다. 그리고 한 보따리의 옷이 완성되면 미리 엄마가 얼굴을 디밀었다.

"아유! 아줌마 솜씬 정말 최상이에요. 빠르고 정확하고."

"솜씬 무슨. 품삯이나 제때 받아다 줘요. 그리고 칭찬만 하면 뭘 해. 품삯은 천날만날 그 시늉이면서."

"아아, 그렇죠? 지난번엔 선희 엄마가 여러 개를 망쳐놔서 그랬어요. 이번엔 선희 엄마 꺼 없어요. 아예 손대지 말라고 했잖아요. 솜씨가 어지간해야 말이지요. 쉿! 이건 저랑 아줌마만 알고 있어야 해요."

미리 엄마는 광대뼈가 두드러지고 골격이 남자같이 생긴 서울 여자였다. 미리의 나이로 봐서 아마 울안에서 가장 젊은 사람일 것이다. 늘 콧소리를 냈고 숱 많은 긴 머리를 퍼머로 부풀려서 한 소쿠리나 됨직했다. 자기 말로 서울 토박이라고 하니까 모두들 미리 엄마를 서울댁이라고 불렀다. 엄마는 일 때문에 미리 엄마와 가까이 지내지만 그를 좋아하진 않았다.

"저이는 말을 너무 꾸미는 버릇이 있어. 내가 듣긴 들어준다만 어디까지가 진심일까 싶어. 또 머리는 그게 뭐야? 좀 잘라내든지. 항상 머리에 산 하나를 더 얹고 다니네 그려."

나는 미리 엄마를 볼 때마다 엄마 말이 생각나서 웃음을 참을 수 없었다.

울안에 살고 있는 아줌마들 대부분이 수출용 스웨터를 짰다. 또 뜨개솜씨가 없는 사람들은 구슬을 꿰는 부업을 했다. 선희 엄마는 몇 번이나 뜨개질 감을 퇴자 맞고는 구슬 꿰는 일을 시작했다. 미리 엄마와 우리 엄마는 여전히 스웨터 짜는 일에 매달렸다. 울안에서 우재 아저씨하고 말을 트는 사람은 미리 엄마밖에 없었다. 다른 아줌마들은 우재 아저씨랑 마주치면 눈인사만 하는 정도였다. 미리 엄마는 남의 눈을 별로 의식하지 않는 사람이었다. 커다란 엉덩이가 터져 나갈듯한 맘보바지며 부풀린 머리를 보면서 주인댁 할머니는 질색을 했다. 에그! 가정부인네가 원! 할머니는 혀를 차면서 못마땅해 했지만 우재 아저씬 그 반대였다. 안 그런 척을 하면서도 마당을 가로지르는 미리 엄마의 큰 엉덩이와 젖가슴을 넋을 빼고 쳐다보다가 아이들에게 들키곤 했다.

내가 우재 아저씨 쪽지를 담임에게 전했다가 된통 혼났다는 얘기가 엄마 귀에 들어갔다. 보나마나 은희 입을 통해 나온 얘기였다. 아직도 맞춤법 하나 제대로 모르는 은희지만 그 아이의 입은 번개보다 빨랐다. 그래서 자기 자매들끼리도 촉새로 통했다. 엄마는 나를 혼낸 건 물론 우재 아저씨를 뒤곁으로 데려가서 호통을 쳤다. 이보세요, 총각! 어쩔 셈으로 어린애에게 그런 심부름을 시켜요? 우리가 아무리 없이 살기로 그래도 돼요? 아, 아니에요. 아주머니, 그건 오해세요. 아무래도 다른 곳으로 이살 나가던지 원! 엄마는 노발대발이었다.

나는 집에서도 학교에서도 맘 붙일 곳이 없었다. 담임은 처음 전학오던 날을 빼놓고는 내게 늘 무뚝뚝하게 굴었다. 다른 아이들 말을 들어봐도 담임은 누구에게나 그렇게 무관심이라고 했다. 우리 꼰대

께선 아이들에겐 관심 없어. 오로지 시집 잘 갈 궁리만 하고 계시지. 가슴이 부풀기 시작한 조숙한 친구들이 비아냥거렸다. 나도 그들 말에 기꺼이 찬성표를 던졌다. 나 역시 담임에게 불만이 많았기 때문이었다. 키 작은 내가 맨 뒤에 앉아서 칠판을 볼 땐 거의 서서보다시피 해도 담임은 무표정이었다. 이제 학기가 끝나려면 얼마 안 남았는데 그냥 앉아 있으라는 말이라도 좀 해주면 기분이 나아질 것 같았지만 담임은 그 말조차도 하지 않았다. 키가 멀대 같이 큰 은희는 칠판이 잘 보이지만 그건 나한테 아무 도움이 안됐다. 한글도 제대로 못 읽는 은희가 까다로운 산수 문제를 내게 제대로 전달해 줄 리가 없었다. 담임이나 은희도 별로였지만 새 학교에 쉽게 정이 안 붙었던 건 박쥐란 녀석 때문이기도 했다.

전학 온 지 며칠 안됐을 때였다. 어디선가 찍찍거리는 소리가 들렸다. 잘 들어보면 끼-긱, 끼-긱, 이렇게 들리기도 했다. 나는 귀를 바짝 세웠다. 그러나 반 아이들은 전혀 반응이 없었다. 은희가 천장을 올려다보면서 상을 찡그렸다. 끼약! 소리를 지를 겨를조차 없었다. 느닷없이 내 머리위로 시커멓고 물컹한 것이 툭, 떨어졌다. 엄마야! 나는 무조건 교실 밖으로 달아났고 아이들은 책상을 두들기면서 으하하, 좋아죽겠다고 난리를 쳤다. 그 난리 중에도 담임은 볕이 잘 드는 창가에 서서 손톱만 들여다보고 있었다.

호들갑스럽긴. 반장! 쓰레받기 어디 있니? 저거 치워! 담임의 명령에 반장이 마지못해 일어나서 청소함을 뒤졌다. 나는 오도가도 못 하고 복도 한가운데 서 있었다. 반장이 볼 부은 얼굴을 하고 복도로 나왔다. 야! 촌뜨기! 이게 뭔지나 알고 그 난리를 치냐? 박쥐라는 거다, 박쥐. 아냐? 우리랑 같이 공부하려면 이런 거 자주 봐야 해. 교실이 죄 썩었거들랑. 나는 죽은 듯이 엎드려 있는 박쥐를 안 쳐다보려고 눈을 감아버렸다. 그 순간 바탕 없는 사람들이란 말이 생각났다. 나는 스스로에게 어이가 없어져 피식피식 웃고 말았다.

나는 박쥐를 버리러 가는 반장을 불러 세웠다. 그리고 있는 힘을 다해 소리를 지르기 시작했다.

"너, 날보고 촌뜨기라고 했니? 나는 옛 백제의 서울에서 살다 왔어. 너는 짹짹골이란 숲과 하늘을 날아다니는 날다람쥐를 봤어? 정림사지 오층석탑은? 늠름한 계백 장군 동상은?"

나는 제 설움에 겨워 기어이 눈물을 보였고 반장은 쓰레받기를 든 채로 서 있었다. 그때였다. 담임이 교실 문밖으로 얼굴을 내밀었다. 너희들 아직도 거기서 뭐 해? 현경이도 얼른 들어와. 박쥐가 뭐가 무섭다고 그 난리야? 나는 눈물을 대충 닦아내고 교실로 들어갔다.

교실이 낡아서 그래. 어머니한테까지 말씀드릴 건 없다. 이것저것 걱정이 많으신 분인데. 무뚝뚝했던 담임이 엄마 걱정을 했다. 갑자기 내 기분이 이상해졌다. 그러나 담임은 그 말만 하고는 다시 창가로 돌아가서 손을 부채 살처럼 폈다. 나는 담임의 손이 예쁜 걸 처음 알았다. 희고 긴 손가락엔 분홍색 손톱이 붙어 있었다. 분홍빛 손톱은 햇살이 닿을 때마다 토도독, 소리를 내곤 했다. 나는 박쥐에 대한 생각을 지워버렸다. 갑자기 선생님 손톱에 바른 게 뭔지 몹시 궁금해졌기 때문이다. 그러면서 그 순간 우재 아저씨가 보냈던 분홍 쪽지가 생각났다. 우재 아저씬 선생님 손톱을 본 일이 있을까? 그래서 쪽지도 분홍색 종이를 쓴 것일까? 어쩌면 우재 아저씨가 좋아하는 것은 선생님의 손톱이 아니었을까.

너, 선생님 손톱이 왜 그렇게 반짝거리는지 알고 있니? 별로 내키지는 않았지만 나는 은희에게 말을 붙였다. 알아. 알아? 어떻게? 이렇게 하면 돼. 모처럼 은희가 눈을 빛냈다. 이제까지는 보지 못했던 은희의 자신감 넘치는 모습이었다. 먼저 이렇게 색칠을 해두는 거야. 은희는 반 도막난 빨간 색연필을 책상에 북북 문질렀다. 미처 말릴 새가 없었다. 그 다음엔 이렇게…. 은희는 주먹을 쥐었다. 색연필을 칠해놓은 책상위에 은희의 손톱이 톱질하는 것처럼 왔다 갔다 했다. 은희는 흘러나오는 콧물을 소맷부리로 쓱 닦아내고는 손톱을 빡빡 문질러대느라 얼굴이 빨개졌다. 이것 봐. 손톱이 예뻐졌잖아.

은희가 오므렸던 손가락을 펴 보였다. 때가 끔찍하게 낀 손톱에 빨간 색연필을 덧입히니, 은희 손톱이 검붉은 색이 돼 버렸다. 하하하. 애들 하는 꼴 좀 보게나. 우리들 곁에 서있던 수인이가 손뼉까지 치면서 크게 웃었다. 이그그! 바보들이 따로 없네. 내일 내가 늬들에게 진짜를 보여줄게. 기다려 봐. 은희는 기가 팍 죽어서 책상위의 색연필 자국을 지우느라 끙끙거렸다. 초가 많이 섞인 색연필은 쉽게 벗겨지지 않았다. 은희는 곧 울음을 쏟아낼 것 같은 얼굴이 됐지만 색연필 지우는 일을 멈추지 않았다.

다음날 아침, 수인이는 약속대로 우리들 앞에 앙증맞은 병 한 개를 내밀었다. 자아, 서두르지 말고 한 사람씩 이리와 봐. 톡 쏘는 냄새가 코를 찔렀다. 처음 맡아보는 냄새였다. 나는 망설이지 않고 제일 먼저 수인이 앞에 손을 내밀었다. 작은 붓 끝에는 떨어질 듯 말 듯한 끈끈한 것이 매달려 있었다. 손으로 만지지 마. 한참 있어야 굳어. 그때까진 건드리지 마. 이게 다 마르고 나면 너희들 손톱도 선생님처럼 되는 거야. 정말이니? 그러엄. 그 대신 너, 나하고 약속 하나 할래? 뭔데? 너네 엄마 뜨개질 하신다면서? 나 예쁜 색 털실 좀 얻어다 줄래? 근데 얼마큼이나? 많이는 못 가져와. 알았어. 가져올 수 있을 만큼만 가져와. 그리고 이건 비밀이다. 알았어.

정말 신기했다. 연분홍빛 손톱은 토도독, 소리를 내면서 햇볕을 희롱했다. 나는 신이 났다. 선생님의 무관심쯤이야 아무것도 아니었다. 허연 서캐가 바글거리는 은희 대신 나는 어렵지 않게 새 동무를 맞이했다. 손톱에 바른 약 이름이 매니꾸어(매니큐어)라고 가르쳐 준 것도 수인이었다. 그 애는 말하는 것이나 몸가짐이 꼭 어른 같았다. 나는 공부가 끝나기만 하면 수인이와 꼭 붙어 다녔다. 수인인 내게 손톱에 윤을 내는 법만 아니라 이제까지 보지 못한 먹을 것들을 가져다주기도 했다. 수인이가 싸오는 도시락은 특별했다. 커다란 빵 사이에 고기랑 채소를 듬뿍 넣어오는가 하면 노린내 나는 가루를 밥 위에 뿌려오기도 했다. 나는 수인이가 권하는 대로 맛을 봤지만 비위에 맞지 않았다. 첨엔 다 그래. 그래도 맛들이면 다른 건 안 먹을걸. 수인인 내가 얼굴을 찡그리면서 토할 것 같다고 하자 그렇게 말하면서 깔깔 웃어댔다.

나는 일에 지쳐 얼굴에 노랑꽃이 핀 엄마와 서서히 정을 떼고 있는 중이었다. 그리고 사랑을 구걸하는 우재 아저씨가 한집에 있다는 사실도 정말 싫었다. 울안에 있는 게 답답하여 항상 은경이를 데리고 논다는 핑계를 대고 집 밖을 싸돌아다니곤 했다. 수인네 집은 우리 집과 정반대 쪽에 있었다. 수인네를 가보면 허리가 기역자로 구부러진 할머니밖에 안계셨다. 너네 엄마는? 나는 조심스럽게 물었다. 으응, 우리 엄마 아빠는 서울에 계셔. 아빠라는 말을 자연스럽게 말하는 수인이가 왠지 멋스럽게 보였다. 한 번도 가본 적이 없는 서울. 그러나 난 서울이란 곳이 낯설지만은 않았다. 미리 엄마도 서울 여자고 우재 아저씨가 유학을 했던 곳도 서울이라고 하지 않았던가. 그러고 보니 서울이란 곳이 왠지 가깝게 느껴졌다.

키가 크고 골격이 튼실한 미리 엄마는 남편 없이 미리와 단둘이 살고 있었다. 언제 어떻게 이곳까지 왔는지는 모르겠지만 우리가 이사를 왔을 땐 이미 우재 아저씨네 세를 살고 있었다. 그러나 이 동네 토박이라는 선희 엄마는 미리 엄마가 안개에 싸인 여자라는 말을 했다. 울안에는 그런 사람이 하나 더 있다. 우재 아저씨다. 병약해 보이는 얼굴과 길고 가느다란 몸. 힘들게 뱉어내는 가래. 듣는 사람들까지 가슴이 답답해지는 바튼 기침소리. 여자들보다 더 가늘고 긴 손가락. 우재 아저씨랑 미리 엄마는 외형은 전혀 다르지만 어딘가 닮은 구석이 있었다.

담임의 화장이며 옷이 전보다 훨씬 더 화려해졌다. 아니나 다를까. 곧 시집을 갈 거라는 소문이 반 아이들에게 퍼지기 시작했다. 결혼 상대는 악동으로 유명한 민수 삼촌이었다. 어른들의 입단속이 있었던지 민수는 입을 꼭 다물고 조신하게 굴었다. 그러나 담임이 약혼을 하고 난 뒤 그는 본색을 드러냈다. 야! 느이들! 이젠 나한테 잘 보여야 해. 우리 선생님이 이젠 내 작은 엄마가 된단 말씀이야. 민수가 하는 꼴은 눈이 시었다. 또 담임은 어떤가. 무뚝뚝하여 아이들에겐 웃음조차 인색했던 담임이 민수를 볼 땐 늘 입이 귀에 걸려 있다. 그리고 하루에 서너 번은 민수 머리통을 쓰다듬어 주곤 했다. 그럴 때마다 아이들은 적응이 안 돼 서로 얼굴만 바라보면서 씁쓸한 웃음을 주고받았다. 우리들이 생각하고 있던 무뚝뚝함은 곧 공평함과 연결돼 있었다. 또 그 말은 특정한 사람을 편애 안한다는 것과 같았다. 수인인 이를 앙다물면서 말했다.

"그럼 이제까지 담임이 우리들에게 내숭을 떤 거네. 민수한테 하는 꼴을 보니 백여시야."

그런 말을 하는 수인이의 얼굴 표정이 꼭 오랜 세상을 살아낸 노파 같았다. 수인인 까불랑거리는 민수를 가만 두지 않았다. 야! 너 이렇게 촐랑거리면 불알 떨어져. 선생님이 네 작은엄마가 되는 거 우리는 하나도 부럽지 않거든. 다른 애가 그런 말을 했다면 민수는 진즉에 달려들어 쌍코피를 터트렸을 것이다. 하지만 수인이 앞에서만은 아무 말도 못하고 혀만 쏙 내밀었다.

나는 담임이 시집을 가는 일에 아무런 느낌이 없었다. 그러나 우재 아저씨를 생각하면 가슴 한구석에 싸한 바람이 일곤 했다. 사방에서 소문을 들었을 테지만 우재 아저씨는 아직도 분홍 쪽지를 내게 건네주곤 했다. 나는 아저씨를 딱하게 생각하면서 아주 조심스럽게 말을 꺼냈다. 아저씨도 선생님이 시집간단 소식 들었죠? 아 아 니! 아 닐 거야. 절대 아니야. 아니긴요? 민수 삼촌하고 이미 벌써 약혼을 했고 결혼식 날짜도 잡아놓았대요. 그래? 그래도 상관없어. 딱 한 번만, 한 번만 만나보고 싶어. 내 맘을 전하고 싶다니까. 정말 말이 통하지 않는 아저씨였다. 나는 결국 소리를 지르고야 말았다.

"그렇게 백 날 천 날 편지만 보낼 게 아니라 직접 가 봐요. 선생님은 늘 학교에 있어요. 숨어서 이딴 쪽지만 보내지 말고 선생님 앞에 당당하게 나타나 주라는 말이에요."

"그, 그건, 정말 못하겠어."

나는 더 말을 하고 싶었지만 그렇게 할 수가 없었다. 아저씨의 깊고 서늘한 눈에서는 금방이라도 눈물이 쏟아질 것만 같았고 난 그 눈물을 보게 될까봐 겁이 났다.

자꾸만 말라가는 아들을 위해 할머니는 연일 솥을 걸고 닭을 고았다. 닭 속에는 온갖 약재가 들어가 있는 모양이다. 닭고기 냄새보다는 약냄새가 더 강하게 퍼졌다. 울안의 아이들은 사납게 뛰어놀다가도 닭고기 냄새를 맡으면 어깨 힘이 빠지곤 했다. 갑자기 노는 것도 재미가 없어졌고 목소리도 기어들어갔다. 아이들은 풀이 죽어 자기 방을 찾아 들어갔다. 썰렁해진 마당을 내다보면서 할머니는 늘 미안한 얼굴을 했다. 어쩌누! 내가 늘 못할 짓을 하고 있네. 애들이 얼마나 먹고 싶을까 모르는 게 아니지만 어째? 입이 한두 개도 아니고. 애들아! 아저씨 병 그만해지면 이 할미가 너희들에게도 닭 삶아주마. 그러나 아이들은 그 말을 믿지 않았다. 우재 아저씨의 말라비틀어진 몸을 보고 있는 아이들은 고개를 설레설레 저으며 이렇게 대답했다. 할머니, 우리들은 약 냄새 나는 고기는 절대로 안 먹어요.

나를 졸졸 따라다니던 은경이가 수인이네 집에 갔던 얘기를 엄마한테 해 버렸다. 이제 다섯 살인 은경이는 엄마 몰래 털실을 훔쳐내는 일에도 한몫을 해 왔다. 엄마는 눈짐작만 가지고도 나와 은경이의 소행을 바로 알아버렸다. 대체 이게 무슨 일이냐고 다그치자 은경인 지레 겁을 먹고 나와 수인이를 일러바쳤다. 언니 친구가 실 가져오면 다른 거하고 바꿔 준다고 실토를 했다. 엄마는 펄펄 뛰었다. 얼굴이 하얘지면서 목소리를 높였다. 늬들이 거지냐? 아무리 아버지랑 떨어져 살아도 그렇지, 최소한 사람이 할 도리는 알아야지. 내가 아무래도 이사를 잘못 왔나보다. 도무지 배울 거라곤 없는 동네다. 엄마의 역정에 울안 아낙들은 입을 삐죽거렸다.

결국 나는 수인이하고 노는 게 금지됐다. 홧김에 엄마는 수인이네 집까지 찾아갔던 모양이었다. 수인이 할머니하고 한나절을 보내고 왔다는 엄마는 네가 배울 거라곤 한 푼어치도 없는 집이라고 못을 박아버렸다. 두 번 다시 은경이까지 끌고 수인네를 가면 아예 집에서 쫓겨날 줄 알라는 엄포에 나는 찔끔했다. 그러고 나니 수인이와 학교에서 만나는 것까지 매우 어색해졌다. 수인인 갈수록 말수가 줄어들었다. 그 애 도시락이 전과 같지 않았다. 수인이가 내놓은 도시락엔 신김치 볶음과 시커먼 보리밥이 들어 있었다. 그리고 그런 도시락을 먹고 있는 수인이 얼굴엔 먹구름이 가득했다. 나를 밖으로 불러낸 수인이가 미안하다면서 털실 뭉치를 내게 돌려주었다. 실은 새것 그대로였다.

아무리 험하게 살아도 이건 아니라고 할머니가 그러셨어. 수인인 난생 처음으로 할머니에게 종아리를 맞았다고 했다. 난 실타래를 돌려받으면서 너무 부끄러워 고개를 들지 못했다. 수인이는 한참을 머뭇거리다가 입을 열었다. 나, 다음 달이면 동두천으로 이사가. 동두천이 어디야? 으응, 서울에서 조금만 더 가면 돼. 거기에 엄마 아빠가 계시니? 으응, 엄마가 거기서 돈을 벌고 있어. 참, 현경아, 나 너한테 거짓말 했어. 나, 사실은 아빠 안 계셔. 우리 엄마랑 살고 있는 사람은 친아빠가 아냐. 미국 사람이야. 이제 거기가면 그 아저씰 '대디'라고 불러야 돼. 엄마가 꼭 그러라고 했거든. 수인인 그 말을 하면서 얼굴이 새빨개졌다. 그랬구나. 내 말이 채 끝나지도 않았는데 수인인 등을 보이면서 도망쳐버렸다.

나는 되돌려 받은 털실을 가슴에 껴안은 채 미국 사람을 아버지로 불러야만 하는 수인이 마음을 헤아려 봤다. 그러다가 그만 돌부리에 발이 걸려 그대로 엎어지고 말았다. 아픔도 잊은 채 나는 벌떡 일어나 누런 흙고물을 묻힌 딸기색 실 뭉치를 흔들어 흙을 털어내기에 바빴다. 흙으로 범벅된 실타래를 가지고 집으로 갔지만 특별한 잔소리를 듣진 않았다. 엄마는 수인이 얘기를 듣고는 한숨을 내쉬었다.

"큰일이다. 거기도 할머니 돌아가시면 수인인 어떻게 되겠니? 정말 수인이만 불쌍하다."

나는 수인이가 엄마를 찾아가는데도 불쌍한 생각이 들어 저절로 눈시울이 붉어졌다.

시간이 흐를수록 내 주변엔 불쌍한 사람이 많아졌다. 수인이가 그렇고 우재 아저씨가 그랬다. 아저씨 소원은 빨리 병을 떨치고 서울로 돌아가 공부를 더하는 일이었다. 그러나 병은 쉽게 떨어지지를 않았다. 주인댁 할머니는 첫새벽에 일어나 길어 올린 우물물을 흰 사기대접에 떠다놓고 치성을 드렸다. 불쌍한 저것을 돌아보시고, 이 에미 생전에 다시 서울로 올라가 공부를 마치게…. 우린 할머니의 간절한 기도가 끝날 때까지 배가 아파도 변소에 가는 것조차 참아내야 했다. 오죽 답답하면 저러시겠니? 미신이라면 질색을 하는 엄마마저도 할머니의 치성을 존중해 드렸다.

드디어 담임이 시집을 갔다. 진작부터 사표를 냈는지 담임은 우리들과 작별 인사조차 하지 않은 채 모습을 감췄다. 임시 담임으로는 남자 선생님이 들어왔다. 민수는 여전히 안하무인으로 굴었다. 그래도 새 담임은 민수를 야단치지 않았다. 아마 선생님들끼리는 뭔가 통하는 모양이었다. 민수는 선생님을 작은 엄마로 둔 덕을 톡톡히 보고 있는 중이었다.

우재 아저씨는 담임이 결혼을 했다는 사실을 알고 있지만 아무런 동요가 없었다. 더 이상 마를 데도 없이 뼈와 가죽만 남은 아저씨를 보면 허깨비가 걸어 다니는 것 같았다. 나는 되도록이면 우재 아저씨와 마주치지 않기를 바라면서 방안에서만 있었다. 주인댁 할머니는 넋이 나간 아들을 위해 더 이상 치성을 드리지 않았다. 내 속으로 낳은 자식이지만 어째 저리 못났을꼬. 할머니는 혼잣말을 쉬지 않고 지껄이면서 독한 잎담배만 태웠다. 울안의 아줌마들은 작은 소리로 소근거렸다. 현경이네 담임이 저 총각 때문에라도 혼사를 서둘렀을 거예요. 자기 주제를 생각해야지. 폐 한쪽이 썩어문드러져 없다면서….

이젠 닭고기를 끓이는 냄새도 나지 않았고 모자가 사는 안채는 종일 가도 사람의 기척이 없었다. 아유, 이러다가 생사람 잡겠어요. 노인이 이렇게 곡기를 끊으시면 어째요. 총각! 어머닐 생각해서라도 한 술 뜨지 그래요. 응? 미리 엄마는 미음 대접을 들고 안채를 드나들었다. 입에 풀칠을 하기 조차 어려운 사람들은 안채 노인에게 변변한 죽 한 번 끓여다 줄 수 없는 형편이었다. 그러면서도 상사병은 배부른 사람들이나 하는 거라는 흉은 빼놓는 법이 없었다. 나는 꼭 죄인 같았다. 우재 아저씨의 귀신같은 몰골을 보고 있자니 속이 쓰렸다.

밤사이에 하얀 서리가 내렸다. 어서 일어나라는 엄마의 성화를 못 들은 척하면서 나는 따끈한 아랫목에 등을 붙이고 누워 있었다. 겨울은 소리 없이 다가왔다. 엄마는 뜨개질을 하면서 자주 한숨을 내뱉었다. 밤은 점점 길어졌고 우리 방안엔 털실 뭉치가 자꾸자꾸 늘어만 갔다. 서서히 우리 곁으로 다가오는 동장군을 맞이하기 위해 엄마는 자투리 실을 모아서 겨울옷을 장만했다. 나는 토끼털이 달린 빨간색 나일론 잠바를 입고 싶었다. 그러나 엄마는 나일론은 게(털실) 옷만큼 맵시가 안 난다면서 내말을 무시해버렸다.

엄마는 이제 미리 엄마를 거치지 않고도 직접 실을 가져왔다. 보세 공장 사람들이 엄마의 솜씨며 꼼꼼한 성격을 믿고 큰 일감을 맡겼다.

일감이 늘어난 만큼 여분의 실도 양이 늘어났다. 나는 색색의 털실을 보면서 수인이를 생각했다. 수인인 얼마 전에 동두천으로 가버렸다. 전학서류를 떼러 온 수인이 엄마는 머리를 노랗게 물들이고 한 뼘은 됨직한 뾰족구두를 신고 있었다. 탱탱한 종아리를 감싸고 있는 것은 투명하고도 매끄러운 나일론 스타킹이었다. 아이들은 앞 다투어 수인이 엄마를 보려고 애를 썼다. 나는 잎 떨군 은행나무 뒤에 숨어서 수인이가 엄마와 함께 운동장을 벗어나는 걸 지켜봤다.

수인이는 떠났다. 그리고 어이없는 일이 벌어졌다. 우재 아저씨와 미리 엄마가 밤도망을 친 거였다. 그 얘기를 듣고도 울안 사람들은 별로 놀라지 않았다. 진작에 그럴 줄 알았다는 사람들이 반이 넘었다. 우리 엄마만이 악을 쓰고 울어대는 미리를 달래느라 진땀을 빼야 했다.

"세상에! 아무리 독한 년이라도 제 새끼는 챙겨야 하질 않나! 내 아들 두둔할 생각은 없어. 지지리도 못나고 복도 없는 놈이 어디 가서 무얼 먹고 살 것인가. 아, 지들 좋은 거야 어찌 막아. 근데 저앨 누가 거둘꼬?"

악을 쓰며 울던 미리가 이젠 지쳤는지 울음소리가 딸꾹질로 변했다. 어미의 골격을 닮지 않은 미리는 머리통만 커다랗고 팔다리가 거미처럼 야위었다. 아이는 어쩔 수 없이 주인댁 할머니가 떠맡았다. 할머니는 충격 탓인지 얼굴 한쪽이 삐딱하게 굳어버렸다. 그리고 오른쪽 팔이 덜덜 떨렸다. 집문서와 얼마 안 되는 밭때기를 팔아 돈을 챙긴 우재 아저씨를 두고 주위에선 그깟 게 얼마나 된다고. 어디 가서 얼어 죽기 딱 좋겠구먼. 이러면서 혀를 찼다.

"도대체 사랑이 뭐 길래…. 첫 남편하고도 길게 살진 않았나보대요."

선희 엄마는 뜨개질을 배운다는 핑계로 우리 방을 맘 놓고 드나들었다. 여자가 입술이 포르족족하고 광대뼈가 나온 게 팔자 사납게 생겼지 뭐유. 안 그래요? 엄마는 엉킨 실타래를 풀기만 할 뿐 대꾸를 안 했다. 제풀에 지친 선희 엄마가 샐쭉해진 낯으로 돌아갔다. 바탕 없는 것들 하곤. 당최, 말이 통해야 말이지. 엄마는 또다시 바탕 타령을 했다. 나는 이제까지 참아왔던 것을 망설이지 않고 물었다. 엄마, 도대체 바탕이란 게 뭐야?

"글쎄다. 사람의 근본이라는 거지. 그럼 근본은? 말하면 길다. 서서히 알게 돼. 지금부터 알 건 없다. 그러니 밖으로 나돌지 말고 공부 열심히 하고 책을 많이 읽도록 해. 책을 많이 읽다보면 아는 게 많아지고 생각도 깊어지는 거란다."

"아유우! 할머니가 고시런(정성을 다함)을 해서 그런지 애가 살이 도독하게 올랐네."

말 많은 선희 엄마가 미리를 보면서 수선을 피웠다. 밤마다 목이 쉬도록 울던 미리도 이젠 체념을 했는지 울지 않는다고 했다. 그래서 그런지 미리 얼굴에 살이 올라 훨씬 예뻐 보였다.

"저것이 뭔 죄여. 내가 한밤중에 깨서 저걸 들여다보고 있으면 숨이 턱턱 막혀. 잠도 싹 달아나버리고. 어디서 무얼 하는지 소식이라도 좀 알았으면 좋으련만."

할머니는 미리를 진심으로 가여워했다. 의지할 데가 없는 미리도 온종일 할머니 치맛자락을 붙들고 놓지를 않았다. 나잇살이나 먹은 동네 아낙들은 그런 아이와 할머니를 볼 때마다 눈물을 찍어냈다.

미리 엄마와 우재 아저씨에 대한 기억이 차츰 희미해질 무렵 안채에서는 또 한바탕 난리가 벌어졌다. 생전 코빼기를 보이지도 않던 큰아들 내외가 한밤중에 들이닥쳤다. 어디서 뒤늦게 우재 아저씨 소식을 들은 모양이었다.

"어머닌 지금 거리로 나앉게 생겼는데도 그놈 두둔만 하실래요? 그리고 저앤 어머니랑 무슨 상관이 있어 저렇게 끼고 돌아요? 당신 한 몸도 제대로 건사가 안 되는 이 마당에? 걔는 절차를 밟아 고아원에 보내면 돼요. 생부도 살아있다면서요."

"저 어린 걸? 애가 무슨 죄야? 고아원이라니? 언젠가는 제 어미도 돌아오겠지. 우재, 걔, 얼마 못 산다. 총각귀신 면하게 해준 미리 엄마가 난 고맙기만 하더라."

얼마나 지났을까. 아이구, 어머니! 하는 소리와 겁에 질린 미리의 울음소리가 동시에 들렸다. 밖에서 안 사정을 엿듣던 사람들이 앞다투어 주인댁으로 뛰어들었다. 믿을 수가 없었다. 초저녁까지 미리를 데리고 마실을 나왔던 할머니가 돌아가신 거였다. 한밤중의 변고에 상주도 이웃 사람들도 무엇을 먼저 해야 할지 몰라서 우두커니 서 있기만 했다. 할머니의 갑작스러운 죽음을 두고 말들이 많았다. 그래도 당신 집에서 마지막을 보냈으니 복 있는 분이라는 말도 나왔다. 골칫거리인 미리의 앞날에 대한 얘기는 아무도 꺼내지 않았다.

할머니의 큰아들은 상을 마치는 대로 수소문을 해서 미리의 생부를 찾았다. 하지만 그는 미리하고 자기는 아무 상관이 없다고 발뺌을 했다. 눈이 짓무르도록 울다 잠들기를 반복하는 미리를 울안 아낙들이 하루 이틀씩 데리고 잤다. 그러나 그 일도 길게 할 수가 없었다. 미리가 갈 곳은 딱 한 군데밖에 없었다. 바로 고아원이다. 학교 운동장에서 곧바로 올려다 보이는 산중턱에 파랑 양철지붕이 있는데, 한국전쟁이 나던 그 해 미군들이 지어준 고아원이었다.

주인집 큰아들은 장례를 마치고 일주일이나 머물면서 집안을 정리했다. 이미 남의 손에 넘어간 집을 말끔하게 치워주겠다는 약속을 한 모양이었다. 그는 할머니의 유품을 정리하고 허접쓰레기들은 죄다 태웠다. 미리는 예상했던 대로 고아원으로 보내졌다. 경찰서에서 나온 형사 한 사람과 이장 아저씨, 그리고 우리 엄마와 선희 엄마도 함께 따라나섰다. 미리는 안 가겠다고 떼를 쓰면서 자꾸만 할머니와 함께 살았던 방을 돌아다봤다. 울안의 아낙들은 미리가 가는 모습을 애써 피했다. 나는 미리에게 겨우 세 마디를 했다. 쪼끔만 기다려 봐. 엄마가 미리를 데리러 오실 거야. 엄마랑 아저씨가 널…. 쓸데없는 소릴! 엄마의 날카로운 음성에 나는 움찔해버렸다. 미리는 이제 울 기력도 없는 거 같았다. 나는 차마 미리 얼굴을 마주 볼 수가 없어서 고개를 돌렸다.

험! 험! 주인댁 큰아들이 인기척을 냈다. 중년이 훨씬 넘은 그 아저씨는 미리를 보고 얼굴을 찌푸렸다. 이제까지 쓰레기를 태우다 온 그는 온몸에 검댕이를 잔뜩 묻히고 있었다. 나는 유난히 머리통만 큰 미리가 작은 점으로 보일 때까지 대문 앞에 꼼짝 않고 서 있었다. 쓰레기를 태우는 데서 날아온 검불과 연기가 눈을 쓰라리게 했다. 사람들도 하나둘 자리를 떴다. 큰아들도 불씨가 번질 것이 염려된다면서 황급히 등을 돌렸다.

한 줌 재로 변해가는 잡동사니 속에 우재 아저씨의 못다 쓴 쪽지가 남아 있을지도 모른다는 생각을 하니 내 마음이 급해졌다. 나는 스러져가는 불길을 향해 허청허청 걸음을 옮겼다. 얼마 안 남은 잡동사니 속에는 분홍색 쪽지가 한 장도 안 보였다. 매서운 겨울바람 속으로 하얀 연기는 너울너울 춤을 추며 날아올랐다. 그 때다. 나는 똑똑히 봐 두었다. 낮은 구름 사이로 얼굴을 내밀고 씨익, 웃고 있는, 우재 아저씨를.

6

파랑 양철지붕

복희는 나를 거의 껴안다시피 했는데 가슴이 우리들 것처럼 밋밋하지 않았다.
무언가 바람이 잔뜩 든 거 같이 빵빵했다.
나는 공연히 얼굴이 붉어졌다.

어떤 집에 영수하고 정희하고 살았대. 누구게? 영수하고 정희? 히히! 바보들아 그것도 몰라? 박대통령과 육영수 여사, 바로 청와대란 말이다. 어휴! 너 그딴 말 함부로 했다가는 또 담임한테 야단맞아. 흥! 야단치려면 치라고 해. 난 하나두 겁 안 난다. 걸걸한 목소리의 주인공은 복희였다. 소심하기 이를 데 없는 명숙인 복희가 또 일을 저지를까봐 조바심을 치고 있었다.

새 담임은 별명이 쫄인고추(졸인 고추)였다. 우리들이 감히 생각해내지 못한 우스꽝스러운 별명은 복희 입에서 나온 말이었다. 기름 넣고 진간장 넣고 달달 볶아 쪼글쪼글해진 고추 반찬. 담임은 키가 작고 바싹 말랐다. 그리고 얼굴엔 주름이 가득했다. 자기 별명이 쫄인고추라는 것을 아는지 모르는지 담임은 늘 근엄한 표정으로 목을 세우고 다녔다. 내가 이래 뵈두 사범학교 시절엔 꽤나 날렸어야. 내가 키만 쬐끔 더 컸어도 니들 같은 쪼무래기들과 안 놀았을 터인디. 자주 들는 담임의 푸념이었다. 이미 처녀태가 나는 맨 뒷자리의 복희를 보고 있으면 담임이 더 작고 초라해보였다. 사실 복희는 우리랑 같은 반이지만 친구가 아닌 맏언니뻘이었다.

등굣길에 복희는 열 명이 넘는 아이들을 거느리고 교문에 들어서곤 했다. 고아원에서 오는 아이들 중엔 육 학년짜리들도 많았지만 대장은 언제나 복희였다. 아이들의 맨 앞에 서서 걷고 있는 복희는 시종들을 거느린 여왕마마 같았다. 복희의 손은 언제나 비어 있다. 아이들이 순서를 정해서 책 보따리를 들어다 주기 때문이었다. 함부로 건드리지 말 것. 걔네들 잘못 건드리면 벌떼처럼 몰려들어. 그러면 뼈도 못 추린다. 어느 날부터 학교 안에 이런 소문이 나돌았다. 걔네들이란 고아원 아이들을 가리키는 거였고 그 우두머리는 복희였다. 육 학년 남자아이 하나가 멋모르고 고아원 아이를 집적거렸는데 복희네들이 떼로 달려들어 그 남자애가 된통 당한 모양이었다. 복희도 복희였지만 우리 반 애들은 남자건 여자건 고아원 아이들을 피해 다녔다. 그래도 나는 고아원에 가 있는 미리가 궁금하여 복희 곁을 떠날 수가 없었다. 나는 용기를 내서 복희에게 미리 소식을 물었다. 복희는 얼굴을 조금 찡그리더니 이내 웃는 얼굴로 대답했다.

"에그! 그 울보? 처음엔 고아원이 떠나가라고 울더니만 이젠 아주 잘 지내고 있어. 왜? 보고 싶니?"

나도 모르게 고개를 끄덕이면서 고아원에 놀러가겠다는 약속을 해 버렸다.

엄마한테는 고아원에 놀러가기로 했다는 말을 못했다. 친하게 지내는 명숙이에게도 비밀이었다. 명숙인 복희네들만 보면 오금이 저리다면서 멀찌감치 도망가 버렸다. 그러나 미리를 보고 싶은 마음은 나를 용감하게 만들었다. 난 크게 심호흡을 했지만 가슴이 울렁거리는 것까지는 막을 수가 없었다. 파랑 양철지붕엔 얼굴이 연탄재보다 더 까맣고 혀만 붉은 괴물들이 드나든다는 소문이 돌아다녔다. 노린내가 나고 머리가 곱슬거리는 흑인들을 보고 미리는 놀라지나 않았을까. 미리는 어떻게 됐을까? 복희 말대로 정말 잘 지내고 있는 게 맞는 걸까? 그런 궁금증 때문에라도 나는 고아원 방문을 포기할 수가 없었다.

파랑 양철지붕은 가파른 언덕위에 있었다. 저기야. 이제 다 왔어. 근데 생각보다 높은 곳에 있구나. 아이, 숨차. 에이! 이게 뭐가 멀어? 우린 저 너머 찬물내기까지 가서 멱도 감고 빨래도 해오는 데. 어머나! 거기까지? 그럼. 어떤 땐 아침에 갔다가 저녁때 오기도 해. 빨래가 많고 씻길 아이들이 많을 때 그렇게 하지. 일요일엔 아침 예배를 마치자마자 가서 빨래해서 말리고 아이들 때 벗겨주고 그러다보면 한나절이 금방 지나. 나도 찬물내기를 알고 있었다. 집이 빽빽하게 들어차있는 동네를 지나면 복숭아 과수원이 있고, 또 공동묘지를 지나 한참을 더 가면 겨울 한철을 빼놓고 언제나 물이 철철 넘치는 큰 개울이 있었다. 전학을 오기 전 여름방학 때면 외가에 왔었고 서너 차례는 찬물내기로 빨래를 하러 갔었다. 거기에서 빠는 빨래는 작은 빨래가 아니고 이불호청이 대부분이었다. 어린 외사촌들은 번갈아가며 오줌을 쌌다. 할머니와 외숙모는 혀를 차면서도 빨래를 큰 함지에 담아 머리에 이고 찬물내기를 찾아갔다. 복희 역시 찬물내기 나들이를 즐기는 것 같았다. 커다란 구루마에다 빨래를 산더미처럼 실어서…. 복희의 팔이 양옆으로 위로 죽죽 늘어났다. 산더미 같은 빨래를 설명하는 복희 모습이 꼭 서너 살배기 아이 같았다.

여기 사는 애들이 굉장히 많은가봐? 많지. 원하지 않았던 아이들은 태어나자마자 버림을 받아. 물론 키울 형편이 안돼서 잠시 맡긴 아이들도 많고. 전쟁고아는 그렇게 많지 않고. 미리나 나나 같은 팔자 아니겠냐? 나는 복희의 팔자타령에 코끝이 찡했다. 그러나 복희에게 곧 들키고 말았다. 얘 좀 보게? 지가 무슨 남정임이라고 감정을 잡고 그러냐? 남정임? 그래 명배우 남정임 말이다. 난 이담에 남정임처럼 멋진 배우가 되는 게 꿈이야. 그리고 이건 비밀이야. 너만 알고 있어. 복희는 듣는 사람이 없었지만 내 곁으로 바짝 다가서서 작은 목소리로 소곤거렸다. 자기 엄마가 서울에서 양장점 시다(보조)로 있다고. 그러나 아버지에 대한 얘기는 한 번도 들어보지 못했다고. 그렇지만 자긴 남정임처럼 예쁜 엄마 한 사람이면 됐다고.

"울 엄마 일하는 데 남정임이가 옷을 맞추러 자주 온대. 그때마다 사람들이 우리 엄마보고 남정임이 언니냐고 묻곤 한대. 그러니 우리 엄마가 얼마나 예쁜지 짐작이 가지?"

난 열 번이고 스무 번이고 복희 말에 고개를 끄덕여 주었다.

미리는 생각보다 훨씬 더 잘 지내고 있었고 원생들 사이에서도 인기가 최고였다. 고분고분하게 말 잘 듣는 미리를 원생들은 서로 차지하려고 싸움까지 한다고 했다. 나는 복희가 차려온 꽁보리밥을 꾸역 꾸역 입안으로 밀어 넣으면서 어디든 정붙이면 살게 마련이라던 선희 엄마 말을 떠올렸다. 그러나 미리가 미군 아저씨들하고 뽀뽀를 했다는 말을 듣는 순간엔 속이 뒤집혔다. 갑자기 미끌미끌한 보리밥이 통째로 목을 타고 넘어왔다. 뽀뽀는 미리 엄마에게 퍼부어지던 화냥년이라는 말과 한데 엉겨 붙었다. 그 말은 두껍게 바른 분과 오디 빛깔의 입술, 그리고 툭 튀어나온 광대뼈와 뒤섞인 더러운 얼룩이었다. 난 슬며시 밥숟가락을 내려놓았다. 야, 다 먹어야 해. 이거 내가 보모한테 갖은 아양을 떨어가며 얻어온 밥이야. 남기면 나 혼난다. 안 먹을 거면 이리 줘. 나는 보리 알갱이를 간신히 어금니로 눌렀다. 식욕이 전혀 없었지만 복희 체면을 생각해서 열심히 수저질을 해야만 했다.

미리 소식이 전해지자 울안의 아줌마들은 나를 기특한 아이로 추켜세웠다. 주인집의 젊은 아낙도 미리 소식을 듣고 좋아했다. 울안 사람들은 선희네만 빼고 그대로였다. 주인이 바뀌었다고 해서 다른 데로 이사를 갈 형편이 안 됐기 때문이었다. 엄마는 한 번도 본 일이 없는 복희에게 관심을 갖기 시작했다. 하다못해 고구마부침을 해도 복희와 나눠 먹으라면서 넉넉하게 싸주었다.

도시락은 제대로들 싸오니? 아니. 학교에서 주는 옥수수 빵하고 우유로 점심을 때워. 아마 고아원 애들은 도시락을 안 싸올 거야. 안 싸오는 게 아니고 못 싸오는 거겠지. 하기야 그 많은 아이들 도시락을 누가 챙기겠니. 그나저나 미리가 잘 있다니 맘이 놓이는구나. 그럼. 먹는 거 보니까 여기 있을 때보다도 좋더라고. 무슨 그런 말이? 소금을 찍어먹더라도 제 어미가 해주는 밥만 할까? 그리고 엄마, 어쩌면 미국 아저씨들이 미리를 양녀로 데려갈지도 모른대. 미리가 먹던 과자도 우리가 먹던 건빵하고는 비교가 안 되게 맛있더라. 에그! 뭘 얻어먹었는지 모르지만 어린 거 앞날이 어떻게 될지…. 아유! 왜 이렇게 눈이 침침하지? 엄마는 눈이 나빠졌다는 핑계를 대면서 오래도록 눈가를 문질렀다.

나는 단 한 번의 고아원 방문을 두고두고 우려먹었다. 겁쟁이인 명숙이는 복희가 없는 틈을 타서 내게 별의별 질문을 다했다.

"고아원에 다녀왔다며? 그래. 밥은 어떻디? 보리쌀만 삶아 준다던데 정말 그래? 또 빨래는 네 것 내 것이 없다며? 그래서 걔들은 속옷도 돌려가며 입는다고 하대? 밥은? 밥은 정말 밥공장에서 실어와?"

"그렇진 않은 거 같았어. 거기도 일하는 아줌마들이 꽤 되던걸. 우리가 생각하는 것처럼 그 애들이 일만 하지는 않았어. 공부도 하고 어떤 애들은 악기도 배우고 그러던데. 명숙이 네가 뭘 잘못 알고 있는 거야. 우리 집에 살던 미리란 애도 거기로 갔어. 갑자기 엄마가 죽는 바람에."

나는 미리 엄마를 죽은 사람으로 만들면서 뒨침이 목에 걸렸다.

"미리가 갖고 노는 인형이 얼마나 신기한지 네가 보면 깜짝 놀랄 거야. 인형이 소리 내서 말을 하고 눕히면 눈을 감고 일으키면 눈을 떠."

정말? 명숙인 눈을 똥그랗게 뜨고 입을 다물지 못했다.

"그럼 이제까지 내가 뭘 잘못 알았나봐."

명숙이가 시무룩하게 말했다. 나는 나의 허풍이 좀 걸리긴 했지만 한 번 내뱉은 거짓말을 도로 거둘 수는 없었다. 그러나 언젠가는 명숙이가 나의 거짓말을 알게 될 거란 생각이 들자 곧바로 후회가 됐다.

내일은 신체검사를 하는 날이다. 모두들 몸을 깨끗이 닦고 속옷도 냄새나지 않는 걸로 갈아입도록 해. 담임의 주의사항이 길어진 만큼 종례시간도 길어졌다. 아이들은 담임의 주의와 부탁을 건성으로 듣고 있다. 어떻게 하든 내일은 공부에서 해방되는 것만 반가워했다. 그런데 복희는 심각한 얼굴을 하고 있었다. 어디 아파? 난 조심스럽게 물어봤다. 아냐. 그런 게 있어. 너 나랑 온실에 안 갈래? 힘없이 고개를 숙인 복희 손엔 웬일인지 책 보따리가 들려 있었다. 온실엔 왜? 내가 꽃들의 보모야. 온실에 있는 꽃들을 돌봐주고 있단 말이다. 그래? 난 이제껏 몰랐네. 반애들 거의 몰라. 오학년 올라오자마자 담임이 내게 맡긴 일이거든.

온실은 교실과 뚝 떨어진 곳에 있었다. 숙직 선생님과 소사 아저씨가 잠을 자는 아주 작은 집과 붙어 있는 온실은 뿌연 젖유리 지붕만 보였다. 그러나 가까이 가서 보면 뚜껑같이 생긴 문이 있고 그 문을 열면 한 사람이 겨우 빠져나갈 수 있는 계단이 나왔다. 나는 복희를 따라 지하로 내려가는 계단을 밟았다. 조심해. 난 눈감고 다닐 수 있지만. 복희가 조심하라는 말을 했다.

반 지하실엔 내가 처음 본 꽃이며 작은 나무들, 그리고 선인장이 꽉 차 있었다. 너희들이 청소하는 시간에 난 여기 와서 얘들하고 놀아. 얘들이 목마르다고 소리치면 물도 주고 먼지도 닦아주지. 그리고 문을 열고 바람도 쏘여주고. 습기와 흙냄새, 식물들이 저마다 뿜어대는 독특한 냄새로 온실 안은 후끈후끈했다. 화분마다 엄지손가락 크기의 양철팻말이 꽂혀 있었다. 팻말에 쓰여 있는 이름들은 한 번도 들어보지 못한 낯선 것이었다.

온실에 들어갔을 때 가장 먼저 눈에 띈 것은 제라늄이란 화분이었다. 이건 말이야. 분위기 있는 집의 양지바른 창가에 있어야 제대로인 거야. 이렇게 빨간색 꽃도 있지만 어떤 건 흰 것도 있고 노란 것도 있어. 물론 우리나라 것은 아니지. 여기 있는 것들 대부분이 물 건너 온 것들이지. 복희는 마치 선생님 같았다. 양지바른 창가. 빨갛고 하얀, 그리고 노란색 꽃을 피우는 제라늄 화분을 놓을 수 있는 집. 그러나 그런 집은 내 상상 밖이었다.

나는 온몸이 노곤해지면서 잠기운이 느껴졌다. 눈을 깜빡이는 인형 이야기쯤이야 만화를 통해서도 얼마든지 지어낼 수 있는 이야기였다. 하지만 분위기 있는 양지바른 집은 도대체 어떤 집을 말하는지 짐작을 할 수 없었다. 그런 생각에 빠져 있는데 은세계 선인장이 내 눈에 쏙 들어왔다. 어른 손바닥 크기의 납작한 선인장엔 꼭 준치 가시 같은 게 잔뜩 붙어 있었다. 은세계라는 이름이 참 좋았다. 나는 엉겁결에 은세계 선인장을 쓰다듬고 말았다.

아야! 힘없이 보였던 가시들이 일제히 내 손바닥에 달라붙었다. 그것은 정신이 번쩍 날만큼 따끔거렸다. 얘가 겁도 없이. 복희는 내 손바닥을 밝은 쪽으로 돌려놓고 촘촘하게 박힌 가시를 한 개씩 조심스럽게 뽑아냈다. 그러느라고 복희의 가슴에 내 머리와 뺨이 닿았다. 복희의 숨결이 그대로 느껴졌다. 복희에게서는 우리들하고는 다른 냄새가 났다. 온실 냄새 같기도 했고 주인집의 젊은 아낙에게서 나는 냄새 같기도 했다. 또 깊은 숨을 들고 내쉴 때마다 잘 익은 복숭아 냄새가 맡아지기도 했다. 복희는 나를 거의 껴안다시피 했는데 가슴이 우리들 것처럼 밋밋하지 않았다. 무언가 바람이 잔뜩 든 거 같이 빵빵했다. 나는 공연히 얼굴이 붉어졌다. 그 바람에 가시에 찔린 아픔을 거의 느끼지 못했다. 가시를 다 빼냈을 때 나는 고맙다는 말을 안 했다. 오히려 퉁명스럽게 굴었다. 아유, 숨이 막혀 죽는 줄 알았네. 그러면서 복희를 거칠게 밀어냈다.

내일, 난 말이다, 이 온실 안에 있을 거야. 왜? 신체검사는 안 하고? 난 안 해도 돼. 내가 나이가 몇인데 너희들 같은 조무래기들 틈에 껴서 이것저것 재고 다녀야 하겠니? 나는 다시 한 번 복희의 불룩한 가슴을 훔쳐봤다. 너 뭘 흘끔거리니? 너도 몇 년만 있어 봐라. 나처럼 될 테니까. 어때 멋지지 않니? 복희는 일부러 가슴을 더 내밀어보였다. 나는 복희 얼굴을 제대로 쳐다볼 수가 없었다. 너, 이런 말, 애들한테 함부로 해선 안 돼. 그리고 온실에 오고 싶으면 언제든지 와도 좋아. 하지만 혼자만 와. 애들 드나들면 귀찮고 담임도 싫어해. 그리고 이 녀석들이 손 타는 건 더 싫고.

복희는 검푸른 빛이 나는 줄기를 젖은 걸레로 조심스럽게 닦아냈다. 그러면서 속살거렸다. 그치이? 우리들끼리 있는 게 더 좋지? 나는 복희가 만지고 있는 화분을 들여다봤다. 양철 팻말엔 군자란이라고 쓰여 있었다. 나는 군자란을 들여다보면서 중얼거리는 복희가 낯설었다. 복희는 교실이나 운동장에서 보던 것처럼 거친 아이가 아니었다. 나는 식물에 취해 있는 복희를 지켜보다가 아무 말 없이 온실을 빠져나왔다. 땅위에 올라서서 온실 쪽을 보니 복희의 치렁치렁한 머리꼬랑지가 보일락 말락 했다. 복희는 고아원으로 돌아가는 게 싫은 모양이었다. 제라늄 화분이 놓인 멋진 집을 얘기했을 때 복희는 이미 고아원을 탈출한 것인지도 몰랐다. 나는 나의 아둔함을 탓했다. 어깨힘이 빠져버리니 책가방이 땅에 질질 끌렸다. 나는 아주 느린 걸음으로 운동장을 가로질러 집으로 갔다.

뜻밖에도 집엔 아버지가 와 있었다. 난 어리둥절하여 신발을 벗는 것조차 잊어버렸다. 엄마는 희미한 백열전구 아래서 뭔가를 열심히 만들고 있었다. 고소한 냄새가 코를 찔렀다. 기름 발라 구운 김과 소고기볶음이 저녁상에 올랐다. 흐음! 우리 공주님! 잘 있었는가? 껄끄러운 턱수염이 내 볼에 와 닿았지만 별 감각이 없었다. 나는 소고기볶음이 놓인 저녁상을 밀어내며 털실 더미 사이로 몸을 숨기려고 했다. 애가 저렇다니까. 정말 누굴 닮아 저렇게 숫기가 없는 지 원! 엄마는 전에 없이 말을 많이 했다. 이렇게 한데 모여 밥을 먹으니 사는 것 같군. 아버진 뒤로 물러앉은 나를 더 이상 신경 쓰지 않고 수북한 밥사발을 후딱 비워냈다.

아버지는 완전히 옷을 벗었다고 했다. 제대를 했다는 말보다 그 말이 더 현실감 있게 들렸다. 아버진 국방색 제복과 이별을 했고 이웃 아저씨들과 똑같은 모습이 됐다. 아, 이제야 아버지가 우리 곁에 있는 거로구나. 나는 더욱 비좁아진 잠자리를 걱정하면서도 아버지의 귀향이 믿음직스러웠다. 엄마도 여전히 뜨개질을 했지만 전처럼 짜증을 부리지는 않았다. 그리고 맥을 놓고 허공을 바라보는 일도 없었다. 군대란 것이 직업의 일종인 것은 알고 있었지만, 제대를 하고도 또 일자리를 얻어야 한다는 것까진 생각을 안 해봤다. 아버진 날마다 한 차례씩 외출을 하고 돌아왔지만 마땅한 일자리를 찾지 못했다.

울안에 사는 사람들의 형편은 거기가 거기였다. 남자가 중학교 서무과(행정실)에 다니고 시골에 농사거리가 있어 양식 걱정을 안 하는 주인집을 빼고는 사는 게 비슷했다. 울안 샘가에서는 늘 한두 사람의 아낙네들이 푸성귀를 씻거나 큰 자배기에 보리쌀을 치대곤 했다. 알뜰한 이들은 보리쌀 뜨물을 받아두었다가 그 앙금으로 보리개떡을 쪄 주기도 했다. 나는 미끈거리는 꽁보리밥보다는 보리개떡이 훨씬 더 맛있었다.

우리 이사 가자. 아버지는 앞뒤 설명 없이 불쑥 말했다. 이사라는 말에 엄마도 깜짝 놀랐다. 웬 이사를요? 우연히 군에서 모셨던 선배님을 만나게 됐어. 여기가 고향이란 걸 몰랐지 뭐야. 그분도 옷을 벗었나요? 그러엄. 뭣하러 미련을 가질까. 지금이 어느 때라고. 하긴요. 출세는 애저녁에 글렀잖아요? 당신두! 차암! 애들 들어요. 들으면 어때요. 고생고생 했지만 당신도 결국은 낙동강 오리알이 됐잖수. 근데 그 분하고 무슨 얘기라도? 으응, 자기네 집이 아주 크다고 날보고 식구들 데리고 들어와 살라고 하네. 그 큰 집에 딸애하고 달랑 두 식구래. 딸애가 아마 현경이 또랜가 봐. 그래두 그렇지 남의 신세를 그렇게 져도 돼요? 나두 염치가 없지만 내가 자리를 잡을 때까지만 그렇게 합시다. 우리 현경이도 내년이면 육 학년인네 공부방도 있어야 하고. 근데 이방에선 도무지….

나는 기분이 날아갈 것만 같았다. 공부방을 따로 갖는다고 생각하니 별안간 제라늄 화분이 생각났다. 새로 이사 들어갈 집엔 양지바른 창이 분명히 있을 것만 같았다. 엄마는 고개를 갸웃거리면서도 짐을 꾸렸다. 제일 먼저 커다란 마대자루에 털실을 담았다. 그리고 아버지가 제대하면서 가져온 대형 철제트렁크에 우리들의 옷을 담았다. 넓지 않은 마당이 우리 집에서 내놓은 짐으로 꽉 들어찼다. 현경이넨 정말 잘 됐어요. 잘은요. 거기나 여기나 어차피 나그네 신세인 걸요. 그래두 그 집은 햇볕도 잘 들고 마당도 넓고 여기다 대면 궁궐이겠죠. 말이 있잖아요, 조상 삼대가 덕을 쌓아야 남향집에 산다고. 주인집 아낙과 울안 사람 모두가 우리가 이사 가는 것을 축하해줬다. 고생 많으셨어요. 집 같지도 않은 집에서 사시느라고. 주인집 아낙이 허리를 꺾어 엄마에게 인사를 했다. 뭘요. 우리가 고마웠지요. 엄마도 정중하게 인사를 받았다.

먼 거리는 아니었지만 아버지는 작은 트럭을 불렀다. 우리는 천천히 걸어갔고 아버진 트럭을 타고 먼저 떠났다. 주인 여자는 대문간에 서서 우리를 배웅했다. 나는 순간 눈물이 핑 돌았다. 처음 이 집으로 이사 오던 날, 대문간에서 주름살 가득한 얼굴로 우리를 맞이했던 주인댁 할머니 얼굴, 핏기 없는 우재 아저씨의 얼굴이 떠올라서였다. 오랜 시간은 아니었지만 우리는 여러 사람을 떠나보냈고 또 우리 역시 다른 사람의 배웅을 받으면서 떠나는 중이었다. 현경아! 은경이 손잡고 빨리 걸어. 아버진 벌써 도착해서 짐 내리고 있을 건데. 엄마가 소리쳤지만 나는 천천히 움직였다. 나는 자꾸 뒤를 돌아다봤다. 얼마 있다가 돌아다보니 주인집 아낙이 안 보였다. 나는 은경이 손을 잡고 빠른 걸음으로 걷기 시작했다.

아버지 선배라는 분은 생각보다 훨씬 더 나이 든 할아버지였다. 흰머리가 많아서 나를 백발노인으로 알겠지만 그렇진 않아요. 아저씬 내 속을 훤히 들여다보고 있는 것 같았다. 그는 함빡 웃으면서 내 볼을 살짝 건드렸다. 아빠! 나보다 한 학년 위라는 가냘픈 여자애가 코 먹은 소리를 내며 뛰어나오는 걸 보고 나는 그분을 아저씨로 불러주기로 했다. 나만 한 딸을 둔 그를 할아버지라고 부르면 안 될 것 같았다. 사모님! 그는 우리 엄마를 사모님이라고 불렀다. 엄마 얼굴이 살짝 붉어졌다. 사모님, 얘가 제 늦둥이에요. 아, 그러시군요. 아이가 아주 영리해 보입니다. 엄마는 간신히 그 말을 하고 고개를 숙였다. 사정이 있어서 우리 두 식구만 살고 있어요. 사모님께서 이 애 엄마 노릇도 좀 해 주세요. 아, 아, 네에. 제가 부족하지만 잘 돌보겠습니다. 자기 아버지 등 뒤에 숨어서 눈만 빼꼼히 내밀고 있던 계집아이는 몸피가 너무 가늘어 입으로 훅 불면 날아가게 생겼다. 그러나 눈은 어찌나 검고 반짝거리는지 마주보기가 부담스러웠다.

연이야! 현경이하고 네 방에 가 있을래? 아저씨 목소리는 라디오 연속극의 주인공처럼 듣기 좋았다. 나는 연이에게 손목이 잡힌 채로 그 애 공부방으로 들어갔다. 아아! 연이 방은 햇살이 잘 들어 눈이 부실

정도였다. 나는 눈을 비벼댔다. 그렇게 환한 방에서 연희는 살고 있었다. 그리고 더 놀라운 건 연이 방 창가엔 제라늄 화분 두 개가 나란히 놓여 있었다. 이게 제라늄이란 거야. 알고 있어. 어떻게? 실은 우리 반에 복희라는 애가 있어. 고아원에 사는 애지? 어떻게 알아? 차차 알게 돼. 사실은 걔한테 얻은 거야.

왜 아저씨만 계셔? 난 갑자기 연이 엄마가 궁금해졌다. 연이는 침을 한번 꼴깍 삼켰다. 그러더니 단숨에 말을 해 버렸다.

“아! 우리 엄마는 서울에 따로 있어. 서울서 다방을 하고 있다고는 하는데 어릴 때 헤어져서 생각도 안 나. 우리 할아버지가 돌아가시면서 이 집이 내꺼라고 했대. 큰엄마랑 언니 오빠들이 가만 안 있지. 한동안 싸움이 계속 되다가 아버진 화를 내면서 나만 데리고 내려온 거야. 암튼 우리 집은 많이 복잡해. 너무 알려고 하진 마. 아참, 너 복희란 애랑 친하니?”

“으응. 그런 편이야.”

“사실은 복희가 우리 집에서 좀 살다 나갔어. 아버지 밥도 해주고 빨래도 해주고 그러다가.

“학교 다니면서 그런 일을 했어? 여기서 잠도 잤겠네?”

“그럼. 사실 고아원 애들 대부분이 국민학교 졸업이면 끝인데 뭐. 공부나 제대로 하겠니? 여기 더 있었으면 아빠가 서울로 보내준다고 했는데 애가 손버릇이 안 좋더라고. 그래서 내쫓긴 거지. 근데 걔가 나한테 제라늄 화분을 갖다 주더라고. 저것도 온실에서 훔쳐 온 게 아닐까? 좀 찜찜해.”

"아아냐! 그렇진 않아. 가끔씩 온실엔 새 화분이 들어오고 묵은 것들은 선생님들이나 소사 아저씨도 거저 가져간대."

"피이! 난 복희 말 하나도 안 믿어. 화분도 아빠 아시면 내다 버리라고 할 거야. 근데 꽃이 예뻐서 못 버리겠더라고."

복희가 이 집에서 식모살이를 했다는 생각을 하니 불쌍해서 견딜 수가 없었다. 그렇다고 연이가 거짓말을 하고 있는 거 같지도 않았다. 나는 갑자기 혼란스러워졌다. 내일 학교에 가서 확인을 하고 말테다. 그러면서도 나는 왠지 뭔가 알 수 없는 불안감에 싸여 등줄기에 땀이 흘렀다.

나는 짐정리에 정신이 없는 엄마에게 쪼르르 달려갔다. 앉은뱅이책상 위에 책을 얹어놓으면서 엄마와 난 저절로 어깨춤이 나왔다. 우리 딸, 이 방에서 공부하면 판검사도 되고 의사도 될 거야. 그치? 엄마는 누가 듣든지 말든지 큰 목소리로 외쳤다. 내가 이사 오자고 할 땐 그렇게 망설이더니만 와 보니 잘했지? 어느새 아버지까지 말을 거들었다. 그러믄요. 이제 당신만 자리를 잡으면 우린 걱정 없어요.

학교에 가려면 철길 아래로 뚫린 굴다리를 지나야 했다. 컴컴한 굴다리 안에는 카바이드 불빛이 희미했다. 초라한 행색의 땅콩장수나 엿장수들이 있는 날은 그나마 좀 밝은 편이지만 그들마저 없을 때는 대낮인데도 더듬거리며 지나가야 할 만큼 어두웠다. 얘, 나는 가끔씩 수업을 빼먹곤 한단다. 학교 가기가 아주 싫은 날이 있어. 나는 연이 말에 깜짝 놀랐다. 실버들처럼 가녀린 연이가 그런 배짱을 가지고 있으리라곤 전혀 상상을 못했다.

꼬마 아가씨들 엿 좀 사! 엿장수 아저씨가 무쇠 가위로 엿을 자르면서 우릴 불렀다. 연이가 대뜸 맞받아쳤다. 아침부터 단 거 먹으면 공부 못해요. 아, 별소릴 다하네. 이 엿이 영양가가 만점인데 왜 공불 못해? 더 잘하게 되지? 그러나 연이는 생글거리면서 엿장수 아저씨를 이겨 넘겼다. 암튼 안 먹어요. 이 썩으면 아저씨가 책임질래요? 아, 저런, 저런…. 아저씨는 허허 웃으면서 다신 엿을 사먹으라고 권하지 않았다. 왜 그렇게 딴전을 피워? 이러다 학교 늦어. 나는 연이가 이것저것 참견을 하면서 느릿느릿 걷는 게 못마땅했다. 가만 있어봐. 너, 짱구 알아? 짱구? 누군데. 가만 있어봐. 날마다는 아니지만 잘 살펴봐. 어디 벽 쪽에 붙어 있을 거야.

아닌 게 아니라 컴컴한 벽 쪽에 누군가가 꼭 붙어 앉아 있다. 얼핏 보면 커다란 이불보따리 같았다. 연이는 그 쪽으로 한 발 다가섰다. 에이! 냄새가 심하다. 거지 아니니? 맞아 거지야. 여자 거지. 연이가 뒤로 물러나는 내 손목을 거칠게 잡아당겼다. 그리고는 거지에게 말을 붙였다.

짱구야! 오늘은 뭘 먹었어? 얼었다 녹은 감자처럼 부숭부숭한 얼굴을 한 짱구가 연이를 보고 싱긋 웃었다. 병아리 한 마리 먹었어. 병아리? 병아리가 어디 있는 데? 조오기. 눈동자가 풀려 있는 짱구의 손이 천정을 가리켰다. 에이! 병아리는 닭장에 있지. 맞아. 닭장. 짱구가 앵무새처럼 연이 말을 따라했다. 그냥 먹었니? 삶아 먹었니? 기냥(그냥). 그냥? 응. 우웩! 연이가 입을 막고 토하는 시늉을 했다. 그러자 짱구도 손으로 입을 틀어막고 웩웩거렸다. 나도 덩달아 구역질이 치밀었다. 얘! 난 먼저갈래. 이러다가 정말 지각할 거 같아. 나는 연이에게 언니라는 말을 안했다. 가냘픈 몸피도 그렇지만 하는 짓거리가 너무 유치해서였다.

교문을 지키고 있던 선희 언니가 눈살을 찌푸렸다. 너, 갈수록 늦어지는구나. 나도 이젠 못 봐줘. 먼 데로 이사 갔으면 좀 서둘러야지. 어서 뛰어가. 좀 있으면 수업 시작해. 알았어, 언니. 고마워. 난 숨이 차도록 뛰어서 교실로 들어갔다. 담임이 좋지 않은 눈빛으로 날 쳐다봤다. 나는 고개를 푹 숙였다. 너 이연이네로 이사 갔다며? 네에. 앞으론 좀 일찍 다녀라. 네에. 나는 수업시간에도 안절부절 못했다. 연이가 학교에 오긴 했는지 그것이 궁금하여 공부가 제대로 안됐다.

두 시간 수업을 마치고 육 학년 이반 교실에 가서 연이를 찾았지만 없었다. 교실 밖을 서성이는 날보고 선희 언니가 뛰어나왔다. 왜? 연이 찾아? 응. 걔 학교 안 왔어. 응? 그 골칫덩어리. 걘 우리들하고 좀 달라. 머리가 좀…. 선희 언니는 얼굴을 찌푸리면서 자기 머리위로 손가락을 얹고 빙빙 돌렸다. 아이, 언니두. 설마. 설마가 사람 잡아. 걔 우리 반 애들이 뭐라고 하는지 알아? 또라이. 어른들 말로도 그 집이 겉만 멀쩡하고 속은 콩가루 집안이라고 하더라. 그나저나 너 공부방도 생겼다며. 공부 열심히 해라. 선희 언니는 내 어깨를 살짝 짚었다가 놓았다. 그런 선희 언니의 몸짓이 의젓해보였다.

학교 가는 길이 좀 멀지? 연이 녀석은 한 눈 안 팔고 잘 가디? 저, 저어, 그게요. 아니, 이 녀석이 또오? 아저씨 목소리가 높아졌다. 얼마

지나지 않아서 연이 방에서 아야, 아야야, 하는 소리가 들려왔다. 난 당황스러웠다. 엄마도 날보고 아저씨에게 무슨 말을 했냐면서 퉁을 줬다. 아버지도 안절부절 못했다. 저 양반이 왜 저러시지? 당신이 좀 들어가 봐요. 엄마는 아버지 등을 떠밀었다. 연이 울음소리가 그치지 않았다. 아저씨 손에는 싸리나무 회초리가 들려 있었다. 아저씨는 담배에 불을 붙였지만 그대로 들고만 있었다. 울음을 그치고 세수를 하러 나왔던 연이가 별안간 내게 달려들었다.

너어, 울 아빠한테 한 번만 더 고자질 해. 그땐 너 죽고 나 죽고야. 뭐? 누가 뭘 고자질 해? 아저씨가 물어보시는데 그럼 내가 거짓말을 해야 해? 나도 지지 않고 대들었다. 거지같은 것들이 우리 집에 와서…. 뭐? 나는 연이 머리카락을 세게 잡아당겼다. 연이가 자지러지게 비명을 질러댔다. 엄마랑 아버지 그리고 아저씨가 달려 나왔다. 나는 내 손에 들린 한 움큼의 머리카락을 어쩌지 못해 울상이 돼버렸다. 어른 셋은 모두 입을 다물지 못하고 서로 얼굴만 쳐다봤다. 엄마 얼굴이 하얗게 변했고 아버진 헛기침을 했다. 아저씨는 별안간 너털웃음을 웃었다. 허허허! 우리 현경이 성깔도 대단하네. 좋다! 앞으로 현경이가 우리 연이 보호자 노릇 좀 해 줘야겠다. 아저씨의 당부는 무거운 돌덩이가 돼서 내 어깨를 짓눌렀다.

우리가 연이네로 이사를 갔다는 것을 뒤늦게 전해들은 복희는 조금 놀라는 눈치였다. 제라늄 화분 이야기를 꺼내기가 왠지 어색했다. 그리고 손버릇이 어쩌고 한 걸 생각하니 복희 얼굴을 제대로 쳐다볼 수가 없었다. 나는 제라늄 화분에 대한 얘길 끝내 못 꺼냈고 공부방이 생겼다는 말만 했다.

입시 막바지에서 연이는 병이 나고야 말았다. 폐렴이라고 했다. 처음엔 감기인 줄 알았는데 고열에 헛소리까지 하자 집안이 발칵 뒤집혔다. 연이는 택시를 대절해서 청주에 있는 큰 병원으로 갔다. 나는 뼈만 남은 연이가 택시에 오를 때 왈칵 눈물이 쏟아졌다. 연이의 머리카락을 한줌이나 뽑아놓았던 것이 후회가 됐다. 말로만 싸울 걸. 난 휘발유 냄새를 풍기며 떠나가는 택시 뒤에 서서 엉엉 울었다. 만약에 연이가 이대로 죽어 버린다면? 나는 그 생각을 하면서 한밤을 꼬박 새웠다.

엄마는 이틀 밤이나 새워가며 연이를 간호했다. 그러면서 아저씨에게 신세진 걸 겨우 갚았다고 했다. 난 연이가 위험한 고비를 넘겼다는 소식을 듣고서야 안심했다. 연이는 급한 불을 끄고 퇴원을 했지만 빛나던 눈은 전과 같지 않았다. 가엾은 것. 아저씬 연이가 안 듣는 곳에서 그 말을 하며 눈물을 훔쳤다. 그래. 맞다. 복희 말대로 연이도 엄마에게서 버림받은 아이일 수도 있겠다는 생각이 들었다. 그런데 왜 연이네는 복희와 안 좋은 관계로 끝을 맺었을까? 난 그게 몹시 궁금해졌다.

복희는 가슴이 더 커지고 허리께가 쏙 들어가 있었다. 언젠가 복희가 학교에 가지고 와서 보여준 바비 인형처럼 말이다. 아이들은 복희에게 말을 거는 것조차 어렵게 생각했다. 복희는 복희대로 아이들이 서먹해하는 모습을 매우 섭섭하게 여겼다. 나는 엄마에게 복희 얘기를 했다. 걔는 이미 사춘기를 넘어섰을 테고 너희들은 아직 어린애고,

뭐 그런 거겠지? 그러니 말이 통하겠니? 복희만 불쌍하지. 왜 복희가 불쌍해? 딸의 사춘기엔 엄마 역할이 매우 중요한 데 복희는 그걸 챙겨줄 엄마가 없으니까. 엄마 대답은 아주 명쾌했다. 나는 엄마에게 사춘기가 도대체 뭐냐고 물었다. 그건 모양도 냄새도 없단다. 어느 날 살그머니 찾아오는 것이야. 넌 뭐가 걱정이니? 엄마가 네 곁에 꼭 붙어 있는데.

중학교 입시가 코앞으로 다가오자 연이는 방안에서 꼼짝을 안했다. 나는 물기가 말라버린 제라늄 화분을 지켜보면서 일 년 후면 치러야 할 입시의 고통을 상상했다. 속 모르는 엄마는 우리 현경이는 연이처럼 저렇게 벼락공부는 안 할 거라고 자신 있게 말을 하곤 했다. 엄마는 아저씨 밥을 해드리고 생활비를 벌었지만 뜨개질감을 손에서 놓지는 않았다. 돈도 돈이지만 우리들이 입을 옷을 손수 짜내는 것이 엄마의 자랑이기도 했다. 엄마는 연이에게도 근사한 원피스를 떠줬다. 은경이와 아버지 그리고 아저씨까지 엄마가 짜준 털옷을 안 입은 사람은 없었다.

입시의 불안감이 온 집안을 휩쓸었다. 나는 연이가 불을 밝히고 있는 한밤중에도 몇 번이나 잠에서 깨났다. 자주 꿈을 꾸었고 밤 오줌 누는 것이 버릇이 됐다. 그러나 변소에 다녀와서도 쉽게 잠을 잘 수 없었다. 나는 몸을 달달 떨면서 마당가를 서성거렸다. 입시의 불안감과는 또 다른 형태의 불안감이 파도처럼 밀려들어왔다. 나는 공연히 대문 빗장을 풀었다가 다시 걸곤 했다.

그 불안의 덩어리는 연이의 시험보다 먼저 대문을 두드렸다. 달도

뜨지 않은 오밤중이었다. 삐그덕! 대문 열리는 소리가 났다. 나는 비몽사몽이었다. 눈을 뜬 거 같았지만 아니었다. 끈끈한 거미줄이 온몸을 칭칭 휘감고 있는 꿈속에서 벗어날 수가 없었다. 어디선가 숨죽인 울음소리가 들려왔다. 그 목소리는 낯익었다. 소리에 이끌려 바깥으로 달려 나갔다. 아니! 이럴 수가? 놀랍게도 소복을 한 미리 엄마가 엄마 무릎에 머리를 박고 울고 있었다. 아줌마! 그러나 나는 그 말이 입 밖으로 나오지는 않았다. 엄마는 나를 거칠게 떠다밀었다. 연이한테 가 봐. 애가 놀라지나 않았는지 모르겠다.

왔니? 복희는 왠지 맹해 보이는 얼굴로 나를 맞이했다. 온실엔 그동안 많은 변화가 있었다. 잎이 넓은 식물들이 눈에 띄게 줄어들었다. 그 대신 갖가지 모양의 선인장이 들어와 있었다. 잎이 많은 건 관리가 어려워. 가시는 찔릴 위험이 있지만 얘들이 의리 있는 애들이야. 내가 공들인 만큼 싱싱하게 살아주니까. 복희는 내가 무슨 말을 꺼낼지 짐작을 하고 있는 것 같았다. 그러나 복희는 지루할 만큼 선인장들의 이름을 일일이 말해주었다. 알아. 그만하셔. 팻말 보면 다 아는 데 뭐. 그때서야 복희가 미리 엄마 얘길 꺼냈다. 너희 집 어젯밤 난리 났었지? 우리 고아원도 미리 엄마가 와서 울고불고…. 버릴 땐 언제고. 아주 꼴사나워서 혼났다. 그래도 미리는 제 엄말 알아보고 펑펑 울던데? 그 총각 죽었다면서? 유골을 가지고 왔다더라. 옷은 또 그게 뭐냐? 하얗게 소복을 하고. 꼭 귀신같더라. 복희는 있는 대로 미리 엄마 흉을 뜯었다.

"우재 아저씨? 그 아저씬 스스로 무덤을 판 거야. 미리 엄마처럼 색을 밝히는 여자랑 붙었으니 자기 명을 단축한 거야. 남자든 여자든 그런 색골들이 있어. 예를 들자면 연이 아버지 같은."

"색골이 뭐야?"

"넌 아직 모를 걸? 그런 사람들이 따로 있더라고. 글쎄 그 늙은이가 날 집적대더라니까. 내가 막 대들고 물어뜯고 그랬더니 나중엔 날 도둑년으로 몰아서 내보내더라고. 참 더러워서."

복희는 정말 침을 뱉을 기세였다. 난 그런 복희가 무서워졌다. 어디 두고 봐라. 그 늙은이는 물론이고 연이란 년도 잘돼나 보자. 나는 시퍼런 불꽃이 일렁이는 복희 눈을 보기가 두려워 얼른 온실을 빠져나왔다. 나쁜 년! 나쁜 새끼! 복희는 거의 발작하는 것처럼 소리를 지르면서 제라늄 꽃과 이파리를 쥐어뜯고 있었다. 복희의 온몸이 성난 깃발처럼 펄럭거리고 있는 것이 온실 유리덮개를 통해 희미하게 보였다.

7

울밑에 선 봉선화야

나는 굴러온 돌이 어떤 돌인지 꼭 보여주고만 싶었다.
그러나 마음속으로만 외쳤다.
'그래. 난 굴러온 돌이다. 하지만 그 돌은 보통 돌이 아니야. 보여줄게.

"육 학년 사 반 반장 나와!"

쩌렁쩌렁한 음성이 마이크를 타고 울려 퍼졌다. 뭐하고 있니? 어서 나가잖구. 잘못된 쌍꺼풀 수술로 눈이 옴팡해진 담임이 내 옆으로 다가와 팔을 잡아당겼다. 잘못 들은 건 아니겠지, 그러면서도 나는 선뜻 나서지 못했다. 열중 쉬어 자세로 너무 오래 있다 보니 온몸이 땅에 붙어버린 것 같아 발이 안 떨어졌다. 두 번 세 번 불러도 못 알아듣다니! 이리 올라와서 국민교육헌장을 외도록 해라. 교장 선생님은 볼록한 배를 위엄 있게 내밀면서 나를 단상 위로 올라가도록 재촉했다. 나는 지난겨울부터 토씨 한 개 안 빠뜨리고 외우고 있던 국민교육헌장의 첫 줄을 떠올리면서 세 개의 철 계단을 밟고 단상으로 올라섰다.

일 학년부터 육 학년까지 학급 당번만 빼놓고는 모두 나와야만 하는 월요조회를 좋아하는 사람은 아무도 없었다. 선생님들도 지겨운 표정으로 몸을 비비꼬고 있으니 아이들은 말할 것도 없었다. 어느 때보다 할 말이 많았던 교장 선생님은 국민교육헌장까지 외우도록 하면서 시간을 질질 끌었다. 같은 줄에 나란히 서 있던 다른 반 반장들이나 선생님들이 늘어졌던 몸을 똑바로 펴면서 긴장을 했다. 나는 단상 위로 올라갔다. 운동장에 서있는 수많은 얼굴과 눈동자가 일제히 나에게 쏠렸다. 주번 교사가 사뿐히 몸을 날려 단상 위로 올라와 마이크를 내 입 가까이 대주고는 내려갔다. 나는 꼴깍, 소리를 내면서 침을 삼켰다. 그리고 입을 열었다.

'우리는 민족중흥의 역사적 사명을 띠고 이 땅에 태어났다. 조상의 빛난 얼을 오늘에 되살려 안으로 자주독립의 자세를 확립하고 밖으로 인류공영에 이바지 할 때다. 이에…' 숨소리조차 들리지 않는 운동장에서 누군가 퍽, 하고 넘어지는 소리가 났다. 흔히 일어나는 일이었다. 그러나 퍽, 소리를 신호로 내 머릿속에서도 뭔가 바지직, 하면서 빠져나가는 소리가 들렸다. 그리고 이내 귀가 멍멍해졌다. 유월의 밝은 햇살이 사정없이 눈을 찔러댔다. 내 머릿속이 피톨 하나 안 남기고 싹 씻겨버린 느낌이 들었다.

나는 눈을 꼭 감아버렸다. '이에, 이에…' 처음엔 아주 미세한 소리만 들렸다. 킥, 킥킥, 킥킥킥, 우하하하, 아하하하! 물수제비를 뜰 때 퍼졌던 물의 파장처럼 비웃음은 점점 커졌고 나중엔 천둥소리로 바뀌었다. 허어험! 최고 학년의 반장이 어째 그 모양이지? 그만 내려가거라! 나는 얼굴이 뜨거워져서 어찌할 바를 몰랐다. 후들거리는 다리에 간신히 힘을 주면서 단상을 내려왔다. 나는 내 자리로 돌아가는 길마저 잃어버리고 말았다.

누군가 내 곁으로 달라붙었다. 담임이었다. 나는 싫었지만 어쩔 수 없이 그에게 몸을 의지하고 운동장을 빠져나왔다. 먼저 들어가 있어. 교실이 보이자 담임은 찬바람을 일으키면서 잡고 있던 내 팔을 놓았다.

나는 수치스러움으로 몸을 떨면서 교실 문을 열었다. 교실엔 다리를 몹시 저는 진숙이만 우두커니 앉아 있었다. 왜 혼자만 들어와? 아무것도 모르는 진숙이가 내 얼굴을 빤히 들여다봤다. 조금만 더, 조금만 더 침착했더라면 난 다 외울 수 있었다고. 무얼? 뭘 외웠는데? 진숙이가 이상한 눈으로 날 쳐다봤다. '이에 저마다의 타고난 소질을 계발하고…. 일천구백육십팔년 십이월 오일 대통령 박정희' 그렇게 잘 외우면서 아깐 왜 그렇게 맹꽁이 짓을 했니? 담임이 내 등 뒤에 서서 퉁명스럽게 말했다. 나는 뒤를 돌아다봤다. 담임 얼굴이 꼭 암상 난 고양이 같았다. 나는 정신을 차리고 주위를 둘러봤다.

소리 없이 스며든 아이들이 두 겹 세 겹으로 나를 둘러싸고 있었다. 그들은 나의 서글픈 웅변을 다소곳하게 들어주고 있었던 것이다. 박수! 미경이가 큰소리를 질렀다. 우와! 그러면 그렇지. 우리 반 반장이 그까짓 것을 못 외울까. 아이들이 발까지 구르면서 박수를 쳐 주었다. 얼굴을 구기고 있는 것은 담임 한 사람밖에 없었다.

어렵게 뽑힌 반장이었다. 일 학년 때부터 반장을 해왔다는 해연이를 물리치고 내가 반장을 맡게 된 건 깊은 사연이 있었다. 사실 육 학년이 되면서 나는 기분이 몹시 우울했다. 다른 아이들처럼 입시에 대한 부담감도 있지만 그보다 더한 건 우재 아저씨의 죽음 때문이었다. 그의 부재는 내 가슴에 커다란 구멍을 뚫어 놓았다. 나는 오래도록 우재 아저씰 떠나보내지 못했다. 한 줌 재로 남아 있다는 그의 주검이 거짓말 같았다. 분홍 쪽지를 포기하지 않던 그가 어찌 그렇게 쉽게 이승을 떠나갔는지 인정을 할 수 없었다. 이제 그를 기억하는 사람은 아무도 없었다. 사람들의 기억 속에 존재하지 않는 그가 한없이 불쌍했고 밉기도 했다.

우리 엄마의 염원이던 〈ㄷ〉여중 진학의 꿈은 깨지고 말았다. 거긴 이미 무시험이 돼 버렸다. 우린 이제 군 내에 하나밖에 없는 〈ㅈ〉여중으로 진학을 해야만 했다. 〈ㅈ〉여중은 개교 이래 가장 높은 경쟁률을 보일 것이라고 했다. 남학교는 두 군데나 있어서 약간은 느슨한 마음을 가질 수 있지만 여자애들은 그렇지 않았다. 연이는 〈ㄷ〉여중 시험을 봤다가 미역국을 먹고 말았다. 연이는 다른 선택을 할 수 없었다. 나와 함께 〈ㅈ〉여중 시험을 봐야만했다. 졸업생이 재학생들과 함께 수업을 듣는 건 사실 불법이었다. 그래서 장학사 시찰이 있을 때마다 연이는 책가방을 싸들고 조퇴를 해버렸다. 그런 학생이 학년 전체에 대여섯 명이나 됐다. 연이는 나와 같은 교실에 앉아 있는 걸 불편하게 여겨 학교에서는 내게 아는 척을 안했다. 엄마는 내가 〈ㄷ〉여중에 못 가게 된 걸 무척이나 원통하게 생각했다.

"열심히 공부해. 〈ㄷ〉여중은 못 가게 됐다만 〈ㅈ〉여중은 적어도 삼등 안에 들어야 해."

어리보기인 내게 많은 것을 가르쳐 준 복희는 아예 처음부터 중학교에 갈 생각을 안 했다. 명숙인 울고불고 하면서 진학 반에 들어가길 원했지만 할아버지의 고집을 꺾을 수가 없었다. 진학 반에 들어온 여자애들은 먹고살 만한 집 딸이거나 없이 살아도 교육열이 높은 우리 엄마 같은 사람만이 선택할 수 있었다.

명숙이네는 새터에서 손꼽히는 부자였다. 농사도 많이 짓고 복숭아 과수원의 규모는 조치원읍에서 가장 컸다. 하지만 계집애는 이름 석 자 쓸 줄 알면 된다는 노인의 고집을 꺾을 사람이 없었다. 그 바람에 명숙인 더 이상 고집을 피울 수 없어서 남자 여자 합반인 비진학 반으로 가버렸다. 진학반의 여자애들은 공연히 목을 세우면서 잘난 체를 했다. 특히 해연이를 따르는 아이들은 자기들이 대단한 사람들인 것처럼 우습게 굴었다.

내가 너희들을 통솔할 반장을 지명하면 안 될까? 눈을 부자연스럽게 깜빡이면서 담임이 물었다. 좋아요! 해연이와 단짝인 경애가 큰소리로 담임의 의견을 반겼다. 그럴 줄 알았다는 듯이 담임이 활짝 웃었다. 그때였다. 안돼요! 맨 앞줄에 앉아있던 미경이가 빽, 소리를 질렀다. 아이 깜짝이야! 그냥 말하면 못 알아듣니? 왜 소리를 지르고 그래? 조그만 애가 목소리는 왜 이렇게 커? 담임이 못마땅한 어투로 미경일 나무랐다. 그러나 미경인 조금도 기가 죽지 않고 또박또박 자기 의견을 내세웠다. 반장선거는 민주주의를 지켜야 해요. 더구나 우리 반 전체를 이끌어 나가야 할 반장을 선생님 단독으로 지명하면 안돼요. 그으래? 전혀 생각지 못했던 공격에 담임은 귀뿌리가 빨개졌다.

다른 아이들도 입을 삐죽이면서 수군댔다. 담임은 교탁을 탕탕, 두어 번 두들기더니 여러분이 원하면 정식으로 후보추천을 받고 비밀투표로 반장을 뽑자고 했다. 미경인 생글생글 웃으면서 이현경이요! 하고 큰소리로 말했다. 그러자 경애가 정해연이요! 하고 지지 않겠다는 듯이 소리를 높였다. 자, 이제 됐지? 그 순간 누군가 장난스럽게 오금순…. 기어들어가는 소리로 말했다. 얼굴이 온통 주근깨투성이인 오금순이는 어쩔 줄을 모르면서 책상 밑으로 고개를 처박았다. 장난치는 사람은 밖으로 나가! 담임이 엄하게 타일렀다. 반장 후보는 해연이와 나, 이렇게 두 사람이었다. 투표는 바로 시작됐다. 누런 시험지를 손바닥 크기로 잘라 후보 이름을 써넣는 비밀투표였다.

해연이와 현경인 앞으로 나오너라! 선생님은 후보들은 나와서 인사라도 하고 들어가라고 했다. 먼저 해연이가 앞으로 나갔다. 날씬하고 키가 큰 해연이는 보랏빛 원피스를 살짝 말아 쥐고 아주 어른스럽게 말을 했다. 내가 만약 반장이 된다면…으로 시작된 해연이의 발표는 멋스럽고 유창했다. 내 차례였다. 나는 별로 할 말이 없었다. 우리들은 입시를 코앞에 두고 있습니다. 서로 도우면서 입시준비에 최선을 다했으면 합니다라는 말을 한 것 같다. 인사를 하고 자리로 돌아올 때 미경이는 나를 향해 눈을 찡긋했다.

개표 결과는 36대 28로, 난 8표 차로 해연이를 누르고 반장이 됐다. 굴러온 돌이 박힌 돌을 빼냈어. 빼냈다고. 어디 얼마나 잘하나 보자. 경애는 입에 거품을 물면서 해연이가 진 것을 분하게 생각했다. 아무 말이 없던 해연이는 책상에 엎드려 있었는데 나중에 보니 조용히 울고 있던 거였다.

나는 굴러온 돌이 어떤 돌인지 꼭 보여주고만 싶었다. 그러나 마음 속으로만 외쳤다. '그래. 난 굴러온 돌이다. 하지만 그 돌은 보통 돌이 아니야. 보여줄게. 그동안 내가 너희들보다 얼마나 더 많은 것을 알고, 보고, 깨달았는지. 너희는 옛 백제의 서울을 아니? 도성은 간 곳 없지만 수수한 오층탑과 박물관의 차고 넘치는 유물들. 연꽃 만발한 연못가에서 전쟁터에 나간 장군을 기다리던 공주의 애틋한 사랑을. 충절을 위해 꽃 같은 궁녀들이 삼천 명이나 절벽 아래로 몸을 던졌다는 낙화암. 그 절벽에서 해마다 피어나는 붉디붉은 진달래를 보았니?'

해연이와 경애네 패들을 보면서 나는 우리 엄마가 자주 쓰는 '바탕 없는 것들'이란 말을 되새겼다. 그런 북새통 속에서도 연이는 내게 다가와 손을 내밀었다. 이현경 축하한다. 난 해연이가 반장되면 아예 학교에 안 나오려고 작정을 하고 있었단다. 고마워. 나는 연이의 손을 꼭 잡았다. 연이 손목이 전보다 더 가늘어져 있었다.

망신살이 뻗쳤구나. 국민교육헌장 때문에 전교생 앞에서 망신을 당했다는 얘기는 엄마 귀에까지 들어가고야 말았다. 엄마는 얼굴을 붉히면서 화를 냈고 아버지는 쩝쩝쩝, 마른 입맛을 다셨다. 애들이 다 그렇지 뭐. 그렇게 말했지만 아버지도 기분이 언짢은 게 분명했다. 그러나 엄마도 아버지도 화를 내는 건 잠깐일 것이다. 화를 내는 마음 한구석엔 딱해하는 마음이 더 크다는 것을 난 금방 알아챘다. 그러나 담임을 생각하면 마음이 무거워졌다. 담임이 예뻐하는 해연이가 반장에서 밀려난 것도 마음에 걸리는 데 전교생이 보는 앞에서 담임까지 망신을 당했으니 말이다.

해연이네는 엄마와 둘이 살면서 하숙을 치고 있었다. 담임도 해연이네서 하숙을 했다. 그래서 해연이하고 더 정이 들었을지도 모르겠다. 해연이 위로 언니가 여럿이지만 아무도 여학교 진학을 못했다. 언니들은 국민학교만 졸업하고 대도시로 떠났다. 해연이는 철이 바뀔 때마다 새 옷을 입고 다녔는데 그건 언니들 덕이라고 들었다. 해연이 엄마는 우리 반 엄마들 중에 제일 나이가 들어보였다. 선생님 도시락을 흰 무명 보자기에 싸서 들고 오는 엄마를 해연이는 일부러 모른 척했다. 그 대신 해연이의 충복인 경애가 달려 나가서 선생님 도시락을 받아오곤 했다.

내 망신살은 며칠 안 가서 회복이 됐다. 나는 군내 8개 학교가 공동 출제한 학력고사에서 일등을 했다. 엄마는 망쳤던 기분을 바로 끌어올렸고 아버지도 대견하다면서 내 등을 두들겨주었다. 그러면 그렇지. 현경이가 누구 딸인데. 아무래도 교장 선생님이 그날 노망이 들으셨던 거지. 느닷없이 애를 높은 단상으로 불러 올려 국민교육헌장을 외우라고 했으니, 원! 엄마는 다 잊어버리고 오로지 중학교 입시만을 생각하라면서 내 머리를 쓰다듬었다. 연이의 학력고사 성적은 아주 형편이 없었다. 일등을 한 건 기분 좋은 일이었지만 난 연이한테만은 미안한 마음이 들었다.

한 집에 수험생이 두 명이나 되자 엄마는 뜨개질거리를 치워버렸다.

아버진 아직도 제대로 된 직장을 못 잡았다. 연이 아버지도 발 벗고 나서서 여기저기 줄을 댔지만 일자리를 구하기가 쉽지 않았다. 흔한 말로 실패는 성공의 어머니라고 하지만, 노랗게 떠있는 연이 얼굴을 볼 때나 점점 초조해지는 아버지를 보면, 사람은 실패를 해서는 안 되겠다는 생각이 들었다.

반장이라고 해서 특별히 어려운 점은 없었다. '입시만 생각하자!'란 구호 앞에서는 모든 일들이 하찮게 보였다. 너희들은 전쟁에 나가는 군인과 다름이 없다. 기왕 나섰으니 이겨야만 해. 담임은 우리들이 긴장을 늦출까봐 노심초사였다. 위로 언니나 오빠가 있는 애들은 입시에 대한 정보가 빨랐다. 대도시에선 중학교 시험을 없애고 뺑뺑이를 돌릴 거라는 것도 그 아이들은 진작부터 알고 있었다. 엄마 말대로 군내에 하나밖에 없는 〈ㅈ〉여중은 높은 경쟁률을 보일 거라는 소문은 현실이 됐다. 한참 잘 먹고 잘 자고 해야 할 우리들은 입시의 부담으로 성장이 멈춰버린 것만 같았다. 집안 살림이 풍족한 아이들은 암암리에 과외를 받았다. 반짝 과외, 족집게 과외, 이런 말들이 유행처럼 돌았다. 현직 교사가 과외를 하는 건 당연히 불법이다. 그러나 선생님들은 잘사는 집 아이들을 뽑아 과외를 하고 있었다. 우리 담임도 예외는 아니었다. 해연이 어머닌 밤늦게까지 새 나오는 불빛을 막느라 담임 선생님의 창문에 검고 두꺼운 커튼을 사시사철 쳐 두었다.

삼양라면을 사면 바브민트(껌)가 한 개씩 들어 있었다. 생 라면을 잘게 부수어 느끼한 가루스프랑 버무리면 그 맛이 기가 막혔다. 아이들은 늘 먹는 것이 부족하여 걸근거렸다. 먹고 또 먹어도 자꾸만 허기가 지는 건 마음이 불안한 탓이었다. 우리는 퀭한 눈으로 누런 시험지를 뚫어지게 들여다보는 일을 반복했다. 연이와 나는 같은 배를 탔다는 말을 즐겨 썼다. 한집에서 한솥밥을 먹고 같은 교실에 들어앉아 있으니 그 말이 잘 어울렸다.

해연이는 하숙집 딸이라는 자격을 갖고 담임의 특별 과외 팀에 들어가 있었다. 나는 지난 번 치른 학력고사 이후로는 해연이에게 계속 밀리고 있었다. 연이는 시험 결과가 나올 때마다 이상하다는 듯이 고개를 갸우뚱했다. 난 네가 일등일 줄 알았어. 수업시간에 네가 대답하는 걸 보면 해연이를 항상 앞질러 가. 근데 시험성적은 왜 그럴까? 나는 연이의 말을 무시했다. 등수가 뭐가 중요해. 해연인 차분한 데가 있는 애야. 그러니까 성적이 좋은 거고. 그리고 우리 엄마가 그러는데 막판에 이기는 사람이 승자래. 하하하, 그건 그래. 연이는 오르지 않는 자기 성적보다는 해연이 뒤로 밀려나는 내 성적을 더 걱정하고 있었다.

연이의 교과서는 온통 새까맸다. 토씨만 빼놓고 검정 색연필로 떡칠을 해 놓아서 아무것도 볼 수가 없었다. 연이는 연대표를 외우다 말고 절망하는 눈빛으로 멍하니 천장만 올려다봤다. 다 외우지도 못하는 걸 왜 그렇게 다 지워버렸어? 어, 그땐 이게 유행이었단다. 공부도 유행이 있나? 그럼. 음악만 해도 그래. 어떤 선생님은 음표의 길이에 따라 이 사사 사팔 사사, 이렇게 외우도록 해. 또 어떤 선생님은 이분음표를 밤으로, 사분음표를 대추로 외우게 해. 밤 대추 대추 대추,

밤 밤 대추 밤. 해해해! 재밌다. 난 첨 알았어. 그런데 우리 담임은 그도 저도 아니고 무조건 외우라고만 하잖아. 뭐, 어떻게 해서든 한양엘 가기만 하면 되지. 안 그래? 그럼. 그게 가장 현명한 일이지. 우린 어느새 죽이 척척 맞았다. 그런데 현경아, 난 자꾸만 의심이 들어. 뭐가? 분명히 뭐가 있어. 해연이네 패들 말이야. 해연이는 선생님이 과외를 시키니까 그렇다고는 해도 아무래도 수상쩍어. 뭐야? 빨리 말해. 연이가 별안간 내 귀를 잡아당겼다. 나는 귀가 간지러워 몸을 비비꼬다가 벌떡 일어났다. 뭐야? 이것들이? 시험지를 훔쳐?

교단 밑에는 제법 널찍한 공간이 있었다. 담임 한 사람만 올라설 수 있는 교단 밑은 아직 뜯지 않은 시험지들로 가득 차 있었다. 그 시험지를 꺼내 미리 예습을 하고 시험을 본다는 건 상상도 못한 일이었다. 나는 연이의 말을 다 믿을 수가 없었다. 교단이란 우리들이 손 댈 수 없는 신성한 곳이었다. 아이들이 선생님을 도와 교단을 들어 올릴 일은 딱 한 가지밖에 없었다. 교과서 이외의 참고서, 즉 전과나 수련장 같은 것들을 검열하러 나온 장학사들이 교장 선생님을 앞세우고 교실을 돌 때였다. 그때는 선생님이나 아이들이나 한몸으로 움직였다. 참고서를 재빨리 모아서 교단 아래로 뚫린 네모난 구멍 속으로 던져 넣었다. 우리는 영화에서 본 비밀결사대의 몸짓을 그대로 따라 하고 있었다. 교장 선생님과 장학사의 발자국 소리가 멀어지면 우리는 서로 눈을 맞추고 킬킬거렸다. 공범만이 갖는 안도감은 곧 쾌감이었다. 그런데 시험지를 훔쳐내기 위해 교단을 건드렸다는 건 있을 수 없는 일이었다. 요것들을? 더 이상 공부를 하고 싶은 마음이 사라졌다. 잠자! 지금? 연이의 얼굴이 금방 핼쑥해졌다. 그래도 작전을 세워야지. 아, 안 그러니? 연이가 한 발 뒤로 물러서면서 말을 더듬었다.

당장이라도 시험지 도둑을 잡을 거 같았지만 막상 일을 시작하려고 보니 겁이 났다. 하룻밤만 더 자고 내일 가도 늦지 않아. '그럼, 그동안 뺏긴 점수는 어쩌고?' 나는 점수 얘기를 꺼내고 싶었지만 참았다. 바늘 도둑이 소도둑이 된다는 얘기로 우리는 머리를 식히면서 도둑을 잡는 거사를 하루 뒤로 미루었다. 연이는 쉬고 싶다고 했다. 우리는 대청마루에 벌러덩 누워서 발장구를 치거나 멀거니 천장을 올려다봤다. 책 볼래? 지난번에 보던 거 보자. 좋아. 이모들이 보던 낡은 잡지에 실려 있던 〈울밑에선 봉선화야〉란 글은 연이와 내게 다른 세상을 가르쳐주었다. 여성잡지를 보는 건 연이와 나만 아는 비밀이었다. 이모나 외숙모가 보던 잡지는 시간이 지나면 아무데서나 굴러다녔다. 엄마는 우리가 그 잡지를 보는 것을 싫어했다. 우리들에게 그다지 도움이 안 되는 책이라는 거였다. 나는 잡지를 연이 방에 감춰 두었다.

〈울밑에선 봉선화야〉는 배경이 일제시대고 바닷가에 있던 어느 여학교에서 일어났던 일이다. 칠흑같이 어두운 밤에 일본 천황의 족자가 걸려 있는 교장실에 몰래 들어가는 두 여학생. 콩닥거리는 가슴을 누르면서 한 학생은 망을 보고 또 한 학생은…. 다음 날 아침에 학교는 발칵 뒤집혔다. 천황의 눈 밑을 손톱으로 긁어놓은 모습은 마치 천황이 눈물을 흘리는 것처럼 보였다. 누구냐? 정직하게 말하면 용서 해준다! 자수를 권장하는 교장의 노기 띤 음성은 여학생들을 공포 속으로 몰아넣었지만 긴긴 조회는 침묵으로 끝나고 말았다. 훗날에 그 중 한 여학생은 정치가로, 또 한 여학생은 소설가로 이름을 날렸다.

나는 연이와 함께 그 글을 읽으면서 가슴이 터질 것만 같았다. 비록 족자지만 천황의 눈 밑을 긁어내던 담이 큰 학생들이 나와 연이가 아닌가 하는 착각마저 들기도 했다. 훌륭해. 정말 훌륭하다. 이런 학생들이 정말 애국자야. 이런 훌륭한 여성들의 체험기를 읽고 나니 좀도둑인 해연이네 패들이 더 못나보였다. 야! 그냥 가자! 어딜? 시험지 도둑 잡으러. 쇠뿔도 단김에 빼버려야 해. 그러자. 미룬다고 더 나아질 건 없어. 더 큰 도둑이 되기 전에 우리가 싹을 잘라야 해. 연이의 가녀린 팔에 불끈, 시퍼런 심줄이 솟았다. 만약에 무슨 일이 일어나면 우리 이렇게 하자. 어떻게? 서로 암호를 대자고. 내가 '울밑에선' 하면 넌 '봉선화야' 하면 돼.

흙냄새를 품은 비가 한 두 방울 떨어지다가 말았다. 그러더니 바람이 심상치 않게 불어왔다. 만화에서 많이 보았던 귀신이 나올 법한 날씨였다. 어쩐지 기분이 안 좋았다. 좀 으스스 하지 않니? 연이는 제 팔뚝보다 굵은 손전등을 겨드랑이에 끼워 넣으면서 몸을 떨었다. 어쨌든 우린 한배를 탄 거야. 암호 잊지 마! 알았어.

늘 드나들던 학교지만 밤에 보니 낯설었다. 우우! 바람이 한 차례 운동장을 쓸고 지나갔다. 말라비틀어진 일년초들이 서로 몸을 부비면서 요란스러운 소리를 냈다. 우리는 털스웨터 위로 얇은 비닐잠바를 껴입고 있어서 춥진 않았다. 그러나 가슴 깊은 곳에서 올라오는 떨림은 막을 수가 없었다. 공연히 허탕 치는 건 아닐까? 좀 있어봐. 늘 이맘때면 나온다면서? 난 일부러 여유 있는 척을 했다. 연이가 온몸을 와들와들 떨고 있어서였다. 연이는 잠바 깃을 자꾸만 끌어올렸다. 연이의 손이 제자리를 찾지 못하는 게 어둠 속에서도 느껴졌다. 그러고 있기를 십여 분. 무언가 바스락 거리는 소리가 들렸다. 흠, 흠, 흠. 우리는 훈련된 사냥개들처럼 코를 벌름거렸다.

아니나 다를까. 다급하고 빠른, 그러나 아주 가붓하고 날쌘 움직임이 어둠 속을 뚫고 지나갔다. 연이가 소리쳤다. 울밑에, 에, 에…. 저런, 바보 같으니. 나는 봉선화야라는 답을 할 겨를 없이 도둑고양이 같은 두 개의 그림자를 따라 건물 안으로 뛰어들었다. 연이가 등 뒤에서 내 옷을 잡아당겼지만 난 뿌리치고 교실 문 앞까지 걸어갔다. 드르륵, 드디어 교실 문이 열렸다. 빨리하자. 해연이 목소리였다. 알았어. 경애 목소리도 들렸다. 이젠 연이가 가진 손전등을 켜는 일만 남았다.

그때였다. 타닥! 소리가 나면서 성냥불이 켜졌다. 그러더니 가느다란 양초가 불을 밝혔다. 해연이는 핑크빛 잠바를 입고 있었다. 나는 숨을 죽이고 교실 바닥에 엎드렸다. 차고 습습한 바닥은 냉기가 올라와 죽을 맛이었다. 핑크빛 잠바는 촛불과 어우러져 교실 안을 분홍색으로 꽉 채웠다. 우선 내일 거하고 모레 거만 꺼내. 해연이는 당당하게 요구했고 경애는 끙끙대면서 힘에 부치는 교단을 들어올렸다. 두 장만 꺼내지 말고 여유 있게 꺼내 봐. 왜? 숙희도 그렇고 마음에 걸리는 애들이 두엇 더 있어. 알았어. 경애가 힘겹게 받치고 있던 교단을 놓쳐버렸다. 콰다당! 교단이 떨어지는 소리가 온 천지를 뒤흔들었다. 어서가자. 지난번처럼 소사 아저씨들에게 들킬라. 난 그때 꼭 죽는 줄 알았어. 나도 우리 집에 알려지면 학교 못 다녀.

나는 교실바닥에 엎드려 있는 자신이 처량하여 견딜 수가 없었다. 금쪽같은 시간에 이게 무슨 짓인가, 하는 후회가 들자 화가 치밀었다. 그러다가 문득 정신이 들었다. 해연이네들이 교실 문을 잠그기 전에 여길 빠져나가야 한다는 생각이 들었다. 난 몸을 일으켰다. 그 바람에 책상 한 개가 옆으로 넘어갔다. 타다당! 무슨 소리 들리지 않았니? 해연이가 말했다. 아냐, 우리가 무서워하고 있어서 그런 거야. 경애가 아무렇지도 않게 말하면서 해연이가 들고 있는 촛불을 뺏어들고 앞장을 섰다. 난 암호고 뭐고 있는 대로 목청을 키우면서 연이를 불러댔다. 연이야! 연이야! 여기 도둑이 둘이나 있어. 빨리 와서 잡아. 엄마야! 해연이와 경애는 주저앉고 그 바람에 촛불은 바닥으로 굴러 떨어져 불이 붙기 시작했다.

바람은 조그만 틈새에도 얼씨구나 하면서 끼어들었다. 어른 손가락만 했던 촛불이 어느새 교실바닥을 날름날름 핥아나갔다. 아니, 이를 어째? 우리는 걷잡을 수 없이 번지기 시작한 불길을 보면서 우선 도망갈 궁리부터 했다. 불이야! 불! 6학년 여자반인 거 같다아! 숙직교사와 소사 아저씨가 달려오면서 소릴 질렀다. 그 소리에 놀란 우리들은 네 편 내 편 할 것 없이 도망을 치기에 정신이 없었다.

우리들은 멀리도 못 가고 온실 한 귀퉁이에 모여앉아 오들오들 떨고만 있었다. 다행히 불길은 바로 잡힌 모양이었다. 고얀 것들 같으니라고. 요것들 내손에 잡히기만 해봐라. 내복바람으로 달려 나온 소사 아저씨가 씩씩대면서 걸어오는 모습을 보고 우린 숨소리도 내지 못했다. 한데 엉긴 우리들은 누구의 잘잘못을 따지기 전에 심한 추위로 입이 얼어붙어 아무 말도 못하고 등을 돌려야했다.

아침 일찍 교실로 달려갔다. 불이 붙었던 교실 바닥을 꼼꼼하게 살폈으나 그렇게 큰 자국은 아니어서 마음이 놓였다. 해연이도 경애도 오전 내내 나타나지 않았다. 반장! 네에. 해연이네 집, 알고 있지? 예. 가봐라. 아프다는 얘기 못 들었는데 어째 결석을 했을까? 지난봄에 선생님과 함께 가정방문을 한 적이 있어서 나는 해연이네 집을 모른다고 할 수 없었다.

나는 내키지 않는 걸음으로 해연네를 찾아갔다. 그사이 주름살이 더 많아진 해연이 어머니가 놀란 얼굴을 했다. 우리 해연이가 학교를 안 갔다고? 선생님보다도 훨씬 먼저 나갔는데. 아, 알았습니다. 안녕히 계세요. 무슨 일 있으면 나한테 바로 알려다오. 네. 경애네 집도 그 주변인 거 같았으나 난 경애네까지 찾아볼 마음은 없었다. 담임에게 해연이네 다녀온 얘기를 전했다. 정말 무슨 일일까? 얘가 절대 그런 애가 아닌데. 경애는 또 어딜 가고? 담임은 눈을 아래로 내리깔고 중얼거렸다. 다들 자습을 하고 있거라. 나는 교무실에서 할 일이 있어. 무슨 일 생기면 반장은 교무실로 오면 돼. 네, 알겠습니다.

그날 수업이 다 끝날 때까지 해연이는 돌아오지 않았다. 경애는 뒤늦게 출석을 했고 자진해서 교무실로 갔다. 담임은 일부러 아이들이 다 보는 앞에서 경애를 호되게 야단쳤다. 담임은 회초리를 사정없이 내리쳤고 경애는 눈물이 줄줄 나왔지만 아얏 소리 한 번 안하고 매를 견뎌냈다. 그 다음날인가. 결국 선생님은 교육청으로 불려갔다. 그 날 있었던 일을 소사 아저씨가 교감 선생님에게 보고를 해버렸다. 입시를 앞둔 육 학년 담임이라서 그 정도의 문책만 당하고 돌아왔다는 선생님은 나와 연이에게 더 쌀쌀맞게 굴었지만 우린 무시해 버렸다.

연이 아버지는 뭐가 그렇게 좋은지 계속 껄껄댔다. 우리 연이가 덩치는 작아도 당찬 구석이 있어. 안 그런가? 도둑을 잡겠다고 한밤중에 후레쉬를 가지고 그 깜깜한 교실에 들어갔다지? 연이 아버지는 우리 아버지에게 몇 번이고 그 말을 했다. 연이의 무용담 속에 나는 전혀 끼워주지 않는 것이 무척이나 야속했다. 아버진 아저씨의 막걸리 잔을 채워주는 동시에 능청스럽게 얘기 장단을 맞추고 있었다.

아무렴요. 선배님 따님인데, 그 피가 어디로 갈까요. 선배님도 방첩대 계실 때 흑표범이란 별명이 있으셨잖아요? 허허허! 사람도 참! 내가 그랬나? 아저씬 정말 아무것도 모르고 있었다. 그날 들고 나갔던 손전등이 언제 어떻게 없어지고 말았는지 아무도 몰랐다. 사실은 군용손전등 때문에 우리들이 거기 있었다는 게 들통 나고 말았다는 사실도 말이다. 연이와 난 그날 밤 좀 더 침착했어야 했다. 우리는 도둑잡기에 실패한 건 물론이요 하마터면 방화범이 될 뻔하지 않았는가 말이다.

이젠 더 이상 시험을 볼 일이 없다. 그동안 지긋지긋 했지? 입시를 코앞에 둔 어느 날이었다. 담임은 우리들이 보는 데서 교단을 들어올렸다. 누런 시험지들이 아직도 많이 남아 있었다. 우리들은 누런 시험지만 봐도 가슴이 답답해졌다. 이리 와서 거들겠니? 앞자리의 미경이가 냉큼 자리에서 일어났다. 불쏘시개로 쓸까해. 이젠 정말 필요가 없나요? 쌀방개 같은 미경이가 궁금증을 못 참고 물었다. 그렇다니까. 날씨도 추운데 다 때 버리자. 담임은 시험지를 뭉치채로 난로에 집어넣었다.

아아, 따셔라. 아이들은 눈을 지그시 감고 손을 난로 쪽으로 내밀고 서있다. 활활, 불길이 솟자 아이들 얼굴이 잘 익은 토마토처럼 빨개졌다. 몸살로 일주일을 앓고 나온 해연이는 아직도 얼굴이 창백했다. 볼 살이 빠지고 눈은 더 깊어진 해연이는 퍼렇게 일렁이는 불꽃을 언제까지나 바라보고 서 있었다. '이제는 마음의 여유를 갖도록 하자. 특히 연이는 조급해지지 않도록 해. 다 잘 될 거야.' 이햐! 난 나도 모르게 이렇게 감탄사를 내뱉으면서 배시시 웃었다. 담임도 나를 향해 빙긋 웃어주었다. 나는 처음으로 선생님 눈을 똑바로 쳐다보았다. 밉게만 보이던 선생님의 두 눈이 그런대로 예뻐 보였다. 역시 담임의 매력은 옴팡진 눈이었다.

8

빨간 운동화

엄마는 새터 살 때에 흉을 보았던 선희 엄마나 영길이 엄마처럼
마구잡이로 매를 휘둘렀다.
나는 맞았다는 아픔보다 부끄러움이 앞섰다.

우린 졸업식을 앞두고 입학시험을 보게 됐다. 시험 보기 전날에 엄마는 뜬눈으로 밤을 새웠다. 아침에 일어나 보니 엄마 눈이 꼭 토끼 눈처럼 빨갰다. 나도 나지만 두 번째 시험을 치르는 연이 걱정을 더 많이 한 눈치였다. 그러나 연이랑 나는 세상모르게 잘 잤으니 그것 하나만으로도 엄마 걱정은 덜었다. 우리뿐만 아니라 많은 학부모들이 마지막 입시에서 낙방을 할까봐 노심초사였다. 그래서 그런지 여중학교 교문 앞엔 어느 해보다 더 많은 학부모들이 진을 치고 있었다.

가장 신이 나 있는 사람은 엿장수였다.

"척척 붙습니다. 철썩 붙는다니까요. 어얼씨구나! 조옿다! 귀한 댁네 따님들! 모두모두 이 학교에 척척 붙기를 바라나이다!"

엿장수의 너스레에 기분이 좋아진 학부모들은 너도 나도 엿을 샀다. 입심 좋은 엿장수는 순식간에 엿을 팔아치우고 자리를 떴다. 동장군은 벼르고 벼른 모양으로 그예 주먹만큼씩 한 눈송이를 우리들

머리위로 툭툭 내던졌다.

시험은 이틀을 봐야했다. 첫 날은 학과시험이고 둘째 날은 체력장이었다. 체력장은 오십 미터 달리기, 공 던지기, 제자리 넓이 뛰기, 팔굽혔다 펴기, 이렇게 네 가지였다. 우리들은 눈이 수북하게 쌓인 운동장에서 엉덩방아도 찧고 넘어지기도 하면서 일 점이라도 더 따내려고 악을 썼다. 나는 학과시험은 자신이 있었지만 체력장은 영 아니었다.

학부모들은 시험 첫날만 따라왔다. 시험 둘째 날에는 어른들이 거의 안 보였다. 그러나 우리 엄마만은 예외였다. 첫날은 데려오지 않았던 은경이까지 한 짐이나 되게 옷을 입혀 데리고 왔다. 엄마는 나의 형편없는 달리기 실력을 잘 알고 있었다. 나는 벙어리 냉가슴 앓듯 하면서도 따라나서는 엄마를 어쩌지 못했다. 드디어 체력장을 볼 차례가 돌아왔다. 후들거리는 다리로 언 땅위에 섰다. 발목이 푹 파묻히도록 눈이 쌓였지만 발이 시린 줄을 몰랐다. 나는 심술궂은 동장군에게 인사라도 하고 싶었다. 어차피 못하는 달리기를 날씨 탓이라고 돌릴 좋은 기회였다.

수험번호가 늦은 나는 많은 아이들이 지켜보는 가운데 달리기를 해야 했다. 준비이! 얼굴색이 거무튀튀한 선생님이 빨간 깃발을 가지고 신호를 보냈다. 매서운 바람은 가뜩이나 기를 못 펴고 있는 나의 두 뺨을 사정없이 할퀴었다. 추울 바알! 선생님의 팔이 힘차게 올라갔다. 빨간 깃발이 팔랑, 하면서 재주를 넘었다. 나는 눈을 꼭 감고 네 명의 아이들과 함께 앞으로 내달렸다. 그때였다.

“이현경 힘내!”

나는 내 귀를 의심했다. 그리고 감았던 눈을 떴다. 갑자기 거세진 눈보라가 두 눈을 꼭꼭 찔러댔다. 거친 숨소리가 내 뺨을 스치고 지나갔다. 내 옆에 붙어 서서 거친 숨을 몰아쉬는 사람은 바로, 엄마였다. 엄마는 꼬리치마를 정강이까지 말아 올리고 맨발로…. 나는 창피했다. 짧은 시간이었지만 엄마가 나를 앞질러 결승점까지 닿은 시간이 천 년처럼 길었다. 아이고, 수고하셨습니다. 참, 대단하시네요. 우리 모녀를 지켜 본 선생님들이 입을 다물지 못했다. 아이들은 덩달아 박수를 치면서 와, 와, 함성을 질렀다. 그러나 난 부끄러워서 고개를 들지 못했다. 어서 빨리 공 던지기와 넓이 뛰기를 해치우고 집으로 가고 싶다는 생각만 간절했다.

대문을 밀고 들어서는데 먼저 와있던 연이가 앞을 가로막았다. 아줌마! 연이가 엄마 품을 파고들면서 울음을 터뜨렸다. 연이는 수험번호가 빨라 체력장을 오전에 끝냈다. 우리는 그 애가 또 떨어질까봐 겁을 먹고 있다고 생각했다.

"무슨 일 있었니? 왜 그러니? 얘, 연이야!"

"저어기, 저기, 큰엄마하고 오빠들이 와 있어요."

눈물 콧물이 범벅된 연이가 안채를 건너다보면서 흐느꼈다.

"언젠가는 이런 날이 올 거라 생각은 했다만, 그 양반들 연락도 없이 이렇게 왔구나."

엄마는 별일 아니라는 투로 말했다.

"연이야, 현경이 방에 가서 한숨 자라. 방 뜨겁게 해두었으니 오늘은 아무 생각 없이 자는 거야. 자고 일어나면 아줌마가 맛있는 저녁

해줄게."

연이네 큰엄마는 키가 장승같고 어깨가 떡 벌어진 게 강인한 인상을 주었다. 그는 어딘지 모르게 심약한 느낌을 주는 연이 아버지와는 정 반대로 보였다. 연이 큰엄마는 체격도 체격이지만 쏘는 것 같은 눈빛이 여장부라고 불릴 만했다. 저렇게 뚝심 있는 양반이니 이제까지 잘 버텼지요. 어디 보통 일이에요. 엄마는 계속 지껄였지만 아버지는 아무 말도 안했다. 어느 여자가 시앗을 보고 좋아하겠어요. 연이를 거둔 것만 해도…. 엄마가 아버지에게 속삭이는 말뜻을 대강 알 것도 같았지만 난 온몸이 녹아드는 것만 같아 깊은 잠 속으로 굴러 떨어졌다.

나는 꿈속에서도 빙판길을 달려가고 있었다. 그러나 언제나 마음만 앞섰고 몸은 제자리였다. 빨간 깃발을 들고 있는 사람은 선생님이 아닌 연이 큰엄마였다. '연이야, 네가 무슨 잘못이 있겠니? 너를 낳은 엄마가 죽어도 널 포기 못한다고 했으면 내가 떼 올까? 단칼에 자기는 애를 못 키운다고 했으니 내가 널 데려온 거야. 그러니 내 원망 말아라.' 연이 큰엄마는 누구에게랄 것 없이 그 말만을 하고 있다. 그리고 들고 있는 빨간 깃발은 내려올 줄을 모르고 계속 출발을 외치고 있다. 나는 짜증이 나서 소리를 지르고야 말았다. 깃발을 내려줘야 그만 뛸 게 아니에요? 네? 아이, 이를 어째? 우리 현경이가 몸살이 단단히 났나보네. 얘, 현경아, 눈 좀 떠 봐. 콩나물국이라도 한 술 뜨게. 어여 눈 떠. 눈은 떴지만 목이 찢어지게 아파서 콩나물국을 삼키기가 어려웠다. 그리고 내 몸은 천근만근 물먹은 솜처럼 가라앉았다.

연이 아버지가 큰 마님과 살림을 합치는 데는 긴 시간이 필요치 않았다. 아들 셋과 두 며느리까지 합세하여 아저씨를 꼼짝 못하게 만들어 버렸다. 살림을 합쳤다고 해서 달라진 것은 없었다. 달라진 게 있다면 우리가 살던 방을 돌려줘야 하는 거였다. 딴살림을 할 때는 바람처럼 잠깐씩 들렀던 자식들이지만 이젠 그렇지가 않았다. 자고 갈 일이 많아졌고 모양새가 갖춰진 가족들은 모임도 더 많아질 터였다. 아저씨는 어렵사리 그 말을 꺼냈다.

"난 전처럼 사는 게 훨씬 좋아요. 현경 엄마가 해주는 밥도 정말 맛있고. 저 살쾡이 같은 여자랑 앞으로 어찌!"

"그런 말씀 마세요. 자식들을 봐서라도 이젠 구순하게 잘 지내셔야 해요. 우린 세 알아봐서 나가면 됩니다."

아버진 큰소리를 치면서 아저씨를 다독였다.

"제가 일을 시작해야 선배님 신세를 갚을 텐데, 허허허!"

아버지의 공허한 웃음이 넓은 마당으로 퍼져나갔다. 아버지의 헐렁한 웃음소리가 내 목을 더 아프게 만들었다. 나는 쓴 침을 삼켰다. 우리가 다시 세 들어가야 할 옹색한 집이 눈앞에 그려졌다. 나는 입이 써서 엄마가 권하는 흰죽도 먹을 수가 없었다.

방아골은 엄마가 태어난 동네였다. 큰 기와집의 맏딸로 태어난 엄마는 그 동네에 많은 추억을 묻어두고 있었다. 예전엔 밥술이나 먹는 사람들이 살았다지만 한국전쟁 이후로는 빈촌이 돼버린 곳이다. 우린 눈을 크게 뜨고 오래된 기와집을 찾았지만 안 보였다. 엄마가 말한 그 집은 빨간 함석지붕으로 바뀌어 있었다. 삼십 년도 더 지난 집인 걸. 그러면서도 엄마는 언짢은 기색이었다. 빨간 함석지붕은 녹이 잔뜩 쓸어 피딱지가 엉겨 붙은 것처럼 보였다. 엄마는 날아가 버린 기왓장에 대한 미련은 없는 거 같았다.

6.25 때 폭격이 심했으니 기왓장이 남아 있을리가 없지. 여태 그게 남아 있겠어? 해방되던 이듬해였나? 조치원에 큰 물난리가 났단다. 조천이 넘친다고 야단이 나서 저 철길 넘어 사는 사람들이 죄 이동네로 피란을 왔지. 아직까지 그때처럼 비가 오는 걸 보진 못했어. 어휴! 이렇게 경사가 심해? 예전엔 이렇게까지 가파르지가 않았는데. 땅도 자꾸 변하나보네. 엄마는 쉼 없이 지껄이면서도 아버지와 함께 허리가 휘도록 리어카를 잡아당겼다. 리어카를 쥐고 비탈길에 매달려 있는 아버지를 난 외면했다. 아버진 땀을 얼마나 흘렸는지 비 맞은 것처럼 온몸이 젖었다. 나는 막연하게 분노의 대상을 찾고 있는 중이었다. 그러나 그 대상은 쉽게 찾아지지 않았다. 나는 나에게 화를 내고 있는 게 분명했다. 엄마도 아버지도 땀으로 범벅이 됐지만 나처럼 고통스럽지는 않은 것 같았다. 우리 네 사람 중에 신나는 사람은 은경이밖에 없었다. 은경이는 곧 들어갈 국민학교 입학식만을 눈이 빠지게 기다리는 중이었다. 우리 모두가 이삿짐 때문에 낑낑거렸지만 은경이만은 달랑 작은 가방 한 개만을 어깨에 둘러메고 공깃돌처럼 통통 튀면서, 비탈길을 뛰어 올라갔다.

"이사 간 집이 맘에 드니?"

졸업식장에서 만난 연이는 공연히 낯을 붉혔다. 공단 두루마기에 여우 목도리를 두른 연이 큰엄마가 내 손을 꼬옥 잡았다.

"좀 있다가 이사 나가도 되는데 젊은 사람들이 성격도 깔끔하지. 추운데 이사 가느라 고생이 많았지?"

"아니에요."

"여잔 그저 남자 하나 잘 만나야 해. 너의 엄마도 어딜 봐서 고생할 사람으로 보이나. 아이구! 내가 주책이구나. 미안하다. 이따가 식이 끝나는 대로 교문 앞으로 나오너라. 내가 연이하고 같이 군만두 사줄 테니."

빨간 가죽구두를 신은 연이가 부러웠다. 연이 큰엄마가 목에 두르고 있는 여우 목도리 역시 값비싼 것으로 보였다.

졸업식이 진행되는 동안 나는 몹시 우울했다. 송사와 답사를 읽는 아이들은 가냘프고 떨리는 목소리로 슬픔을 과장했지만 난 아무 소리도 들리지 않았다. 지루함을 쫓기 위해 이리저리로 고개를 돌리다가 명숙이와 눈이 마주쳤다. 명숙이는 꼭 울 것만 같은 표정으로 비죽이 웃어주었다. 나는 순간 소리 내어 울 뻔했다. 그러나 애써 냉정한 표정을 지었다. 중학교에 못가는 명숙이는 앞으로의 긴긴 시간을 무얼 하면서 보낼까 생각하니 내 가슴이 터질 것같이 답답해졌다. 나는 명숙이가 나를 부를까봐 식이 끝나자마자 도망치듯 강당을 빠져나왔다. 상장과 상품을 받아가라는 담임의 전갈이 있었지만 들은 척을 안했다. 그러나 운동장을 가로질러 걸어갈 때 누군가 내 이름을 불러주지 않을까 하는 기대를 했다. 그런 마음이 들자 자꾸만 뒤를 돌아다보게 됐다. 다니는 동안 정을 들이지 못했던 학교지만 마지막이란 생각을 하니 많이 섭섭했다.

동사무소 바로 아래에 있는 우리 집은 새벽 다섯 시부터 울려 퍼지기 시작한 애국가와 새마을 노래 때문에 저절로 부지런해졌다. 새벽잠이 없는 동장 아저씨는 동네사람들의 귀청을 찢어놓을 듯이 확성기의 볼륨을 높이곤 했다. 아유! 정말 바탕이라곤 없는 늙은이야. 왕왕거리는 소음 사이로 엄마의 탄식이 끊이지 않으면서 우린 새날을 맞이하곤 했다. 읍내에서 술도가를 하고 있는 집주인은 방세를 받아갈 때만 얼굴을 내밀었다. 산꼭대기에 있는 낡은 집이 그에겐 장롱 속의 잊고 있던 금붙이나 돼지저금통 같은 거였다. 없어도 있어도 그만인 낡은 집 한 채가 그에게 쏠쏠한 재미를 주고 있으니 나는 집주인의 여유로움이 너무나 부러웠다.

그는 위태로울 만치 살이 쪄있었다. 그래서 그가 방세를 받을 때나 겨우 꼭대기를 찾아오는 것도 이해가 갔다. 그의 특징은 비대한 몸뿐만 아니라 빨간 코였다. 그래서 사람들은 그를 딸기코라고 불렀다. 그러나 그를 부러워하는 사람들은 '복코'라는 듣기 좋은 말을 하기도 했다. 은경인 집주인이 나타나면 엄마, 딸기코 아저씨 온다아! 이렇게 호들갑을 떨어 엄마를 난처하게 만들었다. 은경인 당차기도 하지만 고집이 셌다. 제가 하고자 하는 일이라면 여간해선 남의 말을 듣지 않았다. 도대체 누굴 닮아서 그렇지? 하면서도 엄마나 아버진 은경이를 은근히 자랑스럽게 여겼다.

산동네나 다름없는 방아골에 세 모녀를 놔두고 아버진 일자리를 구하러 서울로 가버렸다. 가서 자릴 잡으면 곧 연락하마. 아버진 무언가 단단한 결심을 한 것 같았다. 각진 얼굴에 옅은 그늘을 드리우고 아버진 서울행 급행열차에 몸을 실었다. 엄마는 아버질 배웅하러 역까지 나갔고 나와 은경이는 대문 앞에 쪼그리고 앉아서 아버지가 탔을 법한 기차의 뒤꽁무니를 내려다보면서 팔이 아플 때까지 손을 흔들었다.

방아골은 엄마가 기억하고 있는 동네가 아니었다. 조금만 한눈을 팔면 길을 잃어버릴 정도로 샛길이 많았고 골목 안쪽에선 낯선 세상이 독버섯처럼 피어나고 있었다. 어떻게 해서든 이 동네를 벗어나야 해. 입버릇처럼 중얼거리는 엄마는 쉬지 않고 뜨개질을 했다. 아버지가 통장에 넣어두고 간 돈이 바닥을 보이고 있었지만 아버지는 우리 세 모녀를 잊어버렸는지 아무 소식이 없었다.

비좁은 방안엔 내가 중학교에 들어가서 입고 신을 것들로 숨이 콱 막혔다. 교복이며 운동화 가방까지 모두 짙은 감색이니 그 칙칙함은 이루 말할 수가 없었다. 화사한 털실 무더기 옆에서 죄지은 것처럼 엎어져 있는 감색 운동화며 책가방은 마치 고지식한 나를 보는 것만 같아 우울하기 짝이 없었다.

"아유! 우리가 인연이 깊긴 한가부네!"

호들갑스런 목소리의 주인공은 선희 엄마였다.

"어서 오우. 그렇지 않아도 이 동네로 이사 왔단 얘긴 들었는데…. 현경이네가 어쩌다 여기까지 오게 됐을까요?"

"뭐, 우리라고 별 수 있나요? 가장이 능력이 없어서겠죠."

전보다 투실투실해진 선희 엄마는 몸짓도 말투도 예전 그대로였다.

"안녕하셨어요?"

"으응, 아니 현경이가 어느새 중학생? 그렇지. 우리 선희하고 한 학년 차이였지. 그래두 이 집 엄만 배운 사람이라 다르네. 애를 중학교에 넣었으니. 우리 선흰 시험에 붙고도 학괄 못 갔는데. 지금은 가발 떠서 제 동생들 뒷바라지를 하고 있어요. 은희는 공부도 못하지만 손재주도 꽝이라서 어떨지 모르겠어요."

"그 어린 것들이 벌써 돈을 버는군요."

엄마는 선희 엄마가 빨리 가 주기만을 바라는 눈치였다. 선희 엄마와 입 섞어 말하기가 싫은 것도 있지만 엄마는 뜨개질감이 잔뜩 밀려 있었다. 한 번 말을 꺼내면 그칠 줄 모르는 선희 엄마의 얘기에 장단을 맞춰줄 새가 없는 엄마였다. 시간이 점점 지날수록 엄마는 건성으로 선희 엄마 말을 듣고 있었다. 선희 엄마는 마지못해서 돌아갈 채비를 했다. 현경 엄마 솜씬 아무도 못 따라가지. 근데 재주가 너무 많으면 사는 게 고단해요. 우리 선희를 보니 그렇습디다.

그 아줌마 정말 푼수야. 담엔 못 오게 해. 은경이 선희 엄마가 나가자마자 투덜거렸다. 엄마는 질색을 했다. 은경아, 그럼 못써. 피이! 엄마도 그 아줌마 싫어하잖아. 다음엔 내가 쫓아줄게. 나는 새터 살 때부터 그 아줌마 싫었어. 나는 너무 어이가 없어서 은경일 한참이나 쳐다봤다. 얘, 그땐 네가 나이가 몇이나 됐다고. 은경이가 눈을 동그랗게 뜨고 날 쏘아봤다. 나는 다 기억해. 미리도 우재 아저씨도. 나는 급히 엄마를 불렀다. 엄마, 엄마, 은경인 아무래도 신동인가 봐. 신동?

응. 별걸 다 기억하고 있어. 엄마는 소리 없이 웃더니 너도 그만 때는 그랬어. 내가? 그래. 그러더니 크면 클수록 자꾸 숫기도 없어지고 그러더라. 나는 하나두 기억나는 게 없는 걸? 그럼. 잊는 게 정상이지. 사람은 망각의 동물이니까.

은경이는 국민학교에 나는 중학교에 나란히 입학을 했다. 우린 둘 다 신입생이 됐다. 〈ㅈ〉여중의 전신인 〈ㅈ〉고녀 출신인 엄마는 나와 동창생이 되는 거였다. 나는 들뜬 기분으로 말했다. 엄마랑 나랑 동창생이 되는 거지? 그러나 엄마의 대답은 그게 아니었다.

"옛날의 〈ㅈ〉고녀를 지금 학제와 비교를 할 순 없지."

딱 잘라 말하는 엄마 앞에서 난 공연히 머쓱해졌다. 입학식이 끝나고 반을 배정받으니 나는 새로 태어난 기분이 들었다. 한 개 읍과 여섯 개 면에서 이 학교에 들어오기 위해서 기를 쓴 아이들이 모두 똑같은 옷과 가방, 운동화를 신고 다니는 모습은 한 떼의 까마귀를 보는 거 같았다. 교칙은 세세한 것까지 우리들을 통제했다. 귀밑 일 센티를 넘기면 안 되는 짧은 단발. 가리마는 왼쪽으로. 검정색 잠그는 핀으로 머리카락이 흘러내리지 않게 고정시킬 것.

여고와 병설인 덕분에 우린 처녀태가 나기 시작한 규율부 언니들의 엄한 시집살이에 숨소리조차 제대로 못 낼 때가 많았다. 목이 베일 것처럼 빳빳하게 풀을 먹인 포플린 칼라를 맵시 있게 두른 언니들은 A라인으로 퍼진 플레어스커트를 살랑살랑 흔들어가면서 순진한 신입생들의 머리부터 발끝까지 일일이 흠을 잡았다. 대개의 신입생들은 멀찌감치부터 아예 고개를 푹 숙이고 빠른 걸음으로 교문을 지나쳤지만 모두 그런 건 아니었다. 핸드볼 특기생으로 들어온 몇몇 아이들은 키가 여고생들보다 훨씬 큰 애도 있었는데 그들은 오히려 언니들을 골탕 먹였다. 또 규율부 언니들도 특기생에겐 별다른 잔소리를 하지 않는 것 같았다.

나는 아침 일찍 학교로 달려갔다. 아직 어색하기만 한 플레어스커트의 무겁고 긴 자락이 종아리에 감겨드는 것을 바로잡으면서, 육교 난간을 붙들고 하염없이 철길을 내려다보곤 했다. 두 줄의 철길이 만나는 그 어디쯤에 아버지가 서 있을 것만 같았다. 내가 이른 등교를 하는 것은 규율부 언니들과 마주치지 않으려는 게 가장 큰 이유였다. 내가 텅 빈 운동장에 도착할 때면 늙수그레한 소사 아저씨가 전날 모아둔 낙엽이나 쓰레기들을 태웠다. 뿌연 연기 한가운데 서서 흐릿한 눈으로 하늘을 올려다보는 아저씨 모습은 내가 오래 전부터 보아온 아주 낯익은 쓸쓸함이었다.

"이얏! 이얏!"

열어 놓은 창으로 운동부 아이들의 기합소리가 들려왔다. 주번! 문을 닫아야겠다. 더워도 좀 참으려므나. 시끄러워서 수업을 할 수가 없네. 5교시 수업은 식곤증을 불러일으켰고 아직 채 가시지 않은 반찬 냄새로 공기가 탁했다. 거기다 창문까지 닫아놓으니 아이들 절반이 졸음 속에서 헤어나질 못했다. 하필이면 신경질이 많다고 소문난 담임 시간이었다. 담임은 가정과 도덕, 두 과목을 가르쳤다. 우리는 담임으로부터 예절교육을 받는 중이었다. 우리 반에서 제일 예쁜 혜경이가 앞에 나가 선생님의 지시를 따랐다. 자아, 이게 바로 서양 예절이다. 앉을 때는 이렇게 다리를 꼭 붙인다. 혜경이는 의자에 앉아서 길고 매끈한 종아리를 가지런하게 모아 비스듬하게 세웠다.

무릎 위로 한 뼘 이상 올라간 미니스커트가 말라깽이 담임의 엉덩이에 꽉 끼어 있었다. 아이들은 지루한 예절교육보다 담임의 미니스커트에 더 관심을 보였다. 자아, 여러부운! 여길 봐요. 혜경이처럼 이렇게 앉는다면 다리가 훨씬 길어 보이고 예쁘겠죠? 그리고 우아하기도 하고요. 나는 졸음을 참아내면서 수업내용을 놓치지 않으려고 애를 썼다. 몽롱한 가운데서도 내 귀에 쏙 들어온 말은 딱 한 가지였다. 그것은 '우아하다'란 말이었다. 그 말을 노트에 옮기면서 맑은 정신을 되찾았다.

오늘은 무얼 했지? 엄마가 물었다. 은경인 건성으로 대답을 했고 나는 소사 아저씨가 쓰레기를 태우던 때부터 점심시간에 뒷자리에 앉은 애가 김치를 쏟아 결국은 점심을 못 먹은 얘기까지 미주알고주알 고했다.

"그리구 말이야, 엄마! 우아하다는 게 어떤 거지?"

"우아하다? 한마디로 품위가 있다는 말이지. 예를 들자면, 네가 어릴 때 봐왔던 것들 있잖니? 부여, 짹짹골, 또 정림사지…."

맞다. 난 그동안 까맣게 잊고 있었다. 천 년 이상을 그 자리에 서있는 오층석탑에 나는 '우아하다'란 말과 통할 것 같은 '기품'과 '품위'

를 덧입혔다.

이런 동네 산다고 기죽을 건 없다. 가슴 쭉 펴고 걸어 다녀. 어젠가 그젠가 보니까 육교 위에서 한참을 서 있던데 왜 그랬어? 난 엄마에게 비밀을 들켜버린 것만 같아 얼굴이 화끈거렸다. 그러나 이내 아무렇지도 않은 것처럼 내숭을 떨었다. 그게 말이야. 사실은 아버지가 보구 싶어서. 그랬니? 아마 곧 자리가 잡힐 게야. 그리구 말이다. 너 혹시 학교 가는 길에 이 골목에서 이상한 사람들 못 봤니? 이상한 사람들? 아, 아니다.

이상한 사람들. 정확하게 말하자면 여자들이다. 새파란 아가씨부터 나이 지긋한 아줌마들까지, 그들은 혼자 다니지 않고 서너 명씩 몰려다녔다. 그들의 활동은 우리들과 정반대였다. 대낮에 동네 가운데 있는 부식가게에서 만난 그들의 얼굴은 누렇고 부숭부숭한 게 병자같이 보였다. 그러나 해가 지고 날이 어둡기 시작할 때 그들을 본다면 전혀 다른 사람이었다. 그들은 두껍게 분칠을 하고 붉은 볼연지와 입술을 그려냈다. 그들은 어둠 속에서만 피어나는 꽃이었다. 날이 어두워져서야 그 꽃들은 화사해졌고 생기를 되찾았다. 그들은 골목길에 숨어 있다가 밤이 깊어지면 사내들을 끌어들였다. 사람들은 그들을 갈보라고 불렀다. 말을 가려서 쓰는 사람들은 그들을 직업여성이라고 불러줬다. 같은 동네에 살면서도 살림만 사는 아줌마들은 그들과 얼굴조차 마주치는 걸 꺼려했다. 그러나 갈보라고 불리는 쪽은 감정의 동요가 전혀 없었다.

야! 이현경! 너도 방아골 사니? 꺽다리 경숙이가 날보고 아는 체를 했다. 우리는 원래 시골서 농사짓고 살다가 여기로 온 거야. 읍내는 방값이 비싸서 여기다 방을 얻었대. 밀대처럼 길쭉하게 생긴 경숙인 웃음이 헤펐다. 그래서 선생님들마다 그 앨 두고 싱겁이 또는 싱검쟁이라는 별명을 붙여주었다. 헤퍼 보이고 뭐든지 대충 건너뛰는 버릇이 있는 경숙인 나보다 두 살이나 위였지만 때론 어린애 같기도 했다. 그는 뭐든지 숨기는 게 없었고 궁금한 게 있으면 일초도 못 참고 알아내야만 직성이 풀리는 친구였다.

경숙이 부모는 농사일을 집어치우고 장사를 한다고 했는데 알고 보니 신앙촌 물건을 파는 일이었다. 경숙이 엄마는 처녀 때부터 전도관에 다녔다. 농촌으로 시집을 갔지만 회관엘 빠지지 않고 다니다가 결국은 남편과 아이들까지 끌어들였다. 그러다가 시부모 눈 밖에 났고 아예 전도관 가까운 데로 살림을 나왔다. 경숙이 엄마는 오히려 잘됐다면서 신앙촌 물건을 팔러 다녔다. 방아골로 이사 온 것도 먹고 사는 문제를 해결하기 위한 게 아니었다. 골목골목에 드리워진 어둠의 세력들을 주님의 참 말씀으로 쫓아내기 위함이었다.

신앙촌 물건이 좋긴 하다만 혹시라도 전도관엔 따라가지 말아라. 됫병으로 맛간장을 들여놓은 엄마가 은경이에게 특별히 일러두었다. 간장을 판다는 구실을 붙여 반나절이나 엄마를 붙들고 전도관에 나오라고 했던 경숙이 엄마가 떠난 뒤에 엄마는 고개를 세차게 흔들면서 마른 침을 삼켰다. 정말 상종 못한다. 그 여자, 바탕이 어떤 사람인지는 모르겠지만 사람 진을 그렇게 빼놓고도 전도가 되려나? 엄마는 날마다 찾아오다시피 하는 경숙 엄마를 당해낼 길이 없었다.

"세상에나! 이렇게 음전하고 배운 것 많은 분이 이런 동네서 그런 마귀 잡년들과 같이 사시다니, 말이 안 됩니다."

"실은 우리도 이 동네가 좋아서 온 건 아니에요."

"글쎄 그런 사탄 마귀들한테 우리 경숙이가 행여…. 에그! 생각만 해도 끔찍하지요. 그렇지만, 에에, 우리 주님은 이렇게 말씀하셨지요. 소돔 같은 거리에도 사랑을 안고 찾아가라고. 지금 저들이 불구덩이에서 제 살을 뜯어먹고 있지만 다 모르고 하는 짓이니 여간 불쌍한 게 아니에요. 이렇게 좋으신 분이 저희와 함께 주님 자녀가 된다면 천국은 이미 따 놓은 거나 다름이 없어요."

말씀 잘 들었습니다. 전도 많이 하시구요. 엄마는 경숙엄마가 무안해지지 않는 선에서 말을 자르느라고 무진 애를 썼다.

경숙이의 간곡한 청을 뿌리치지 못한 나는 엄마 몰래 은경일 데리고 회관을 찾았다. 회관에서는 마침 부흥회를 하는 중이었다. 경숙이는 우리를 위해 검은 가죽 표지의 찬송가와 성경을 빌려줬다. 늙수그레한 부흥강사는 시커먼 눈썹을 꿈틀거리면서 소리쳤다. 사탄의 자식들아! 너희 죄를 회개하라! 부흥강사의 손이 허공을 휘저을 때마다 신도들은 두 손을 높이 쳐들고 아멘, 아멘, 하면서 고함을 질렀다. 은경인 고함소리에 놀라 빨리 집에 가자고 성화였으나 나는 호기심이 일어 좀 더 있어보자면서 은경일 달랬다. 조금만 참아. 꿀 송이보다 더 달콤한 말씀이 있을 거야. 경숙이는 평소와는 다르게 아주 어른스러운 목소리로 우리를 꼼짝 못하게 했다.

우리는 맨 앞자리에 앉아 있어 나가고 싶어도 나갈 수가 없었다. 가마니를 두텁게 깐 시멘트 바닥 위로 사람들은 뒷자리까지 빼곡하게 들어차 있었다. 경숙인 찬송가를 부를 때 무척 자랑스러운 표정을 지었다. 쉬워. 늬들도 금방 할 수 있어. 그러나 우리는 가사를 따라잡기 전에 거의 고함에 가까운 소리에 놀라 무슨 말인지 하나도 알아들을 수가 없었다. 겨우 알아들을 수 있는 노래는 '속죄함'이라는 찬송가였는데 경숙이조차 어찌된 일인지 속죄함을 '서캐함'이라고 불러댔다. 나는 서캐함이란 가사를 들으면서 갑자기 머리가 스멀거리는 느낌을 받았다. 그리고 '요단강 건너'라는 노래가사도 매우 이상하게 들렸다. 며칠 후 며칠 후 요단강 건너가 만나리 하는 걸로 알고 있는데 그들의 합창은 '메치루 메치루…' 이렇게 들렸다. 그것은 마치 죄를 지은 사람들을 그대로 메다꽂겠다는 내용 같아서 정말 듣기가 거북했다. 드디어 신도들의 기도가 절정에 달했다. 은경인 더 이상 참지 못하고 비죽비죽 울기 시작했다.

"경숙 언니가 여기 와서 기도만 하면 아버지가 오신다고 했어. 엉엉. 나두 빨간 운동화를 가질 수 있다고 했단 말이야. 그런데 너무 무서워. 엉엉엉…."

엄마 말을 안 듣고 은경일 여기까지 끌고 온 게 무척이나 후회가 됐다. 나는 은경일 잡아끌고 허겁지겁 사람들의 무리를 헤치고 나왔다. 나오면서 몇 사람의 발을 밟았는지도 모르겠다. 아얏! 아얏! 비명이 들렸지만 그들의 기도는 멈출 줄을 몰랐다.

은경인 입학을 했다고 해야 겨우 책가방 한 개를 새로 샀다. 신주머니도 엄마가 손수 재봉틀을 돌려 만들었고, 병아리 색 원피스 역시 엄마 작품이었다. 아버지가 서울로 떠나고 엄마 얼굴엔 근심이 떠나지 않았으니 은경이는 갖고 싶은 게 있어도 아무 말도 못했다. 은경이가 제일 갖고 싶어 하는 것이 빨간 운동화인 걸 안 경숙이는 회관에 끌고 갈 구실을 은경이의 빨간 운동화와 잘 꿰맞춘 것이다. 신앙촌 물건 중에 빨간 운동화가 있음은 물론이다. 돈이 없어도 기도만 열심히 하면 그 운동화를 가질 수 있단 말이 은경이에겐 솔깃했고, 빨간 운동화야말로 달콤한 꿀 송이인 게 분명했다.

"큰 거나 작은 거나 늬들 도대체 왜 그러니? 엄마도 아버지처럼 멀리멀리 달아나고 말까?"

엄마는 미친 사람모양 회초리를 내리쳤다. 은경이와 나는 종아리며 어깨며 닥치는 대로 맞았지만 소리 내어 울 염치가 없었다. 이제까지의 엄마는 깎은 조각처럼 한자리에 앉아서 뜨개질만 하던, 기품 있고 음전한 사람이었다. 그러나 지금은 새터 살 때에 흉을 보았던 선희 엄마나 영길이 엄마처럼 마구잡이로 매를 휘둘렀다. 나는 맞았다는 아픔보다 부끄러움이 앞섰다. 그리고 두려운 것은 이런 산동네에 은경이와 내가 단둘이 남게 된다면 어찌될까, 하는 거였다. 나는 엄마가 매를 놓은 뒤 한참 지나서야 목을 놓아 울었다.

어른들은 모두 거짓말쟁이야. 은경인 울음 밑이 질겼다. 반나절을 울고 나니 목이 다 쉬어버렸다. 그리고 울면서도 계속 사설을 늘어놓는 것이 은경이 버릇이었다. 엄마는 우리들하고 눈 한 번 안 마주치고 묵묵히 뜨개질만 했다. 나는 저러다가 엄마가 졸도를 해서 아주 눈을 감는 게 아닌가, 하는 걱정이 들었다. 엄마가 숨소리조차 내지 않는 것만 같아서였다. 그러나 가만히 지켜보니 엄마는 계속 헛손질을 하고 있었다. 빠진 코를 다시 줍고 또 풀고 다시 짜고 같은 구멍으로 바늘을 집어넣고 또…. 엄마는 뜨개질을 하고 있는 게 아니었다. 나나 은경인 선뜻 그런 엄마에게 다가설 수가 없었다.

플라타너스 그늘 아래서 야외수업을 하고 있을 때였다. 경숙이가 축축한 종이쪽지를 쥐어주고는 정말 미안해, 말만 던지고는 달아나 버렸다. 한 줄밖에 안 되는 글을 얼마나 썼다가 지우고 했는지 종이엔 보푸라기가 일어났다. 나는 쪽지를 꼬깃꼬깃하게 접어 마침 운동화에 기어오르고 있는 징그러운 송충이를 털어냈다. 은경인 그 뒤로 다시는 빨간 운동화 타령을 안했다. 긴긴 울음으로 은경인 좀 더 어른이 된 것만 같았다.

그러는 동안 아버지에게서 처음으로 편지가 날아들었다. 그 편지는 엄마의 까칠한 얼굴에 생기를 돌게 했다. 아버지가 뭐래? 은경인 책가방을 던져 놓고 엄마에게 바짝 달라붙었다. 으응, 우리 은경이 현경이 공부 잘하고 있느냐고 물었고, 한 번 다녀가신다고 했어. 엄마의 기분은 최상급이었다.

계속 웃음을 머금고 있는 엄마는 우리들에게 할 말이 더 있는 게 분명했다. 그리고 이건 말할까? 말까? 뭔데, 엄마, 뭔데? 아버지 위로 형님이 한 분 계셨는데 연락이 됐다는구나. 어디 계신데? 우리나라가 아니고 일본에 계셔. 너희 아버진 참 외로운 분이셔. 우리들처럼? 너희가 왜? 엄마 아버지 다 살아있는 데 뭐가 외로워? 아버진 부모님 일찌감치 떠나보내고 위로 누님 한 분, 형님 한 분이 계셨는데, 형은 일본으로 누나는 만주로 뿔뿔이 흩어졌다는구나. 그럼 아버진 누구랑 살았어? 아버진…. 당숙모 손에서 구박덩이로….

아버지의 길고 커다란 손가락에 밴 맵싸한 담배 냄새와 최전방에서 묻혀오던 상큼한 풀냄새가 생생하게 떠올랐다. 나는 그 냄새가 몹시 그리워져서 나도 모르는 사이에 눈물이 후두둑, 떨어졌다.

"우리 큰딸은 암튼 큰일이야. 저렇게 눈물이 헤퍼서야 원! 그렇게 눈이 물러서 어디 큰사람 되겠니?"

"나는 큰 인물이 안 돼도 좋아. 엄마가 좀 더 다정했으면 좋겠어."

나는 모처럼 용기를 내어 큰소리로 말했다.

"그랬니? 내가 그렇게 쌀쌀맞게 굴었나? 미안하다. 사는 게 궁핍하니 내가 제정신이 아닐 때가 많았구나. 그래. 우리 현경인 고상하고 품위 있는 여성이 되면 좋겠다. 아, 그리고 우리 은경인 커서 무엇을 하면 좋을까?"

엄마는 내게 사과를 하고 난 뒤 쑥스러운 얼굴로 은경일 쳐다봤다. 나는요오, 빨리 커서 엄마가 되구 싶어. 엄마? 그래야 애기 낳아서 잘 못하면 막 야단도 치고 그러지. 정말 그럴 거야. 은경이의 조막만한 얼굴이 너무 진지하여 엄마와 난 제대로 웃을 수조차 없었다.

너희들 노래 가르쳐줄까? 무언데? 잘 들어봐.

"소나무야 소나무야 언제나 푸른 네 빛."

약간의 떨림이 섞인 엄마 목소리는 기름지고 부드러웠다. 늘 감정을 드러내지 않는 엄마가 저토록 윤기가 도는 목소리를 숨기고 있었다는 게 놀라울 뿐이었다.

"눈보라 치는 날에도 … 언제나 푸른 네 빛. 엄마가 아버지를 처음 만났을 때 이 노래를 들려줬단다. 네 아버진 이 노랠 듣고 있으면 새 기운이 솟는다고 하더구나. 봐라. 사람이 그렇게 끈기를 가지고 기다리니 큰아버지를 만나게 되는 거란다. 사람들은 그런 걸 희망이라고 부른단다. 또는 소망이라고도 해. 하지만 엄마는 희망이란 말이 참 좋더라."

아버지의 편지 한 장은 그동안 서먹했던 세 모녀를 예전의 분위기로 돌려놓았다. 은경인 은경이대로 산동네의 불편함을 견디면서 학교에 잘 적응해나갔다. 나는 나대로 몽우리가 서기 시작한 젖가슴을 꽁꽁 싸매며 싱싱한 소나무 한 그루를 가슴속에서 키우기 시작했다.

9

손님맞이

우리가 그토록 옹색한 방에 살 때나 번듯한 방에 살 때나
엄마는 그 책들을 어디엔가 두었을 테지만, 우린 아무도 몰랐다.
엄마는 비밀의 장소에 그 책들을 잘 숨겨두었을 것이다.

일본에서 날아온 편지 겉봉엔 멋진 포즈로 구름 위를 날아가고 있는 비행기가 있었다. 아이들이 장난을 치면서 쓴 것 같은 일본글을 엄마는 천천히 읽어 내려갔다. 우와! 울 엄마 최고다! 은경인 낯선 글씨를 술술 읽어내는 엄마를 보고 있는 대로 호들갑을 떨었다. 수고했소. 당신은 참으로 잘난 여자야. 아버진 배 속 깊은 곳에서 울려나오는 목소리로 엄마를 칭찬했다. 난 워낙 언어 감각이 둔해서 말이지. 배운 것도 짧고. 아버진 나와 은경일 쳐다보면서 멋쩍게 웃었다. 그렇지 않아요. 당신도 신경 써서 들여다보면 다 알아요. 엄마는 내 눈치를 살피면서 조심스럽게 말했다. 나는 엄마 눈길을 피해 고개를 숙였다. 엄마가 내 눈치를 보는 데는 그럴만한 까닭이 있었다.

중학교 입학한 지 얼마 안 됐을 때였다. 처음이라 그런지 학교에서 가져오라는 게 많았다. 호적초본을 떼 오라고 해서 엄마는 온종일 기차를 타고 아버지 고향에 다녀오기도 했다. 또 가정환경조사서에는

부모의 학력을 써넣는 칸도 있었다. '모' 란에는 얼른 '고녀'라고 써 넣었다. 그러나 '부' 란에서는 주춤했다. 엄마가 고녀를 다닌 건 확실했지만 아버지의 학력이 어디까지인지는 잘 몰랐다. 나는 별 생각 없이 '부'란에도 '고'라고 써넣었다. 그러나 아무래도 뭔가 찜찜했다. 다음날 아침, 나는 책가방을 챙기다가 가정환경조사서를 엄마에게 들이밀었다. 엄마! 아버지도 고등학교 나왔다고 쓰면 돼? 어? 이리 줘봐. 엄마는 내가 내민 종이를 받아들고는 지우개를 찾았다. 엄마는 '고'를 지우개로 벅벅 문질러 지웠다. 그리고 '국졸'이라고 고쳤다.

아버진 형편이 안 돼 학교를 많이 못 다녔어. 그러나 혼자서 통신강의록으로 열심히 공부하셨대. 지금도 네 아버진 언제나 공부하는 자세로 살고 있단다. 난 엄마 말이 이해가 잘 안 갔다. 학교 공부 말고도 또 다른 공부가 있다는 게 이상했다. 나는 왠지 학교 가는 게 싫어졌다. 아침 조회 때 반장에게 가정환경조사서를 제출하면서 난 아이들이 볼까봐 종이를 뒤집어서 냈다.

웬일이지? 부지런하던 애가 웬 지각? 담임은 지각한 이유를 밝히지 않는 나에게 핀잔을 주었다. 나는 가슴께가 돌처럼 단단해지면서 눈물이 핑 돌았다. 담임의 핀잔보다 내 머릿속을 가득 채우고 있는 것은 가정환경조사서였다. 아버지에 대한 생각이 온종일 나를 따라다녔다. 나는 의아해하는 담임 앞을 물러나면서도 끝내 지각 이유를 밝히지 않았다. 담임은 고개를 저으면서 심히 불쾌한 표정을 지었다.

엄마는 주말마다 내려오는 아버지를 위해 지극정성을 다했다. 그리고 두 사람은 그 어느 때보다도 사이가 좋아보였다. 엄마 얼굴도 전보다 훨씬 밝아졌다. 엄마를 따라다니던 털실뭉치가 어느새 자취를 감췄다. 기계로 짠 스웨터만 수출을 하게 된 뒤부터 빼어난 엄마 솜씨가 별 소용이 없게 됐다. 그 대신 좋은 일이 생겼다. 우리는 방아골을 벗어나게 됐다.

"이거 원, 섭섭해서 어째요? 그동안 아주머니가 이 집을 쓸고 닦고 해서 새집을 만들어 주셨는데. 집을 많이 아껴줘서 고마워요. 이달 방세는 그만 두시구랴."

말을 할 때마다 볼을 실룩대는 아저씬 전보다 더 살이 올라있었다. 아저씨는 그냥 오기가 미안했던지 처음으로 은경이에게 알사탕 한 봉지를 내밀었다. 그러나 은경인 손을 뒤로 감추고 받지 않았다. 울 아버지도 이젠 돈 많이 벌 거예요. 이 사탕 안 먹을래요. 아저씬 기가 막혀 웃기만 했다. 흐흐흐! 고녀석 참! 아주머니 앤 참 크게 될 거예요. 두고 보세요. 난 이런 애는 첨 봐요. 아저씬 은경이가 자기의 등 뒤에 대고 딸기코니 꿀꿀이니 하는 별명을 아무렇게나 부른다는 걸 전혀 모르고 있는 눈치였다. 엄마와 나는 아저씨가 골목길 저 아래로 내려간 뒤에야 허리를 잡고 깔깔거리며 웃었다.

정성스럽게 그려야 한다. 얼마나 좋아하시겠니? 나는 우리 가족을 대표하여 큰아버지한테 크리스마스카드를 손수 그려 보내기로 맘먹었다. 딸 하나 있던 걸 어려서 홍역으로 잃고 부인마저도 나이 마흔에 세상을 떠났다는구나. 엄마는 먼 나라에 있는 큰아버지 댁 일들을 마치 이웃 사람들의 이야기처럼 자세히 알고 있었다. 그 얘기를 들은 나는 카드를 직접 만들기로 결심을 했다.

"사람마다 타고난 복이 있단다. 일찍 부모를 여의고 당숙한테 얹혀 살면서 삼남매가 받았을 설움은 얼마나 컸을꼬. 그러다보니 제대로 배우기를 했겠나, 먹기를 했겠나. 그저 살아남은 것만 해도 용하지. 그런 환경인데도 큰아버지랑 네 고모는 악착같이 학교를 다녔나보더라. 근데 네 아버진 몸도 안 좋고 상급학교 갈 생각은 첨부터 아예 안 했나 보더라. 하지만 지금에 와선 큰아버진 배운 게 오히려 화근이 됐으니 안 배운만 못하지 뭐냐."

나는 엄마 얘기가 점점 어려워졌다. 많이 배운 게 무슨 잘못일까? 큰아버지는 대체 무얼 하고 사나? 그런 의문이 자꾸자꾸 고개를 쳐들었다.

공들여 만든 카드는 제법 그럴듯했다. 검은 켄트지에 내려앉은 흰 물감은 깜깜한 밤에 내린 함박눈처럼 보였다. 어쩜! 영락없는 시골풍경이네. 큰 아버지가 이걸 보시면 하루라도 빨리 이곳으로 오고 싶어지실 거야. 엄마는 내가 만든 카드를 정성스럽게 포장해서 일본으로 보냈다. 큰아버지는 카드를 받자마자 고맙다는 답장과 함께 선물을 보내왔다.

'계수씨 보십시오.' 큰아버지가 보내온 글은 일본글이 아닌 순 우리말이었다. 큰아버지도 글씨를 아시네? 은경이가 편지를 들여다보고 소리쳤다. 누렇고 질긴 포장지로 꽁꽁 싸맨 선물은 이틀 뒤에나 풀기로 했다. 아버지가 있는 자리에서 포장을 뜯어보는 게 순서니 궁금해도 좀 참으라는 엄마의 엄명이 있었다. 우리는 잠을 설치면서까지 그

속에 뭐가 들어 있는지 궁금했지만 아버지가 오실 때까지 참기로 했다. 언니, 저 속에 뭐가 들어 있을까? 윗목 머리맡에 모셔둔 소포 때문에 은경인 안달이 났다. 늬들이 암만 그래도 지금은 안돼! 엄마는 우리들에게 따끔하게 이르고는 곧 잠자리에 들었다. 엄마가 한 번 입 밖에 내놓은 말은 법이나 마찬가지였다. 우린 그걸 잘 알고 있으면서도 백리나 달아난 잠을 잡아오지 못하고 이리저리로 자반뒤집기를 했다. 엄마는 몸을 끄응, 뒤틀면서 에그 자발없는 것들, 하면서 잠꼬대처럼 중얼거렸다. 엄마 안 자나부다, 히히히! 은경인 자라목을 해 보이면서 혀를 쏙 내밀었다. 은경인 잠은커녕 아침나절보다 더 초롱초롱해진 두 눈을 반짝이고 있었다.

우리가 들어간 집은 월세가 아닌 전세였다. 아버지가 친구 분에게 빌려줬던 돈의 절반을 돌려받았고 엄만 그 돈으로 당장 집부터 옮겼다. 아버진 군 생활을 마감하면서 받아 온 퇴직금을 친구 사업자금으로 투자했던 것이다. 공해 없는 물비누를 만들었다는데 생각처럼 판로가 뚫리지 않아 문을 닫고 말았다. 그러니 손실이 이만저만이 아니었다. 아버지도 빌려준 돈을 다 받진 못한 모양이었다. 그래도 아주 떼인 거보다야 낫지요. 당신은 사업 체질이 아니에요. 엄마는 이참에 아주 못을 박아두었는데 적은 월급이라도 일정한 수입이 있는 직장을 원했다.

일본식 목조건물을 개조한 집은 오래된 정원수가 서너 그루나 있어 꽤나 고풍스러웠다. 읍장 관사였던 걸 읍내 부자인 어물장사가 사서 여기저기 손을 댄 집이었다. 낡은 집이긴 하지만 전에 살던 집에 대면 궁궐이었다. 새집은 학교도 가깝고 시장도 가깝지만 늘 시끌시끌한 게 흠이었다. 전에 살던 집은 새벽시간의 확성기만 아니면 절간같이 조용한 곳이었다. 새 집은 읍내에서는 가장 번화한 거리였다. 우리는 읍의 중심으로 들어와 자리를 잡은 셈이었다. 중심가엔 옛날 집들이 고스란히 남아 있었다. 물론 일본식 가옥이 대부분이었다. 일제 때 일본 사람들이 모여 살던 곳이니만큼 아직도 그 모습이 많이 남아 있었다. 은경이도 집 가까운 학교로 전학을 했다. 그 앤 어느새 새 친구들을 사귀느라 정신이 없었다. 우린 밥 먹는 시간과 잠자는 시간 외에는 은경이를 보기가 힘들어졌다.

"그저 너랑 반튀(반반씩 섞는 것)했으면 딱 좋겠다. 네 운동화가 한 켤레 닳는 동안 은경인 세 켤레를 사줘야 하니까."

맞아. 걘 왜 그렇게 마당발에 오지랖인지 몰라. 나는 신이 나서 엄마 말에 맞장구를 쳤다.

은경이의 장점은 누구에게나 쉽게 마음을 여는 거였다. 큰아버지와 우리 가족의 서먹함을 풀어준 것도 따지고 보면 은경이 공이 컸다. 은경이는 편지를 쓸 때도 꼭 보고 싶은 큰아버지께라고 썼다. 글씨가 대문짝만 한 은경이의 사연 때문에 편지를 규격봉투에 넣을 수 없을 때가 많았다.

"편지를 한데 넣어 보내야하니 은경이는 편지글을 좀 줄여야겠다."

엄마가 아무리 타일러도 은경인 저 쓰고 싶은 만큼의 편지를 써대곤 했다. 나는 큰아버지 앞에 아무 말도 안 붙였다. 보고 싶은이라든지, 사랑하는 큰아버지, 이런 말들을 아무렇지도 않게 써대는 은경일 보면 왠지 온몸이 간질거렸다.

엄마의 간곡한 부탁을 져버리고 아버진 기어이 가내수공업 규모의 공장을 차렸다. 군에서 모시던 상사와 동료, 그리고 후배들이 함께 투자를 했다는데 공장에서 만드는 것은 쌀겨가 주재료인 효소라고 했다. 효소에 들어가는 재료는 쌀겨뿐만 아니라 비싼 쇠고기와 꿀 등 우리 상식으로는 이해가 안 가는 고급 재료들이었다. 효소는 식물이나 곡식 또는 짐승들이 먹어도 된다고 했는데 재료값이 엄청나서 별 이득이 없을 거라는 말도 들렸다. 효소는 무공해란 말이 무색할 정도로 냄새가 지독했다. 시작한 지 얼마 안 돼서 아버지 몸은 쿰쿰한 냄새로 절어버렸다. 아버지를 역까지 배웅하고 돌아온 엄마는 매우 심란한 얼굴을 했다.

뜨개질을 그만둔 엄마는 오직 우리들의 공부와 집 가꾸기에 열을 올렸다. 그리고 동아일보를 꼼꼼하게 읽는 걸로 하루를 마감했다. 어쩌다가 이모들이 들고 오는 여성잡지를 대충 훑어보고는 돈이 아깝다는 말을 서슴없이 던지곤 했다. 난 엄마가 밤을 밝히며 읽고 있는 책들이 어떤 건지 대충은 알고 있었다. 세 권이나 되는 두툼한 책의 글씨가 깨알 같았다. 종이는 누렇게 바랬고 책장마다 보푸라기가 일어나 있는 아주 오래된 책이었다.

엄마가 보고 있는 책은 바로 『바람과 함께 사라지다』였다. 언닌 아직두 문학소녀유? 이모들은 엄마가 애지중지 하는 책들을 꺼내서 팔랑거리면서 몇 장을 넘겨보고는 도로 꽂아놓았다.

"저런 책들은 맘먹고 보려고 해도 골치가 딱딱 아파. 어쩌다가 폼 잡고 읽어봐야지 해도 한 장을 못 넘겨. 그러다가 잠이 들어버리거든."

"그러게. 모든 게 어릴 때부터 습관이 돼야해."

"그렇지도 않던데 뭘. 언니 흉내내 보려고 우리도 무진 애를 썼지 않수? 근데 안 되던걸."

이모가 돌아간 뒤에 엄마는 볼을 발갛게 물들이고 수줍게 말했다. 이런 책들은 대를 물려가면서 봐도 좋은 것들이야. 엄마는 약 스무 권의 책을 가지고 있었다. 우리가 그토록 옹색한 방에 살 때나 번듯한 방에 살 때나 엄마는 그 책들을 어디엔가 두었을 테지만, 우린 아무도 몰랐다. 엄마는 비밀의 장소에 그 책들을 잘 숨겨두었을 것이다. 비도 눈도 피할 수 있는 그런 곳에 엄마만의 보물들이 자리를 차지하고 있었을 것이다.

"이제 우리 현경이도 이런 책들을 볼 때가 됐네."

엄마는 내 볼을 가볍게 튕겨주고는 책 한 권을 꺼내줬다.

"잘 봐라. 내가 네게 줄 수 있는 건 이것밖에 없는 거 같다."

엄마는 아버지를 만나 살림을 시작했을 때도 그 책들과 여섯 쪽짜리 수병풍이 전부였다고 했다.

"학식만 있으면 뭐 혀? 집안 어른들이 없다고 우리 집을 막보는 거여. 버선 한 짝이라도 해오면 어디가 덧나나? 이건 시댁을 완전히 무시한 처사지."

아버지의 당숙모는 온갖 흉을 다 봤다고 했다. 그분은 엄마를 눈

엣가시로 여겼지만 엄마 귀엔 아무 말도 안 들렸다. 엄마는 오직 아버지 한 사람밖에는 눈에 들어오는 사람이 없었다고 했다. 그러고 보니 우리 엄마도 대단한 사람이다.

입을 크게 벌리고 놀라는 척을 했지만 난 몹시 언짢았다. 솥 한 개 수저 두 개로 살림을 시작했다는 초라한 엄마 모습이 내 눈앞을 떠나지 않았다. 외갓집 형편으로 보나 경우 바른 외할머니로 보나 그건 있을 수 없는 일이었다. 더구나 맏딸 혼사에 말이다. 말 못할 사연이 있었단다. 무슨 사연? 엄마는 이 대목에서 푹, 하고 웃음을 터트렸다.

"할머니가 나 땜에 속을 무진장 썩이셨어. 생각해 보렴. 아버진 고아나 다름없지. 그리고 학력도 너무 낮지. 어른들이 좋아할 이유가 한 개 아니 반 개도 없었으니까. 어디 그것뿐일까. 어른들 세계에서는 복잡한 것들이 아이들보다 훨씬 더 많단다. 이쯤에서 그만 얘기하자."

엄마! 엄마도 경애라는 애 알지? 그럼. 해연이하고 단짝인 애 말이지? 글쎄 걔 언니가 지난 가을에 시집갔는데 시댁에서 혼수를 적게 해 왔다고 쫓아냈대요. 세상에나! 몰상식한 사람들 같으니라구. 점점 해괴한 풍속이 판을 치는구나. 왜 혼수가 문제야? 어디 모자란 딸도 아니고 말이지. 그리고 어른들은 그렇다 치고 새신랑은 뭘 하고 있었다니? 젊은 사람이 더 답답하네. 바지저고리도 아니고 말이지. 엄마는 낯을 붉히고 화까지 냈다. 그것까진 나도 모르겠어. 경애 언니가 집에 와 있는 건 사실인가 봐.

현경아! 엄마가 강한 어조로 날 불렀다. 이담에 말이다. 좋은 사람이 생겨서 혼인을 하게 되면 아무것도 바라지 말고 그 사람 마음만 사야 한다. 바라는 것은 안 좋은 거야? 그럼. 뭔가를 바란다면 그때부터 문제가 생기게 돼. 사랑은 순수함 그 자체거든. 거기에 물건이든 돈이든 끼어들면 안 돼. 붉어졌던 엄마의 뺨이 서서히 식고 난 '사랑'이란 말에 가슴이 콩닥거리기 시작했다.

중학교에 들어와 한 해를 넘긴 아이들은 옷차림부터가 달라졌다. 빙빙 돌아가던 치마허리를 딱 맞게 줄여 입기도 했고 후줄근하던 칼라엔 빳빳하게 풀이 섰다. 자신들도 깨닫지 못하는 사이에 우린 모두는 멋쟁이가 돼 있었다. 너희들 너무 꼭 죄게 입고 다니면 못쓴다. 할머니에 가까운 수학 선생님은 전공인 수학보다도 여학생들이 지켜야 할 몸가짐이나 이성교제 같은 것들을 귀가 따갑게 들려줬다. 어떤 사람은 등이 다 드러나 보이는 끈 달린 메리야스에 브래지어를 했던데, 보는 사람이 민망하더구나, 하며 혀를 차곤 했다. 그 결과 우리 반에서 '멋'이라면 자다가도 뛰어나올 현숙이에게 '잔소리꾼 할매'라는 별명만 얻었다. 얘들아! 나 얼마나 이쁘니? 현숙인 몸매가 그대로 드러나 보이는 데트론 하복과 날씬한 허리 아래로 차르르 퍼진 스커트가 정말 잘 어울렸다. 얇은 데트론 천 밖으로는 두 줄 메리야스 끈과 브래지어 끈이 나란히 일자 네 개를 만들었다. 왜 그렇게 할매는 나이든 티를 내는지 몰라. 이걸 보고 천, 백, 십, 일이라고 해. 남중 애들한테 물어봐라. 나 같은 애를 뭐라고 부르는지? 뭐라고 불러? 후후후! 그건 '밀비'야. 현숙인 말장난의 귀재답게 비밀을 거꾸로 밀비라고 하면서 깔깔 웃어댔다. 그러나 발육이 늦은 대부분의 아이들은 젖몽우리를 감추느라고 억지로 입은 브래지어의 이물감에 상을 찌푸렸고, 현숙인 가냘픈 몸에 비해 지나치게 큰 가슴을 보란듯이 앞으로 내밀면서 자신의 몸매를 과시했다.

이 학년이 되자 너도나도 초경이 시작됐다. 나도 그중 하나였다. 이미 시작한 친구들에게 들어서 알고는 있었지만 막상 초경이 시작되자 겁부터 났다. 이제 우리는 여학생이란 말보다 '여자'라는 말에 더 민감해졌다. 나는 여자가 된다는 것에 심한 거부감을 느꼈다. 그저 이현경으로 살아가는 게 가장 나답다는 생각이 들어서였다. 초경과 함께 따라붙은 여자라는 말은 '우아'나 '기품' 또는 '고급스러움'과는 뭔가 느낌이 다른 축축하고 견디기 힘든 아픔이 따라올 거라는 아주 고약한 예감이었다.

초경을 치르던 날은 가사시간에 배운 핫케익을 굽고 있었다. 핫케익은 그동안 엄마가 쪄주던 영양빵(밀가루에 이스트를 넣고 부풀린 뒤에 콩이나 당근, 시금치 같은 채소를 잘게 썰어 넣은)과는 씹는 감촉부터가 다른 순 서양식 빵이었다. 밀가루를 체에 거르고 거품 낸 달걀을 가볍게 섞고 우유로 반죽을 한 뒤, 프라이팬에 마가린을 살짝 녹여서 구워낸 핫케익은, 나와 은경이에겐 신세계였다.

은경이는 밖으로 나갈 생각을 안 하고 나의 조수 노릇을 제대로 했다. 그릇을 거꾸로 들어도 쏟아지지 않을 만큼 힘차게 달걀거품을 내는 일도 은경인 척척 해냈다. 은경인 한 번 가르쳐 준 것은 그대로 따라하는 눈썰미가 있는 아이였다. 우리는 엄마가 가장 아끼는 장미

꽃이 그려진 하얀 접시에 핫케익을 담으면서 굉장한 부자가 된 것 같았다. 언제 봐도 우리 엄마는 양보다 질을 선택했다. 그릇 한 개만 봐도 우리 엄마의 눈이 보통이 아니라는 걸 알 수 있었다.

하얀 접시에 그려진 한 송이 붉은 장미가 참 어여쁘다고 느낀 순간이었다. 갑자기 현기증이 났다. 나는 은경이에게 국자를 넘겨주고 방으로 뛰어 들어갔다. 아랫배가 묵직하고 가슴이 심하게 두근거렸다. 뭔가 이상한 조짐이 등줄기를 타고 아래로 계속 내려갔다. 맞았다. 초경이었다. 나는 준비해 두었던 생리대를 꺼내 은경이가 눈치 못 채도록 처리를 하고 다시 부엌으로 갔다. 그사이 은경이는 파전같이 커다란 핫케익을 구워놓고 있었다. 은경이가 구워낸 것이 볼품이 전혀 없었지만 나는 트집을 잡을 기운조차 없었다. 엄마는 공연히 싱글벙글 웃고 다녔다. 그리고 내가 안방으로 가면 거기로 또 밖으로 나가면 밖으로 졸졸 따라다녔다. 그리고 엄마는 축하한다는 말도 했다. 그러나 난 그 말이 몹시 불편했다. 그래서 겨우 퉁명스럽게 한다는 말이 '아버지한테는 아무 말도 하지 마'였다.

큰아버지 소식이 뚝 끊겼다. 아버지가 국제전화로 통화를 했다지만 무언가 심상치 않은 기운이 느껴졌다. 그러실 분이 아닌데 그러네. 여기 오신다고 미리 휴가도 받아놨다고 그러던데. 엄마는 쓰지 않던 방 한 칸을 도배까지 해놓았다. 포도 넝쿨같이 생긴 가느다란 줄기가 보일 듯 말 듯한 벽지는 퀴퀴한 냄새가 나던 방을 산뜻하게 바꿔놓았다. 우린 방 두 개를 쓰고 있지만 남는 방 세 개는 우리가 따로 세를 놓아도 된다고 했다. 물론 전세금을 조금 더 올려준다는 조건이었다.

우리는 한 달 이상 큰아버지를 기다렸지만 끝내 편지 한 장이 오지 않았다.

여름방학이 됐다. 모처럼 시집간 이모들이 다 모여 온 가족이 복숭아 원두막으로 놀러갔다. 찬물내기에 가서 솥을 걸고 고기를 잡아 끓여먹는 것은 외가의 연중 행사였다. 우리는 전갈을 받았지만 놀러 갈 마음이 생기지 않아서 그대로 집에 있었다. 기어이 외할머니가 우리 집까지 쫓아오셨다.

"이때껏 그냥 살다가 갑자기 웬 시숙이 온다고 그 난리냐? 잘하면 여기서 눌러 살 생각도 하는 모양이지? 더구나 혼자 몸이라는 그 사람을 네가 시중든다는 게 말이 돼? 에미는 어째서 그렇게 힘든 일만 자초해? 내가 보다보다 답답해서 원!"

할머니는 아직도 아버지 쪽 사람들이 못마땅한 거 같았다. 올망졸망한 보따리를 이고 와서 은경이 백일상을 화려한 꽃밭처럼 차려 주던 자애로운 할머니 입에서 거친 말이 쏟아져 나오긴 처음이었다.

그렇게 동생이 보고 싶은 알뜰한 맘이 있었다면 왜 진작에 연락을 안했을꼬? 어머니, 일본에서 여기로 연락하는 게 그렇게 쉽진 않아요. 지금은 시절이 좋아진 덕에 겨우…. 금쪽같은 내 딸, 이 서방한테 뺏긴 걸 생각하면 내가 지금도 여기가 아퍼! 할머니는 자신의 가슴을 손으로 쿵쿵 내리쳤다. 어머니이! 애들 들어요. 그만하세요. 들으면 대수야? 어이구! 저것들도 피붙이라고 눈이 빠지게 그 양반을 기다리고 있구먼?

"할머니 가!"

총알처럼 튀어나온 은경이가 할머니를 떠다밀었다. 할머니는 뒷걸음을 치다가 엉덩방아를 찧고 말았다. 아니, 요년이! 그럼 못써! 엄마가 놀라서 할머니를 일으켜 세웠다.

"치이! 왜 우리 아버지랑 큰아버지를 욕해? 그리고 할머닌 맨날 우리 아버지만 미워하잖아! 다른 이모부들한텐 잘해 주면서."

은경이 말이 틀린 건 아니었다. 사위는 백년손님이라고 했지만 아버지는 할머니 앞에서면 손님은커녕 고양이 앞의 쥐였다. 은경이는 엄마한테 된통 혼났고 한참을 울다가 예전에 큰아버지한테 받은 선물들을 다시 꺼내보는 것으로 마음을 진정시켰다.

일본에서 온 선물 중에 우리 마음을 쏙 빼놓는 것은 무어니 무어니 해도 학용품 종류였다. 미키마우스 그림이 박힌 연필이며 연필 깎는 기계를 우린 정말 좋아했다. 손을 버리지 않고 연필을 깎을 수 있는 연필깎이는 은경이가 보물 1호로 정해둘 정도였다.

"할머니 양산 도로 달랠까?"

나는 기가 막혀 웃고야 말았다. 할머니와 큰외숙모가 쓰고 다니는 양산도 일제였다. 하얀 천에 기계수가 놓아진 양산은 할머니의 모시치마저고리와 기가 막히게 어울렸다. 그러고 보면 엄마가 풍기는 은은한 멋은 할머니로부터 대물림을 해온 게 분명했다. 하지만 우리 자매는 엄마가 할머니를 닮는 게 싫었다. 그건 우리가 어릴 때부터 느낀 아버지에 대한 강한 연민이었다. 겨우 엄마 한 사람만 믿고 장가를 든 아버지에 대한 짙은 연민, 그것 때문에 우린 외가식구들이 점점 싫어졌다.

“어쭈! 제법인데?”

원두막에서 물이 줄줄 흐르는 복숭아를 게걸스럽게 먹고 있는 이모들 틈새에서도 나는 책을 손에 쥐고 있었다.

“치이! 누가 제 엄마 딸 아니랄까 봐서?”

해산달이 가까워 배가 풍선처럼 부푼 셋째 이모는 연신 복숭아 껍질을 벗기면서 빈정거렸다. 놔둬라. 누가 시켜서 되는 일이니? 이모들끼리 눈을 맞추면서 입방아를 찧었지만 나는 못들은 척했다. 젊은 과수댁인 옥희 어머니와 사랑방 손님의 미묘한 갈등이 내 머리에 꽉 차 있어서 이모들의 조롱 따윈 귀에 들어오지 않았다. 그러나 속일 수 없는 건 우리 엄마의 얼굴 표정이었다. 엄마가 날 바라보는 그 눈빛. 너희들이 백날 천날 찧고 까불어 봐라. 에그 품위 없는 것들. 너희들하고 우리 큰딸이 비교가 되니? 엄마는 입을 꾹 다물었지만 난 그 말을 재빨리 알아들었다.

큰아버지 대신 우리 앞에 나타난 사람들은 은경이와 내가 태어나서 처음 만나본 아버지 친가 쪽 사람들이었다. 이모들하고 복숭아 원두막을 다녀온 날 저녁, 우린 주춤거리면서 대문을 들어선 할머니 한 분과 내 또래의 남자애를 손님으로 맞이했다.

“여기가 그러니께, 명호네 맞쟈?”

은경이가 아버지 이름을 듣자 눈을 동그랗게 떴다. 우린 껄끄러운 복숭아털을 씻어내느라 목욕을 하는 중이었다. 에그머니나! 속치마 바람으로 무심코 밖을 내다보던 엄마가 그 자리에 털썩 주저앉았다. 서둘러 겉치마와 웃옷을 걸치는 엄마 손이 가늘게 떨리고 있었다. 그런 엄마 모습이 우리들을 몹시 불안하게 했다. 새로 도배를 한 방에 짐을 푼 건 아버지의 당숙모와 그 손자였다. 엄마는 은경이와 내게 치마를 입히고 할머니에게 절을 시켰다. 딸만 둘이던가? 예. 건성으로 우리들의 인사를 받은 할머니는 엄마에게 담배 한 갑을 사 오라고 했다. 엄마가 미처 대답을 못 하고 있는데 은경이가 발딱 일어섰다. 제가 다녀올게요. 어느새 은경이의 신발 끄는 소리가 멀어졌다. 할머니는 흡족한 웃음을 지었다. 작은앤 꼭 제 애빌 닮았구나. 엉덩이가 가볍고 싹싹한 게 말이다.

할머니 옆에 바짝 붙어 앉아 있는 사내애는 이름이 석경이었다. 그러고 보니 우리들이랑 이름 끝 자가 같았다. 현경이라구 했든가? 몇 학년이냐? 이학년이에요. 우리 석경이두 이학년인데. 잰 한 해 일찍 들어갔어요. 엄마가 거들었다. 그랬냐? 그럼 우리 석경이가 오빠구먼. 뭣 땜에 학교를 일찍 넣었어? 더구나 기집애를? 엄마는 기집애란 말에 얼굴을 살짝 찡그렸다. 그러자 할머니는 얼른 말을 돌렸다. 아, 배운 사람이 어련히 알아서 했겠지 뭐. 석경인 재들 방으로 갈래? 아니면 씻고 좀 누울래? 피곤하지? 수줍음을 타는지 석경인 대답조차 제대로 못하고 고개를 푹 숙였다. 오빠, 일루와. 어느새 은경이가 자연스럽게 석경이 손목을 잡아끌었다.

칠십 노인의 목소리가 쩡쩡했다. 엄마나 우리들에게 사뭇 명령조로 말하는 것은 그분이 아버지를 키웠다는 당당함에서 나온 거였다. 할머닌 왜 우리 아버지 이름을 막 불러요? 왜, 그래서 기분이 안 좋으냐? 은경아, 버릇없이 굴지 마라. 엄마가 타일렀지만 은경인 저 하고 싶은 말을 참지 못했다. 할머니는 누구며, 어디 살고 있는지, 그리고 석경이 오빠를 데리고 우리 집에 언제까지 있을 건지, 은경이의 궁금증은 끝이 없었다. 할머니는 은경일 상대로 케케묵은 얘기를 끝없이 늘어놓았다. 노인은 엄마나 나는 별로였지만 은경인 무척이나 맘에 들어하는 눈치였다. 볼수록 정이 드는구나. 얜 이씨 집안 토종이다. 암, 토종이지. 할머닌 은경이 엉덩이를 토닥거렸고 은경인 잠시도 입을 쉬지 않고 할머니를 상대했다.

엄마의 기별을 받고도 아버지는 한참이나 뜸을 들인 뒤에 나타났다. 우린 서울에서 내려오는 아버지를 마중하러 역에 나갔다. 은경인 싫다는 석경이까지 끌고 나와 발이 땅에 안 붙을 만치 신나게 뛰어다녔다. 석경인 역으로 가는 동안에도 아무 말을 안했다. 자기에겐 재당숙이 되는 우리 아버지를 처음 만나게 된 석경인 잔뜩 긴장을 하고 있었다.

빰이 홀쭉해진 아버지는 각진 턱이 더 드러나 보였다. 턱수염은 제멋대로 자라 있어 머나먼 여행길에서 돌아온 나그네같이 보였다. 아버지이! 은경이가 또르르, 쇠구슬 굴러가는 소리로 아버지를 불렀다. 아버지는 내 옆에서 땅만 내려다보고 있는 석경일 보는 순간 그 자리에 우뚝 서 버렸다. 어떻게 된 일이냐? 네가 여기까지 어쩐 일로? 아버진 그렇지 않아도 쭈뼛거리는 석경이에게 거듭 물었다. 아버지는 초라한 행색이었지만 눈빛은 그 어느 때보다 강하게 번뜩거렸다.

저는, 그저, 할머니가 가자고 해서…. 무엇 때문이지? 아버지는 석경 오빠가 싫은가보다. 눈치 빠른 은경인 금세 풀이 죽어 내 옆구리에 달라붙었다. 자아, 이거나 받아라. 아버진 내게 밤색 가죽가방 하나를 맡겼다. 가방은 제법 무게가 나갔다. 나는 은경이하고 같이 들자고 하려다가 그만두었다. 장마를 예고하는 날씨는 몹시 무더웠다. 정수리로 내리 쪼이는 햇볕을 고스란히 맞으면서 걸어가고 있는 네 사람의 걸음걸이엔 기운이 한 푼어치도 없었다.

아버진 노인을 보고도 그닥 반가워하지 않았다. 세수를 하고 옷을 갈아입은 뒤에 담배 두개피를 태운 뒤에야 손님방으로 건너갔다. 고생이 많쟈? 아버지의 절을 받고 난 할머니가 정스럽게 물었다. 뭐, 별루에요. 아버지 목소리엔 전혀 감정이 실려 있지 않았다.

깎은 참외를 들고 방으로 들어가려던 나는 발을 멈추고 가만히 서서 귀를 기울였다. 엄마는 어디로 꼭꼭 숨었는지 보이지 않았다. 안방에서는 은경이가 밤색 가죽가방에서 나온 자질구레한 것들을 꺼내고 있었다. 언니야, 아버지 아주 오셨나봐. 그래? 은경이가 꺼내놓은 것은 아버지의 속옷과 셔츠 세 벌과 작업복 바지 두 벌이었다. 그것들은 땀과 효소냄새에 절어서 코를 못 들만치 역겨웠다. 은경인 그것들을 재빨리 수돗가로 가지고 나가 물에 담갔다.

"이젠, 제발, 절 놔주세요. 일본이 어디 이웃집입니까? 석경인 아직 어리고 또 공부할 나이 아닙니까? 형님이 일본에 갈 때랑은 사정이 달라요. 지금은 때가 아닙니다."

할머니 말소리는 거의 들리지 않았다. 그러나 아버지의 흥분된 목소리로 봐서 방안에서 오고가는 얘기를 짐작할 수는 있었다.

"그래, 자네 말대로라면 큰 사람이 지금 나 땜에 한국엘 못 온다는 얘긴데, 그런가?"

"그렇지요." 아버지는 할머니 말에 꼬박꼬박 대꾸를 하고 있었다.

"그동안 자네 모르게 산이며 밭뙈기를 사준 건 사실이라네. 그치만 석경 애비가 그것마저 홀라당 팔아먹었으니…. 석경이가 우리 집 장손 아닌가. 어떻게 해서라도 가르쳐야 할 텐데 내가 너무 답답해서 말이지. 오죽하면 일본에 있는 사람에게까지 구걸을 했을까? 그러니 내 심정은…."

할머니는 처음과 달리 기운이 다 빠져버린 목소리로 거의 애걸을 하고 있었다. 하지만 아버지에게 더 이상 희망이 없다는 걸 안 할머니는 손자를 데리고 그만 돌아가야겠다면서 일어섰다. 우리는 할머니가 저러다가 쓰러질 것만 같은 걱정이 앞섰다. 할머니! 더 있다 가세요오. 은경이는 할머니 치마꼬리를 붙들고 늘어졌다. 아버진 먼 산만 바라보면서 담배를 태웠다. 엄마는 여전히 고개를 꼬아 박고 있는 석경이 머리를 몇 번 쓰다듬어 준 뒤에 할머니 보따리에 지폐 서너 장을 찔러 넣었다. 은경이를 뺀 나머지 식구들은 모두가 노련한 무언극 배우들처럼 할머니와 석경일 배웅했다.

"어흐흐흐!"

짐승 같은 울음소리를 들은 건 할머니와 석경이가 떠나간 바로 그

날 밤이었다. 애들 깨겠어요. 엄마의 조심스러운 말소리가 안방 모기장 사이에서 흘러나왔다. 은경인 세상모르게 자고 있었다. 나는 안방 쪽으로 귀를 기울였다. 그러나 더 이상 아무소리도 들리지 않았다. 우는 것 같기도 하고 웃는 것 같기도 했던 소리는 환청이었을지도 모르겠다. 안방은 곧 적요 속으로 가라앉았다.

날씨는 여전히 찐득거렸고 목 언저리엔 땀띠가 성을 부려 따갑기 그지없었다. 은경인 잠을 자면서도 손톱을 세워 목을 벅벅 긁어댔다. 선잠에서 깨어난 내게 똑똑히 들리는 소리가 있었다. 그 소리는 점점 우리 집 가까이로 밀려왔다. 나는 더 이상의 더위를 참지 못하고 모기장을 걷고 밖으로 뛰어나갔다.

소리의 진원지는 바로 내 머리 꼭대기였다. 내가 올려다 본 하늘은 틈새 한 점 없는 먹빛이었다. 시커먼 구름 사이를 빠른 속도로 지나는 빛, 그 빛은 곧 꽈당, 하고 폭음으로 이어졌다. 뚜욱. 굵은 물방울 한 개가 떨어졌다. 나는 별을 헤아리듯 굵고 강한 빗방울을 세기 시작했다. 한 개, 두 개, 세 개. 점점 굵어진 빗방울은 드디어 폭포수가 되어 내 몸을 식혀줬다.

10

괜찮아, 정말 괜찮다고

얼마쯤 흙을 긁어냈을까. 쪽지가 파묻힐 만하게 땅이 옴팍 들어갔다.
쪽지를 땅에 묻고 오래오래 밟아줬다. 마치 씨앗을 묻어두는 것처럼.
어느덧 내 이마에선 한 줄기 땀이 흘렀다.

봄은 소리 없이 다가왔다. 산수유 가지에 꽃이 피기 시작하면 샛노란 개나리가 시샘을 부리면서 무더기로 피어났다. 봄볕을 이기지 못한 개나리가 시들시들해지면 화사한 진달래가 고개를 들이밀었다. 그 다음이 복숭아꽃이었다. 이곳은 복숭아가 지천이니만큼 천지가 분홍빛으로 물들어갔다. 우리는 개나리나 산수유를 대하듯 무심하게 분홍빛 천지를 휘젓고 다녔다.

지난여름, 아버지는 효소공장에서 손을 뗐다. 그러나 사업자금으로 들어간 돈은 한 푼도 못 건졌다. 사회경험이 전무한 퇴직군인들은 퇴직금을 고스란히 날렸다. 그중엔 물려받은 재산으로 다른 일을 시작한 이도 있었고 뒤가 든든한 이들은 재빠르게 괜찮은 자리를 얻었다. 그러나 선배와 동료의 말만 믿고 효소공장 하나에 온 열정을 쏟아 부은 아버지에게 남은 것이라곤 쿰쿰한 냄새에 절은 속옷이 전부였다.

봄은 살아있는 모든 것들에게 새 생명을 주었지만 우리 가족들은 점점 기운을 잃어갔다. 사람 마음 하나 헤아리지 못하고 저 혼자서만 희희낙락하는 봄은, 참으로 야속한 계절이었다. 나는 마법의 망토자락을 뒤집어쓰고 '시간아, 멈추어 섰거라!' 하는 주문을 외우고 싶었다.

초록이 짙어지자 우리들은 너나 할 것 없이 마음이 들떴다. 아이들의 마음을 족집게처럼 잘 집어낸 민우숙 선생님은 야외수업을 자주 했다. 민우숙 선생님을 싫어하는 아이는 거의 없었다. 오히려 선생님들이 그를 질투했는데 그중에서도 으뜸인 사람은 바로 우리 반 담임이었다. 초록은 동색이라지? 시집 못간 노처녀가 애들하고 자알 놀고 있구나. 그의 빈정거림은 도를 넘겼다. 담임은 별 것 아닌 걸 갖고도 불같이 화를 냈다. 그뿐인가. 입에서 억 소리가 저절로 나올 만큼의 체벌을 아무렇지도 않게 여겼다. 고등학교 언니들은 그런 그를 향해 야만인이란 별명을 붙여주었다. 우리는 남들보다 배는 길어진 조회며 종례를 견뎌내느라 이를 악물어야 할 판이었다. 한참 예민한 아이들에게 험한 욕설과 매운 손때를 선보이는 그는 결코 환영받기 어려운 존재였다. 그런 담임을 맞게 된 건 우리 모두의 불행이었다. 아이들은 '재수 옴 붙었다'는 말을 서슴없이 내뱉곤 했다.

우린 연못가 잔디밭으로 나가 자기가 앉고 싶은 자리를 골라 앉았다. 우리나라 지도를 본 떠서 만들었다는 연못에는 큼직한 금빛 잉어가 노닐고 있었다. 아이들의 기척에 놀란 잉어들은 수초 사이로 몸을 감추면서 비릿한 냄새를 풍기곤 했다. 우린 손수건으로 코를 싸쥐면서도 금빛 잉어를 한 번이라도 더 보려고 연못가를 떠나지 못했다.

자아, 책을 읽고 싶은 사람은 책을 읽고, 밀린 공부가 하고 싶은 사람은 그렇게 해. 민우숙 선생님의 지시는 언제나 간결했다. 그러나 이것만은 꼭 지키도록 해요. 선생님은 자신의 집게손가락으로 입술을 살짝 눌렀다. 그것은 소란스럽게 굴지 말란 신호였다. 선생님, 다른 과목을 공부해도 돼요? 아이들 사이에서 범생이로 불리는 몇몇 아이들은 하나마나한 질문을 꼭 했다. 맘대로 하렴. 선생님은 그 아이들을 쳐다보지도 않고 짧게 말했다.

선생님, 전 여기 있고 싶지 않은데요. 이 말을 한 건 진영이었다. 그 아인 자나 깨나 춤밖에 몰랐다. 진영인 우리들에게 이미 출입금지가 내려진 무용실에 몰래 들어가 춤을 추겠다고 했다. 목조건물인 무용실은 본래는 '체육관'이라고 해야 옳았다. 그러나 우린 체육선생님이 꼴 보기 싫어서 그곳을 무용실이라고 부르곤 했다. 우리가 입학할 때만 해도 체육관 건립을 위한 기부금을 냈다. 그러나 이제까지 체육관 건립은 이렇다 할 얘기가 없었다. '올해는 무슨 일이 있어도 최신설비를 갖춘 체육관을 짓겠습니다'라던 교장 선생님 말씀은 어느새 물거품이 되고 말았다.

실기과목이 있는 수업은 운동장에서 했다. 무용실 바닥엔 이미 구멍이 나 있었는데 아이 하나가 그곳에 발이 빠지는 사고를 당한 뒤엔 아예 폐쇄를 해버렸다. 그러나 진영이는 그곳으로 몰래 들어가 춤을 추곤 했다. 민우숙 선생님은 진영이 그곳에 가겠다는 말을 듣고 잠시

머뭇거렸다. 그러나 이내 큰 소리로 외쳤다. 가! 가서 열심히 해! 근데 들키면 안 돼. 장난꾸러기처럼 소릴 지르고 있는 민우숙 선생님에게 아이들은 큰 박수를 보냈다.

그 즈음의 나는 학교에서 가르쳐주지 않은 또 다른 세상을 엄마가 준 책 속에서 찾고 있었다. 책을 통해서 세상의 온갖 기쁨과 슬픔을 그리고 사랑과 분노를 골고루 맛보았다. 그러나 밖으로 절대 드러내지 않았다. 그러다보니 점점 말이 없어졌다. 또래 아이들과 대화를 하면 답답하기 이를 데가 없었다. 나는 감정 낭비를 하지 않기 위해 입을 닫았다. 그러나 민우숙 선생님 수업만큼은 늘 기다려졌다. 학교 안에서 나를 알아주는 사람은 오직 그 선생님밖에 없었다.

아버진 자꾸만 야위어갔다. 그러나 시커멓게 꿈틀거리는 눈썹 하나만큼은 따로 살아 움직였다. 난 언젠가부터 아버지 얼굴을 똑바로 쳐다보지 않았다. 아버지 역시 날 바로 안 쳐다봤다. 은경인 여전히 명랑소녀로 자랐다. 그러다보니 제 또래들 사이에서 '수다쟁이 아줌마'로 통했다. 엄마 역시 밖으로만 나도는 은경일 야단치지 않았다. 그렇게나마 은경이의 기를 살려줬다.

생활이 빡빡해지자 우린 또다시 이사를 해야 했다. 아름다운 정원이며 엄마가 정성스럽게 도배를 했던 방이며 쓸고 닦아 윤기가 도는 마룻장들과 이별을 했다. 우리는 이사 다니기 정말 지겹다는 말을 수없이 중얼거리면서 각자의 짐을 챙겼다. 엄마 얼굴도 아버지 못지않게 훌쭉했다. 혹시 짐을 꾸리는 동안이라도 기적처럼 큰아버지가 나타나진 않으실까 했지만, 그런 헛된 꿈은 결코 이루어지지 않았다.

우리가 이사 간 집은 1번 국도변이었다. 영단(국가에서 운영하던) 정미소 바로 뒤에 있는 집은 온통 뽀오얀 먼지를 뒤집어쓰고서 우리를 맞이했다. 집주인은 자식들 공부를 위해 서울에 가 있고 우리에게 세를 준 사람들도 결국은 세입자였다. 먼저 세를 든 사람은 처지가 같은 세입자였지만 집주인이나 마찬가지였다. 주인댁은 꼽추와 할아버지 한 분이었다. 키가 은경이만도 못한 꼽추는 우리들이 짐을 풀 때도 무표정으로 바라만 봤다. 나는 햇볕을 쐬지 못한 것 같은 그를 보면서 '벙어리 삼룡이'를 떠올렸다.

이리와! 어딜 그렇게 넋을 놓고 있어? 날 거칠게 잡아당긴 건 엄마였다. 전하고는 달라. 이집에선 정말 행동 조심하고 살아야 해. 엄마는 스무 살쯤 돼 보이는 꼽추 총각을 남자로 보고 있었다. 알았어요. 걱정 마요. 책을 통해 어른들의 세계를 종횡무진 훑고 있던 나는 엄마에게 존댓말을 쓰기 시작했다. 그래야 엄마의 맞수가 되고 나도 이제는 어린애가 아니라는 걸 보여주고 싶기도 했다.

아버지의 일자리는 어디에도 없었다. 나이도 어중간했고 학력도 그랬고 더구나 연줄이라곤 없었다. 엄마 당숙이 현직 국회의원으로 있었지만 그분은 대쪽 같은 성미라서 친인척 누구라도 그런 부탁을 할 수 없다고 했다. 냉수를 마시고 이를 쑤셔도 처가 덕에 산다는 소릴 듣고 싶어 하지 않는 아버지 역시 꼿꼿하기가 국회의원 못지않았다.

이 책 좀 어렵지 않아? 소리 없이 다가온 민우숙 선생님이 속삭이듯이 말했다. 집에 있는 책은 다 읽어서 이건 도서관에서 빌려왔어요.

아, 그랬구나. 그렇지만 이런 책들은 아직…. 선생님은 무슨 말을 더 하려다가 그만두었다. 내가 읽고 있던 책은 '한스. 기벤라트'라는 소년의 일생이었다. 조그만 마을에서 신동 소리를 듣던 소년은 무척 어려운 시험을 거쳐 상급학교에 가지만 결국은 어릴 때부터 낚시를 던지며 놀던 아름다운 오리나무 숲에서 보랏빛 시체로 발견된다. 보랏빛으로 변해버린 시체를 연상하면서 난 오래도록 입맛을 잃었다. 엄마도 날보고 그런 책은 좀 더 있다가 읽으라고 했지만 난 말을 듣지 않았다. 그런 종류의 책을 읽을 때마다 온몸에 찌르르한 전류가 흐르는 것 같았고 나는 그것을 즐겼다.

"현경인 이담에 뭐가 되고 싶니?"

간 줄 알았던 민우숙 선생님이 내 등 뒤에 서 있었다.

"글쎄요."

"아직은 뭐라고 말 할 수 없을 거야, 그치? 그래도 꿈은 늘 가지고 있어야 한다."

나는 공연히 무안해져서 읽고 있던 책을 덮었다. 선생님에게 뭔가 내 속을 들킨 것만 같은 무안함 때문이었다. 나는 선생님을 똑바로 쳐다보면서 물었다.

"선생님 꿈은 어떤 거였어요?"

"나는 지금 이 자리에 서 있는 거, 그리고 또 있는데, 그건 사람들 마음을 흠뻑 적실 멋진 소설 한 편을 쓰는 거, 그게 전부야."

그 말을 하면서 선생님 얼굴이 홍당무가 돼 버렸다. 선생님 역시 나 못지않은 부끄럼쟁이였다.

그때였다. 선생님과 나 사이를 비집고 코 먹은 목소리가 끼어들었다. 이현경이 보내 달래요. 왜? 지금은 수업시간이잖아. 쉬는 시간에 가면 되지. 밖에 나와 있다고 쉬는 시간으로 보면 안 되는데 그러네. 선생님은 머리꼬랑지를 엉덩이까지 늘어뜨린 교무실의 사환인 송 양을 타이르면서 가볍게 등을 떠다밀었다. 수업 마치면 꼭 보낸다고 말씀드려. 안돼요. 교감 선생님이 지금 데려오래요. 민우숙 선생님은 얼굴을 조금 찡그렸다. 내 말, 못 알아들은 건 아니지? 그러나 송 양도 만만치 않았다. 저, 혼난다구요. 선생님도 교감 선생님 성질 아시잖아요.

책을 보거나 다른 과목을 공부하던 아이들이 일제히 얼굴을 들었다. 미안하구나. 별일 아니다. 송 양, 나 좀 볼까? 민우숙 선생님이 송 양을 끌고 한옆으로 비켜섰다. 나는 얼굴이 빨개졌다. 그리고 등에선 땀이 흘렀다. 송 양이 나를 데려가려는 게 무슨 까닭인지 난 이미 알고 있었다. 그건 한두 번 겪는 일이 아니었다. 현경아, 이리 와 봐. 미안하지만 송 양 언니 따라 가야겠다. 네가 안 가면 교감 선생님이 여기까지 쫓아올 모양이구나. 예, 갈게요. 사환 처녀는 그 보란 듯이 날 한 번 째려보더니 엉덩이를 있는 대로 흔들면서 저만치 앞서갔다.

일제 때 지은 목조건물 대부분이 6.25를 거치면서 부서지고 말았다. 지금 있는 본관 건물은 전쟁이 끝난 뒤에 미군들이 새로 지었다. 본관 전체를 다 헐고 지은 건 아닌지 복도나 계단은 길이 잘든 나무였다. 지붕과 외곽은 서양풍이고 내부는 일본식인 셈이었다. 그 안에 있는 아이들은 새카만 머리에 검은 눈동자, 그리고 노리끼한 얼굴의 한국 토종들이었다.

그런저런 잡다한 생각을 하면서 본관 앞까지 왔다. 언제 봐도 부자연스럽다는 생각이 들게 하는 대형 걸개그림이 날 가로막았다. '만추'라는 제목이 붙어있는 그림은 도회지풍의 여인 두 사람이 머리에 수건을 두르고 팔을 걷어붙이고 들판에 서 있는 그림이다. 그들은 탐스런 이삭이 든 광주리를 들고 있고 시선은 저 먼 하늘을 바라보고 서 있다. 밀레의 만종을 베껴 그린 것 같은 그림을 볼 때마다 나는 공연히 얼굴이 달아올랐다. 햇볕에 그을린 자국이 하나도 없는 여인들은 그림을 그리기 위해 빌려온 모델이 아닌가 싶었다. 여인들에게선 노동의 상징인 땀자국이 없다. 그들이 풍기고 있는 건 오로지 지분냄새다. 여인들의 머리 수건을 벗기고 광주리를 내려놓게 한다면 그들은 우리 학교에서 제일 멋쟁이인 정은주 선생님과 닮은꼴이지 싶었다.

왜 이렇게 꾸물대? 그림 앞에서 막 돌아서려는데 자배기 깨지는 소리가 들렸다. 교감이었다. 나는 인사는커녕 일분일초라도 그를 마주하고 싶지 않았다. 종종걸음으로 서무과로 들어갔다. 불려온 학생들은 스무 명이 넘었다. 고등학교 언니들이 너 댓 명, 나머진 중학생들이었다.

"허어! 오죽하면 수업시간에 너희들을 불렀겠냐? 위에선 독촉이 빗발치듯하고 나도 정말이지 이 짓도 더는 못해먹겠다."

몇 가닥 남지 않은 머리를 자꾸만 쓸어 올리고 있는 서무과장은 난처한 표정을 지으면서 말을 더듬거렸다. 학교의 어려운 사정이며 의

무교육이 아니니 어쩔 수 없이 제때에 수업료를 거둬들여야만 한다고. 나는 금방이라도 울음이 터질 것만 같았다. 차라리 교감처럼 딱딱거리면서 호통을 쳤다면 오기라도 생길 텐데…. 울어선 안 돼. 난 입술을 지그시 깨물었다. 서무과장의 말은 계속 이어졌다. 그러나 난 더 이상 듣고 있지 않았다. 서무과장의 말이 끝나면 그 다음은 교감 차례일 것이다. 난 아예 귀를 닫아버렸다.

벽을 보고 서있던 아이들의 어깨가 점점 좁아들면서 아래로 쳐졌다. 아무데서나 자신이 신고 있던 슬리퍼를 벗어 여학생들 뺨을 후려치는 교감을 아이들은 '미친 파도'라고 불렀다. 그러나 나는 그 별명마저 아깝다는 생각이 들었다. 가끔 비어 있는 수업시간을 때우러 들어오곤 하는 교감은 '지옥의 삼총사' 중 하나였다. 아이들의 브래지어 끈을 서슴없이 잡아 튕겨대는 체육선생과 고등학교 언니들의 엉덩이를 툭툭 쳐대는 우리 담임이 거기에 속했다. 그러나 지금 그런 걸 따질 때가 아니었다. 나는 미친 파도 앞에서 수모를 당하고 있는 중이었다. 늬들은 교실에 앉아있을 자격이 없는 애들이라고 말문을 연 교감은 한 시간 넘게 미친 듯이 퍼부었다.

그는 이십 년 이상 들고 다녔다는 지휘봉을 가지고 아이들 등을 쿡쿡 찔러댔다. 내 몸이 독사에게 물린 것처럼 굳어져왔다. 나는 명화극장의 한 장면을 떠올렸다. 화면은 온몸이 꽁꽁 묶여 배 밑바닥으로 던져지던 여자 노예들의 절규로 가득 채워졌다. 내 몸이 이대로 번데기처럼 오그라들 것만 같은 느낌이 들었다. 작아지고 또 작아지고 번데기처럼 오그라들면 결국은 죽고 말리라. 손때에 절어 반질반질 윤이 나는 박달나무 지휘봉이 꼭 독이 오를 대로 오른 살모사로 보였다. '차라리 죽고만 싶어'라는 생각을 열 번쯤 했을 때 우린 풀려났다. 이미 두 시간이나 수업을 빼먹은 나는 차마 교실로 돌아갈 수가 없었다.

정식으로 조퇴증을 끊지도 않고 집으로 와버렸다. 담임이 알면 펄펄 뛰고 난리를 치겠지만 난 아무것도 생각하기가 싫었다. 머리끝부터 발끝까지 뒤집어 쓴 오물을 어서 씻어내는 일이 급했다. 난 교감의 긴긴 훈시가 화장실의 오물보다 더 역겹다고 느꼈다. 벌겋게 달아오른 얼굴을 하고 함석대문을 발로 차버렸다. 요란한 소리를 들었는지 무표정한 꼽추가 얼른 뛰어나왔다. 그 순간 담임 얼굴이 떠올랐다. 담임에게 치도곤을 당할 일이 끔찍했다. 교실에 앉아있을 자격이 없다고 했던 교감 말이 끈끈이처럼 달라붙어 떨어질 줄을 몰랐다.

엄마는 전처럼 뜨개질감을 찾아봤지만 이미 손뜨개는 별이 축에 끼지 못했다. 사람들은 오공오(505. 털실 이름)로 짠 매끄러운 기계편물을 즐겨 찾았다. 기계편물은 빠른 시간 안에 옷을 완성했고 공전이 쌀 수밖에 없었다. 엄마는 뜨개질을 포기했다. 그 대신 아주 어려운 결심을 했다. 그러나 우리 가족 모두는 엄마가 제발 그 일을 안 하기를 바랐다.

엄마가 선택한 일이란 젓갈장사였다. 그것도 머리에 임을 이고 집집을 방문하는 거였다. 임질을 한 번도 안 해본 엄마는 장사 첫날 중심을 잃고 넘어졌다. 온몸에 조개젓을 뒤집어쓴 엄마 얼굴이 밀납 같았다. 엄마 몸은 말할 것도 없고 집안 곳곳에 콜콜한 젓갈 냄새가 났다. 엄마는 첫날부터 돈을 벌기는커녕 물건 값을 물어내야 할 판이었다. 아버진 고함을 질러댔다. 그러더니 엉엉 울기 시작했다. 아버지의 울음은 듣는 사람들의 가슴을 후벼팠다.

그런 형편에 놓인 엄마 아버지에게 수업료 때문에 불려갔었다는 말을 전할 수는 없었다. 다음 날부터 나는 책가방을 들고 나오긴 했지만 학교에 가지 않았다. 학교가 바라다 보이는 냇둑에 앉아서 성냥개비처럼 작게 보이는 아이들 모습을 하염없이 바라보곤 했다. 그래도 나는 가방 속에 한국 단편선을 넣고 다녔다. 울컥, 시도 때도 없이 뜨거운 것이 가슴을 치받고 올라왔다. 그러면 나는 냇둑에 있는 돌을 집어던지면서 뜨거운 가슴을 식혔다. 그러다가 심심해지면 책을 꺼내서 읽고 또 읽었다.

정말 학교에 안 갈 생각이냐? 네에. 정말 그래? 난 엄마 앞에서 2시간째 무릎을 꿇고 있었다. 나흘 동안의 무단결석은 내가 '정학'을 맞게 될 충분한 이유가 됐다. 난 정학을 맞느니 차라리 자퇴를 해 버리겠다고 오기를 부리고 있는 중이었다. 내가 학교에 안 간 사이 담임은 반장과 함께 우리 집을 찾아왔다. 그들이 몇 번이나 나를 불러댔지만 난 꼼짝도 안했고 대문을 안 열어줬다. 되돌아선 그들과 장사에서 돌아오던 엄마가 대문 앞에서 마주쳤다.

난 담임과 엄마 앞에서 당당하게 말했다. 학교에 가고 싶지 않다고. 그런 수모를 당하고 어떻게 다시 학교에 가겠냐고. 담임은 화를 삭이면서 식어빠진 홍차 잔을 입으로 가져갔다. 살이 빠져 황새처럼 늘어난 목을 한 엄마만이 얼굴이 노래져서 담임 앞에서 고개를 못

들었다. 그런 엄마가 너무 싫었다. 모두들 여기서 나가달라는 소리를 지르고 싶었지만 그렇게는 못했다. 나는 시시각각으로 편도선이 부어오르고 열이 올랐다.

엄마가 애써 마련해 준 수업료 덕분에 나는 다시 학교로 돌아갔다. 입시를 앞둔 아이들은 심리상태가 늘 불안정했지만 나는 감정이고 뭐고 남아 있을 게 하나도 없었다. 난 백치처럼 멍한 채로 학교를 오고갔다. 올해는 지난해까지도 없었던 한자시험이 있다고 했다. 다섯 문제가 나온다고는 했지만 입시생들에겐 부담이었다. 우린 한자도 한자지만 사회과목에 신경이 더 쓰였다. 유신헌법을 달달 외워야만 한다고 담임은 자기가 맡은 과목이니만큼 우리들을 말 그대로 달달 볶아쳤다.

무엇인가 재미있고 짜릿한 게 없을까, 하고 사방을 둘러보았지만 입시생들에게 주어진 것은 시험지밖에 없었다. 나는 시험을 볼 때마다 '한스. 기벤라트'를 생각했다. 그리고 그 소년을 생각한 날 밤엔 어김없이 악몽을 꿨다. 내가 보랏빛 시체로 변해있는 꿈, 육중한 수레바퀴 밑에 깔려 살려달라고 소리치는 꿈도 있었다. 그 즈음 우리들 목을 축여줄 달고 시원한 소식이 전해졌다.

자신의 아름다운 눈을 자랑으로 여긴다는 중국 배우 리칭의 영화 '스잔나'가 드디어 개봉했다. 우리는 그 얘기를 듣는 것만으로도 숨통이 트이는 것 같았다. 리칭은 우리나라에서 인기 최고였던 문희나 남정임보다 더 매력적으로 다가왔다. 이국적인 것에 무조건으로 열광했던 우리들의 나이 탓도 있었으리라. 학교에서는 일 년에 두어 번 단체로 영화를 보게 했다. 그러나 그건 늘 반공영화 아니면 계몽영화였다. 그걸 보고 난 우리들은 공연히 시간이 아깝다고 투덜거리면서 영화감상문을 써내곤 했다. 또 홍콩 무술영화의 허망함은 말할 것도 없었다. 반공영화에 덤으로 얹어진 허접한 영화들은 내용도 내용이거니와 필름 상태가 엉망이어서 화면에선 늘 비가 주룩주룩 내리곤 했다.

중학교 대의원들이 '스잔나' 영화를 단체로 가자고 학교에 건의를 했다. 그러나 퇴짜를 맞았다. 고등학교 언니들에겐 허락을 했고 중학생은 안 된다는 거였다. 그것도 미심쩍었든지 학생주임은 그 영화를 보러 가는 중학생들은 엄벌에 처한다고 위협을 가했다.

가자! 우리도 가면 되지 뭐. 누군가 앞장서서 책가방을 쌌다. 아이들은 기다리고 있었다는 듯이 책가방을 챙기면서 앞 다투어 뛰어나갔다. 아이들은 운동장으로 쏟아졌고 부리나케 교문을 빠져나갔다. 복도 끝에서 눈을 부릅뜨고 쫓아오던 담임은 어처구니가 없는지 멍한 채 보고만 있었다.

뇌종양으로 죽어가는 젊고 아름다운 주인공의 모습. 그 장면을 받쳐주고 있는 주제곡은 우리들 가슴을 촉촉하게 적셔주기에 충분했다. 여기저기서 흑흑거리는 소리가 들렸다. 어두운 극장 안에서 여학생들은 손수건을 꺼내 눈물을 닦아냈다. '해는 서산에 지고 바람은…' 자막에 떠있는 노래가사를 급하게 베끼는 아이들도 있었다. 아무튼 우리들은 너나할 것 없이 실컷 울고 나서 서로 얼굴을 쳐다보면서 멋쩍게 웃었다. 극장 밖으로 나오면서 우리들은 달려드는 햇살에 눈을 못 떴다. 예상했던 대로 담임과 학생주임 그리고 교감 외 여러 선생님들이 독 오른 얼굴로 우리를 쏘아보고 서 있었다.

그들은 중학생들만 가려내어 한옆으로 몰아세웠다. 우린 그물에 걸린 물고기들이었다. 저녁 찬거리를 사러 나온 아줌마들과 시장 상인들은 우리들을 보고 눈을 흘겨댔다. 그리고 모두 한마디씩 지껄였다. 부모들이 불쌍하지. 그저 뼈가 빠지게 가르치느라 쯧쯧쯧. 말만 한 기집애들이 저렇게 말을 안 들어서야 원! 어떤 할머니는 아예 교감 선생님 옆에 바짝 붙어서서 함께 호통을 쳤다.

교감이 씨근덕거리면서 자리를 떴고 학생주임은 우리들 명단이 적힌 종이를 흔들어 보이고는 교감 뒤를 쫓아갔다. 아이들은 보송보송해진 눈을 꿈뻑이면서 사태파악을 했고 겁이 많은 아이들은 울음을 터뜨렸다. 그러나 그 울음은 창피함을 모면하려는 과장된 몸짓이었다. 중앙극장이 하필이면 시장통에 있는 것이 문제였다. 그러나 우리들은 별로 창피하지가 않았다. 젊은 나이에 죽어간 주인공의 영상이 짙게 남아 있어 수치심이 들어올 자리가 없었다. 여름해가 서서히 기울고 있었다. 잔뜩 주눅이 든 아이들은 어깨를 늘어뜨리고 집으로 돌아갔다. 나는 금방 자리를 뜨지 않았다. 숨을 꼴깍이면서 넘어가고 있는 저녁 해가 주인공 얼굴과 비슷했다. 나는 지는 해를 쫓아 천천히 걸어갔다.

'근신'은 정학보다는 가벼운 벌이었다. 인원도 많고 또 삼 학년 아이들이 대부분이었으므로 수업을 뺄 수는 없었다. 근신에 대한 벌은 단순했다. 우리들은 남들이 싫어하는 일을 떠안아야 했다. 화단 풀

뽑기와 학교 뒤 냇가에 가서 폐비닐과 잡동사니들 건져 올리기, 그리고 전 학년의 변소청소를 해야 했다. 그러나 우린 그 일을 하면서도 쉬지 않고 웃고 떠들었다. 얘기의 대부분은 영화 본 얘기였다. 벌을 받으면서도 웃음이 나오냐고, 뺄이 빠졌냐고, 온갖 무식한 말로 우릴 욕하는 담임이 있었지만 우린 못들은 척했다. 아이들은 정말 허파에 바람이 든 것처럼 웃고 또 웃으면서 냄새나는 변소청소도 말끔하게 해치웠다.

인문계 고등학교로 진학하겠다는 나를 보고 담임은 코웃음을 쳤다. 네 형편에 인문계가 가당키나 하니? 내가 써낸 제 1지망 학교를 빨간 볼펜으로 뭉개고 있는 담임 손을 나는 정말 꼬집어 뜯고 싶었다. 그러나 난 얌전하게 서 있다가 교실로 돌아왔다. 중학교 입시 때와는 다르게 고등학교는 전국 어디나 지원이 가능했다. 얼마 안 있으면 고등학교도 연합고사 선발을 한다는 소문이 떠돌았지만 우리는 별로 신경을 안 썼다.

난 일류병에 걸려 있었다. 내가 그렇게 된 건 엄마 영향이 컸다. 엄마 외가, 진외가의 아줌마나 아저씨들은 하나같이 명문 아니면 상대를 안했다고 들었다. 그들은 경기나 이화고녀, 서울대학, 사립 명문인 이화여대를 다닌 사람들이었다. 그래서인지 엄마는 친 이모들보다 그들과 더 가까운 눈치였다. 그들과 주고받은 편지가 엄청 많았고 어쩌다 만나도 얘기가 통하는 사람들이라고 했다. 그 중에서도 고등학교 다니면서 엉터리 대학생들의 숙제를 도맡아 해줬다는 아저씨는 어린 우리들에게 큰 바위 얼굴 같은 존재로 기억이 됐다.

실력은 그렇다 치고라도 네 형편으론 정말 안 된다는 담임의 충고는 날 점점 자신 없게 만들었다. 시골에서는 상위권이지만 난다 긴다 하는 애들 천지인 'ㄷ' 시에서 학교를 다닌다는 것은 네 고생이 가중되는 것뿐이라고 내 현실을 깨우쳐주는 담임이 정말 악마같이 보였다. 수업료도 제때에 못 내서 교실에서 쫓겨났던 나의 지난 시간들을 자꾸만 일깨워주는 담임을 무시하고 난 〈ㄷ〉여고에 진학하겠다는 마음을 접지 않았다.

여고와 병설인 까닭에 우리들이 밖으로 빠져나가는 걸 절대 원치 않는 학교방침도 문제였다. 통치마에 굽 높은 구두를 신고 다니는 멋쟁이 교장 선생님은 외부로 진학하려는 아이들을 교장실로 불러들여 거의 애원을 했다. 그렇지 않아도 두 학급밖에 안 되는 여고가 자칫하면 미달이 될 것 같다는 거였다. 우수한 학생들이 여고에 진학을 해줘야 서로 발전이 있을 게 아니냐고도 했다. 오기만 하면 진로결정에도 최선을 다해 후회 없이 해주겠다는 약속도 했지만 아이들 마음은 쉽게 바뀌지 않았다. 더구나 그런 말을 하는 교장 선생님 자녀들은 모두가 서울 아니면 외국유학을 했다는 걸 우리들은 알고 있었고, 그 사실은 교장 선생님을 위선자로 보이게 했다.

엄마나 아버지는 고등학교 진학에 대해 이렇다 저렇다 말이 없었다. 하는 데까지는 해 봐야…. 엄마는 겨우 한마디를 했지만 끝말을 흐렸다. 아버진 아무 말도 못하고 깊게 한숨만 쉬었다. 그래 해보자. 하는 데까지. 엄마 말을 흉내내고 있는 아버지 목소리가 동굴 속에서 울려나오는 것처럼 웅웅거렸다.

담임과 교장 선생님 속을 있는 대로 썩이고 난 뒤에 나는 〈ㄷ〉여고에 원서를 넣었다. 우리학교는 네 명이 〈ㄷ〉여고에 지원을 했다. 전교의 상위권 아이들이 대부분 그 학교를 가고 싶어 했다. 그러나 어찌 된 일인지 지원자는 고작 네 명뿐이었다. 나를 뺀 세 아이는 모두 잘사는 집 애들이었다. 한 사람은 병원집 딸이었다. 둘은 건어물집 딸과 청과물 도매상 딸이었다. 내가 그 학교에 지원을 했다고 하니까 그 애들조차 설마? 하는 눈빛으로 나를 바라보았다. 그러나 나는 다른 애는 몰라도 병원집 딸 희원이에겐 꼭 본때를 보여주리라는 오기가 생겼다. 희원이는 아이들 사이에서 늘 여왕마마처럼 굴었다. 과목마다 특별과외를 했고 중학교 전체반장을 맡았다. 해마다 스승의 날이 되면 그 애 집 운전기사가 선생님들 선물을 날라 왔다. 그뿐인가 절기별로 교장 선생님 이하 서무과 직원들까지 읍내 요정으로 불러들여 입을 즐겁게 해준다는 얘기도 들렸다. 우리 학교에서 강희원이를 모른다면 간첩이라고 할 정도니 그 애 콧대가 하늘만치 높은 건 당연한 일이었다.

졸업을 한 달쯤 남기고 우리들은 입학시험을 보러 갔다. 인원이 네 명밖에 안되니 같이 가줄 선생님도 없을 거라는 우리들의 예상을 깨고 정은주 선생님이 우리들을 따라나섰다. 늬들이 시골티 낼까봐서라고 했지만 나중에 알고 보니 자기 조카도 〈ㄷ〉여고에 시험을 보러 온 거였다. 그러니 겸사겸사 따라나선 모양이었다.

시험은 별로 어려울 게 없었다. 까다롭지 않은 만치 우열을 가리기가 어려울 거란 말도 돌았다. 우리들은 학교에서는 서로 사이가 별로였지만 밖에 나와서는 똘똘 뭉쳐 다녔다. 도시에서는 한 학교에서 몇십 명씩 몰려왔다. 그 틈에서 우리는 새삼스럽게 우정을 강조하면서 변소를 갈 때도 꼭 같이 갔고 물을 마실 때도 한데 뭉쳐 다녔다. 그리고 점심을 먹기 위해 학교 앞 분식점에 갔을 때는 똑같이 떡만둣국을 시켜서 먹었다. 정말 일심동체였다.

중학교 땐 보지 못했던 웅장한 강당 안에서는 실기 시험을 보는 아이들이 차례를 기다리며 서 있었다. 무용 특기생이나 운동부 아이들이었다. 그것을 보는 순간에 나는 진영이를 생각했다. 열정을 다해 춤을 추던 진영이는 웬일인지 학기말에 전학을 가버렸다. 그렇게 잘 웃고 활기에 차있던 진영이는 말도 없어졌고 얼굴엔 수심이 가득했다. 그 애가 전학을 가고 나자 아이들은 삼삼오오 모여서 수군댔다. 그 말은 차마 입으로 옮기기도 무서운 말이었다. 징글리스트라 불리던 체육 선생님이 진영일 건드렸다고 했다. 그 말이 주는 파장은 크고도 심각했다. 내가 책에서 봤던 벙어리 삼룡이가 새댁을 연모하는 것이나 상록수의 채영신과 박동혁의 동지애, 그런 것들과는 전혀 다른, 썩은 내가 풀풀 나는 역겨움이었다. 우리는 그 뒤로도 몇 번인가 징글리스트를 봤다. 그는 아무 일도 없었다는 듯이 눈이 부시게 흰 체육복을 입고 운동장에서 호루라기를 불어대고 있었다.

나는 보기 좋게 낙방을 했다. 떨어진 아이들은 하나같이 미역국을 먹었다는 표현을 썼다. 병원집 딸 희원이만 빼고 세 명 모두 떨어졌다.

나를 뺀 두 사람은 기어이 〈ㄷ〉여고로 달려가서 땅을 치고 통곡을 했다지만 나는 묘한 안도감에 마음이 편안해졌다. 오히려 내 몸은 깃털처럼 가벼워져서 어디든지 날아갈 수 있을 것만 같았다.

아이들은 낙방의 설움을 달랠 틈도 없이 정해진 졸업식에 나가야 했다. 졸업생의 오분의 일은 참석을 하지 않았다. 그 애들은 모두 1차 시험에서 떨어진 아이들이었다. 나는 아무렇지도 않은 얼굴로 졸업식에 참석했다. 강당이 없는 우리 학교는 문화원에서 졸업식을 했다. 낡고 오래된 건물은 곰팡내를 풍기고 있었지만 어쩔 도리가 없었다. 체육관 건립은 그때까지도 해결이 안 된 모양이었다. 여선생님들은 모두 한복을 입고 식장에 나왔다. 정은주 선생님의 비취빛 한복이 아이들의 눈길을 끌었다. 그에 비해 수수한 차림의 민우숙 선생님과 눈이 마주쳤지만 난 애써 피해버렸다. 이다음에 …. 나는 소리 없는 작별인사를 마음속으로만 해버렸다. 민우숙 선생님 역시 따스한 눈빛으로만 나를 배웅해줬다.

아이들은 해방이라고 외치면서 그동안은 샛문으로만 드나들던 승리원(중국집)의 앞문을 열고 들어가 군만두를 시켰다. 이젠 누구도 그 짓을 말릴 사람이 없었다. 만두를 다 먹은 친구들이 더 놀다 가자는 것을 뿌리치고 나는 다시 텅 빈 학교로 돌아갔다. 잎을 다 떨군 플라타너스 가지는 우람한 씨름선수처럼 울퉁불퉁한 근육만으로 매서운 추위를 견디고 서있었다. 야외수업을 하면서 아이들의 관심 일호였던 금빛 잉어의 모습은 볼 수가 없었다. 아마 두껍게 얼어버린 얼음장 저 밑바닥에서 잠을 자고 있으리라. 우리나라 지도 모양의 연못은 겨울에 보니 그저 그런 물웅덩이에 지나지 않았다. 눈에 보이는 모든 것들은 하나같이 두꺼운 외피를 두르거나 숨어버리거나 죽은 체를 하고 있었다.

나는 곱아든 손으로 졸업장과 앨범을 펼쳤다. '우리들의 추억거리'라는 장에는 아이들이 제멋대로 갈겨쓴 낙서가 가득했다.

"나는 지구의 종말이 와도 사과나무를 심겠다. - 스피노자"

그리고 그 밑에는 민우숙이란 사인이 들어 있었다. 아마 앨범편집을 맡았던 대의원들이 민우숙 선생님에게 한 말씀을 부탁한 모양이었다. 나는 웃음과 눈물이 범벅된 앨범의 한 귀퉁이를 작게 도려냈다. 빳빳하고 두꺼운 종이는 잘 찢어지지가 않았다. 언 손을 호호 불어가면서 작은 쪽지에 뭐라도 쓰고 싶은 충동이 일어났다. 한참을 끙끙거린 후에 이렇게 썼다.

"내일은 또 다른 태양이 떠오른다. - 바람과 함께 사라지다 중에서, 이현경"

그 말을 쓰고 나니 위대한 작가가 된 기분이 들었다. 먼 훗날, 내 후배 중의 어느 하나가 그 쪽지를 발견했을 때, 그 기분은 어떤 것일까? 나는 어깨를 으쓱 추켜올리면서 쪽지를 접고 또 접어 팥알 크기로 만들었다. 마땅한 나무 하나를 고르기 위해 죽 늘어선 나무들을 한 개씩 짚어보았다. 여태 낙엽을 떨구지 못한 나무 하나가 내 눈에 띄었다. 왜 그랬는지는 몰라도 그 나무는 아직도 푸른 잎을 그대로 달고 있었다. 나는 지각생인 그 나무를 꼭 껴안아주었다. 그리고 가만히 속삭였다.

"모두들 달려간다고 해서 그게 옳은 것은 아니란다. 괜찮아."

맨손으로 언 땅을 파내는 게 쉽지는 않았다. 그러나 죽어라고 땅을 파냈다. 손가락으로 모자라서 볼펜을 꺼내 흙을 파냈다. 볼펜은 힘을 못 받고 부러지고 말았다.

얼마쯤 흙을 긁어냈을까. 쪽지가 파묻힐 만하게 땅이 옴팍 들어갔다. 쪽지를 땅에 묻고 오래오래 밟아줬다. 마치 씨앗을 묻어두는 것처럼. 어느덧 내 이마에선 한 줄기 땀이 흘렀다. 속리산 법주사의 전경이 새겨진 앨범의 표지가 너무 생뚱맞았다. 그러나 개의치 않고 흙 묻은 손을 앨범에 대고 탁탁 털었다. 바람이 몰아치자 먼지가 내 얼굴로 달라붙었다. 나는 나무를 짚고 서서 본관의 서양식 지붕과 아직도 헐리지 않고 서있는 낡은 무용실을 눈이 시릴 때까지 지켜보았다.

11

찢어진 날개도 쓸모가 있다

꺽다리는 대문 밖에 우두커니 서 있다가 나를 보더니 빙긋 웃었다.
수염이 꺼뭇하게 나있고 몸은 더 야위었다.
그 모습은 잎을 모두 떨궈 버린 앙상한 겨울나무 같았다.

내 힘으로 공부를 해보겠다는 결연한 의지를 가지고 'ㄷ' 시로 들어갔다. 비는 연사흘을 내리 쏟아 부었다. 시멘트를 덕지덕지 이겨놓은 마당가엔 봉숭아가 한창이었다. 붉으죽죽한 봉숭아 줄기가 비에 젖어 꼭 피를 흘리는 것같이 보여 기분이 안 좋았다. 수돗가에는 젊은 새댁이 앉아서 푸성귀를 만지고 있었다. 그는 사람의 기척이 났지만 돌아볼 생각도 안했다. 새댁은 어린 열무를 만지고 있었다. 일정한 손놀림으로 열무를 똑똑 꺾고 있는 새댁은 몸과 생각이 따로따로 노닐고 있는 것 같았다. 한 자쯤 열린 미닫이 문 안쪽에서는 목이 잔뜩 쉰 노파가 계속 욕지거리를 내뱉고 있는 것 같았지만 새댁은 여전히 무표정으로 열무를 만지고 있었다.

소망학원에서 면접시험이란 걸 봤다. 나는 드디어 재수생이 됐다. 면접을 마친 부원장은 내게 새끼손톱만한 배지를 내주었다. 배지에 그려진 것은 여인의 얼굴이었다. 우리 기왕 이렇게 만났으니 최선을 다하자. 무얼요? 나는 하마터면 그렇게 물을 뻔했다. 그러나 그 말을 목구멍으로 밀어 넣고 아주 공손한 태도로 네, 라는 대답을 했다. 짜아식, 좋았어! 부원장의 두툼한 손이 내 어깨를 눌렀다. 순간 내 온몸의 솜털이 까스스 소리를 지르면서 일어섰다.

집으로 돌아가는 완행버스는 천리 길을 가는 것처럼 더디기만 했다. 날은 점점 어두워졌고 이러다가 깜깜한 어둠 속으로 영영 사라져 버릴 것만 같은 두려움이 생겼다. 아까 사택에서 면접을 받고 나와 보니 우산이 없어졌다. 부원장에게 우산의 행방을 물을 수는 없었다. 나는 장대비를 고스란히 맞으면서 완행 버스터미널까지 걸어갔다. 팔이며 얼굴, 온몸이 비에 두들겨 맞아 얼얼했다. 머리에선 물이 줄줄 흘러내렸다. 날궂이 하냐? 버스기사는 인상을 잔뜩 구기면서도 쉰내 나는 수건을 건넸다. 고맙습니다. 나는 기어들어가는 목소리로 인사를 했다. 썩은 내가 진동하는 수건을 얼굴에 댈 수가 없었다. 나는 수건을 표 안 나게 의자에 걸쳐놓고 가방에서 손수건을 꺼내 얼굴만 대충 닦았다.

봄이었다. 분홍과 하양이 알맞게 어우러진 애잔한 봄.

아버지는 아무런 무게감 없이 나와 은경이, 그리고 엄마를 남겨두고 아주 가볍게 봄 속으로 걸어 들어갔다. 봄에, 맨 처음 흰나비를 보면 상제가 될 거라고 했지만 그 봄에 나는 나비는커녕 방구석에만 틀어박혀 있었다. 새 교복을 입고 고등학교에 입학한 친구들을 보는 게 너무 견디기 어려워서였다. 눈이 시리도록 흰 옥양목 치마저고리를 입은 은경이는 하얀 나비같이 보였다.

이상하게도 엄마와 나는 눈물 한 방울이 안 나왔다. 상가에 모여든 어른들은 혀를 찼다. 나는 사람들이 안 보는 데서 내 팔뚝을 세게 꼬집었다. 쑤시는 아픔은 있었지만 눈물하곤 아무 상관이 없었다. 머리카락을 서너 개나 뽑아봤지만 따끔거리기만 할 뿐, 눈물을 흘리게 하진 못했다. 그러나 가슴 한구석에선 바람개비가 스스스, 돌아가는 소리가 끊이지 않았다. 그렇게 정이 좋더니만 정 떼고 가나 부네. 왜 안 그렇겠어요. 아직도 새파란 나이에. 말하기 좋아하는 사람들은 연신 입을 놀렸다. 나는 뽀송뽀송한 눈을 감추려고 사람들 앞에 나타나지 않고 숨어 있어야 했다.

일이 어디서부터 그렇게 꼬였는지는 모르겠다. 내가 입학시험에 떨어진 것과 아버지의 병을 알게 된 것 중 어느 것이 먼저인지 구분이 안 갔다. 어쩌면 아버지 병은 훨씬 전부터 진행된 게 아닐까싶다.

네 식구 생계를 위해 엄마는 여전히 비린내 나는 함지를 이고 밖으로 나갔다. 엄마 장사가 잘되는 날에는 우리는 비린내가 코를 찌르는 축축한 지폐를 세면서 터질 듯 부풀어 오른 알전구 밑에서 희미하게 웃곤 했다. 그러나 그런 날들은 많지 않았다. 아버지는 점점 말이 없어졌다.

"우선 담배를 끊어야겠다."

줄담배를 태우던 아버지는 자꾸만 헛기침이 나오니-담배를 끊어야겠다고 했지만 담배보다 말이 먼저 줄었다.

"왠지 불안하다. 아버지 몸이 전 같지 않은 것 같아."

엄마는 은경이가 안 듣는 데서만 이 말을 했다. 잘됐지 뭐냐, 뭐 좋은 거라고. 느이 아버지가 이제사 뭔가를 해 볼 맘이 생긴 것 같다. 이런 말로 스스로를 위로하는 엄마도 뭔가 갈팡질팡하고 있음이 분명했다.

안집 노인은 부지런한 사람이었다. 젊었을 땐 솜씨를 알아주는 대목이었다고 했다. 할아버지는 나이를 먹었지만 아직도 일거리가 끊이질 않았다. 아버지는 안집 할아버지를 부지런히 따라다녔다. 그러나 그게 고정된 벌이는 못됐다. 파김치가 된 아버지를 보고 꼽추는 얼굴을 찡그렸다.

"아저씬 군대서 짱박고 있지 뭣하러 제대했어요? 요즘 세도 부리는 건 군대밖에 없던데요."

총각은 무심히 지껄였지만 엄마는 노발대발했다.

"총각이 뭘 안다고 그래요?"

엄마의 냉랭한 반응에 총각은 그렇지 않아도 없는 목을 자꾸만 집어넣으며 무안해 했다. 아버지는 그런 엄마를 물끄러미 쳐다보면서 한숨을 지었다. 당신, 요즘 너무 날카로운 거 같아요. 저 사람이 무얼 알겠어. 그저 내가 딱하니까 해본 소리인 걸. 아버지는 자꾸만 입맛을 다셨다. 그 모습이 이상하게 맘에 걸렸다. 자꾸 침이 마르네. 아버진 담배가 간절해진 모양이었지만 철저하게 자신이 내뱉은 말을 지키고 있었다. 아버지가 꼽추를 두둔하는 동안 엄마는 먼산바라기를 하고 있었다. 그런 엄마를 지켜보는 아버지의 두 눈에서는 푸른빛이 쏟아졌다. 그건 한 번도 본 적이 없는 섬뜩한 광기였다.

긴- 머리 짧은치마 아름다운 그녀를 보면 … 오오 토요일 밤에 토요일 바암 토요일 밤에-에-에 나, 그녀를 안으리라 토요일 밤 토요일 밤에 그녀를 안고 말리라

간이 막사처럼 생긴 창고 안에서 와그락 와그락, 부서지고 깨지는 소리가 들려왔다. 박수와 함성. 시커먼 머슴아들은 부원장 뒤에 숨어 있는 여학생들의 온몸을 예리한 눈으로 훔쳐봤다. 기집애들 풍년이네. 재돌이도 한심한데 재순이라! 누군가 빈정거렸고 그 말을 신호로 와그르르, 또 한 번의 함성이 천장을 뚫을 듯이 울려 퍼졌다. 그곳은 온갖 짐승들이 모여 사는 원시림을 연상시켰다. 짜아식들이! 이거 왜 이래? 한 번 혼나볼래? 시커먼 놈들만 보다가 요렇게 복숭아 같은 애들을 보니 군침이 도냐? 부원장의 유들유들한 말투에 여학생들은 눈을 어디에 둘지를 몰라 고개만 푹 숙이고 있었다.

막사처럼 생긴 창고는 남학생들의 교실이고 내가 면접을 봤던 원장 사택이 여학생들의 교실이었다. 원장과 부원장은 안채에서 살았고 옹색한 수도가 딸린 마당가 별채엔 미술과목을 가르치는 원장의 막내 동생이 살았다. 열무를 씻고 있던 선이 가냘픈 여자는 미술선생의 부인이었다. 그리고 노망끼가 있던 할머니는 이들 삼형제의 어머니였다.

저런! 아버지가 그렇게 갑자기 돌아가셨다니 얼마나 힘들었니? 그

럼 어머니가 생활을 다 책임지시니? 부원장과는 다르게 원장은 외모부터가 달랐다. 영화배우같이 멋지게 생긴 것도 그렇지만 말씨부터가 점잖다는 느낌을 주었다. 원장은 시간이 나는 대로 수강생들 하나하나 면담을 하곤 했다. 가고 싶은 학교며 가정 사정, 그리고 공부하는데 어떤 어려움이 있는지를 묻곤 했다. 그리고 부실한 과목이 뭔지 그 이유가 왜일까를 꼬치꼬치 캐묻기도 했다. 순진한 아이들은 부실한 과목을 물어보면 대답이 궁색해져서 자꾸만 옹색한 대답을 하게 마련이었다. 그러면 원장은 슬쩍 말하길 강사가 맘에 안 드는가? 물어봤다. 아이들은 어물거렸고 해당 과목 강사는 일주일 안으로 해고를 당했다.

나는 잘생기고 점잖은 원장 앞에서 그럴듯한 연기를 하고 있었다. 홀어미 밑에서 밥 먹기도 어려운 판에 재수까지 해야 하는 내 신세를 눈물로 호소했다. 거짓말은 아니었다. 사실인 것들을 좀 슬프게 표현했을 뿐이었다. 실제로 소망학원에 등록한 학생 중 삼분의 일은 학원비를 면제받는다고 들었다. 원장 자신이 어려서 아버지를 잃고 홀어머니 밑에서 갖은 고생을 다했다고 했다. 고학을 하다시피 하면서도 공부를 했고, 동생들의 뒷바라지까지 하느라 죽을힘을 다했다고. 나는 그 대목을 들으면서 은경일 생각했고 그동안 참고 참았던 눈물주머니를 맘껏 열어놓았다. 맘먹은 것 이상의 훌륭한 연기였다. 처음엔 연기를 한다고 생각했지만 한번 터진 눈물은 쉽게 멈춰지지 않았다. 녀석두! 그만 울고 공부 열심히 해서 성공하렴. 통학하기도 어려울 텐데 학원비 걱정일랑 말아라. 열심히 공부해서 올핸 꼭 〈ㄷ〉여고로 진학해야지? 원장은 담담하고도 무게 있는 말로 날 격려했다.

"야! 이거냐?"

원장실 문 앞에서 웬 꺽다리 같은 녀석이 엄지손가락을 추켜세우면서 빙긋거리고 있었다.

"너 장학생 됐지? 네 얼굴에 쓰여 있어. 감격과 감동, 뭐 이런 말이 덕지덕지 붙어 있어, 네 얼굴에. 한바탕 부모님에 대한 효도가 어쩌구 하면서 네 눈물샘을 열게 했을 거고. 에구! 개새끼, 위선자 같으니라구!"

"누가?"

"누군 누구야? 원장 개…."

끝말은 듣지 못했다. 나는 머리끝이 쭈뼛했다. 혹시 원장이 내가 본 것 하곤 다른 나쁜 사람일지도 모른다는 생각이 들었다. 나를 한심한 눈으로 쏘아본 녀석은 바람처럼 사라지고 없었다. 나는 허깨비를 본 것처럼 맥이 빠져 그 자리에 주저앉고 말았다.

그 애는 소망학원의 터줏대감이었다. 제 말로는 삼수생이라고 했다. 이태를 입시만을 위해 싸워온 아이. 아니 더 오래전부터 시험에 시달려 온 아이였을지도 몰랐다. 그의 주특기는 새로 들어오는 시간강사들을 골탕 먹여 쫓아내는 일이었다. 그리고 사택을 무시로 드나드는 유일한 남학생이었다. 그러면서 자기가 우리들의 오빠라도 되는 양 늘어지게 잔소리를 해댔다.

아버지의 병명은 구강암이었다. 흔치않은 병이니만큼 소생이 어려웠다. 아버지 병이 불치인 것을 알고 나자, 난 눈 속에서 딸기를 구해온 효녀 샛별과 허벅지 살을 잘라 어미를 공양했다는 효녀 지은이를 생각했다. 내 살점이 떨어져 나간다고 아버지 병이 나을까? 그런 회의에서 채 벗어나기도 전에 아버지는 아지랑이가 되어 사라졌다. 백약이 무효인 병. 아직까지는 치료가 어려운 병. 고통을 받느니 차라리 잘됐다는 위로의 말을 수없이 들었지만 나는 눈밭에서 딸기를 구해오는 일이나 허벅지 살을 도려내지 않게 된 것에 안도의 숨을 내쉬었다.

아버지의 당숙모는 한달음에 달려와 한없이 울었다. 내가 다시는 이놈의 집구석에 발을 들여놓을까 보냐고 이를 갈던 할머니는, 이런 날벼락이 어디 있냐면서 통곡을 하다가 기진하여 쓰러졌다. 그 할머니를 부축하고 서있는 이 씨 집안의 장손 석경이는 이젠 수줍은 소년이 아니었다. 어딘지 모르게 우리 아버지의 각진 턱을 닮은 그는 제법 의젓해 보였다. 나는 아버지의 시신 위로 한줌의 흙이 떨어지는 순간에, 어이없게도 석경이의 옆얼굴이며 늠름한 어깨를 맘껏 훔쳐봤다.

우리 세 모녀는 살 길을 찾아야만 했다. 엄마는 아는 사람들을 통해 ‘ㅈ’ 읍에 새로 들어선 단과대학의 여학생 기숙사로 취직이 됐다. 여대생들만 들어와 있는 기숙사에서 엄마는 밥을 해주고 침구를 세탁하는 일을 했다. 우리는 은경일 걱정했지만 다행히 기숙사에서 방을 한 칸 내준 덕에 은경이까지 함께 있게 됐다. 한시름을 놓은 엄마는 내 걱정을 했다. 우리 현경이가 걱정이구나. 기차통학을 하기엔 너무 멀고. 그 말을 하고 있는 엄마 눈이 너무 슬퍼보였다.

엄마는 날마다 집을 정리했다. 값나가는 물건도 없었지만 버리려고 보면 왠지 아까운 것들이 많았다. 엄마는 손때 묻은 경대며 올망졸망한 항아리들을 이 사람 저 사람에게 나눠줬다. 신세진 사람들에게 이렇게 나눠줄 게 있어서 얼마나 좋은지 모르겠다. 엄마는 그렇게 말하면서 서운한 내색을 안 했다. 그러나 나는 윤이 반질거리는 항아리들이 이 사람 저 사람 손에 들려나갈 때마다 가슴이 찢어지게 아팠다. 엄마는 집안을 깨끗하게 비우고, 기숙사에 가지고 들어갈 물건이 들어 있는 가방 서너 개만이 남게 됐을 때, 그때서야 맘 놓고 울음을 터뜨렸다.

셋째이모의 도움으로 'ㄷ' 시에 방 하나를 얻게 됐다. 세를 들어가는 형식이지만 주인아주머니가 밥을 해 준다고 했으니 하숙인 셈이었다. 먹는 것은 엄마가 맡았고 방세는 이모들이 해결할 테니 공부만 열심히 하라는 말을 외할머니가 전해 줬다. 하숙집 주인은 이모부의 사촌 누님이었다. 굳이 따지자면 어렵고도 먼 사돈지간이었다. 나는 생각지도 않은 하숙생이 되는 호사를 누리게 됐다. 주인댁을 뭐라고 불러야 될지 망설였지만 이모로 부르든지 아줌마로 부르든지, 편하게 대하라는 이모의 전갈이 있었다.

방은 변소 옆에 붙어 있어 고약한 냄새로 찌들어 있었다. 지은 지 오래된 엉성한 시멘트 벽 사이로 지린내는 물론 바람이 술술 들어왔다. 방안으로 쥐란 놈이 안 들어오는 것만도 감사해야 할 형편이었다. 느이 엄마 한을 풀려면…, 하면서 눈물을 찍어내는 이모와 이모부가 얼른 가 주기만을 바라면서 나는 교과서와 참고서를 앉은뱅이 책상 위에 올려놓았다. 네, 이모 이모부, 고맙습니다. 올핸 반드시 〈ㄷ〉여고 배지를 달고 말 거예요. 믿어주세요. 눈물바람을 끝낸 이모는 사촌시누이에게도 날 잘 부탁한다면서 코가 땅에 닿을 것 같은 절을 두 번 세 번 하고 돌아갔다.

하숙집에서 학원으로 가는 길은 언제나 지저분했다. 아니, 내가 하숙을 하고 있는 동네 자체가 깨끗한 곳이 아니었다. 철길 밑으로 입을 벌리고 있는 컴컴한 굴다리 안에는 온갖 장사꾼들이 전을 펴고 앉아 악다구니를 치고 있었다. 그렇게 굴다리를 지나 행길가로 나서면 남루한 차림의 아이들이 흙을 주워 먹으면서 아무데나 엉덩이를 까고 앉아 똥을 갈겨댔다. 대낮에도 눈에 불을 켜지 않는다면 그 더러운 것을 밟기가 예사였다. 나중에 길눈이 트인 다음에는 그 길 말고도 돌아가는 길이 두어 개가 더 있다는 것을 알게 됐다. 그러나 처음에는 꼼짝없이 운동화에 똥 덩어리를 달고 살았다.

학원 방향의 길목에서 터줏대감을 만난 것은 뜻밖이었다. 하는 짓마다 눈에 차는 일이 없는 꺽다리였지만 그 얼굴에서 풍기는 세련됨이라든지 깔끔한 옷차림을 볼 땐 전혀 어울리지 않는 행차였다. 어어! 그도 놀라는 눈치였다. 내가 먼저 선수를 쳤다.

"나, 조오기, 윗동네서 하숙을 하고 있어."

나는 하숙이란 말에 힘을 주었다.

"나두 여기 살아. 네가, 그러니까, 이현경 맞지?"

"으응. 내 이름을 어떻게?"

"내가 누구냐? 터줏대감 아니신가. 우리 학원에 들어오는 아이에 대해선 내가 쫙 꿰뚫고 있단 말씀이야. 근데 기왕 만났으니 한 가지 부탁 좀 하자. 날보고 터줏대감으로 부른다는데 너만은 그렇게 안 했으면 해. 내 이름은, 에, 성은 임가요, 이름은 재영이다."

"임재영? 좋은 이름이네."

"이름만 좋으면 뭐하게? 속은 텅텅 비었는데, 한심하지? 학원에서 보자."

녀석은 씨익 웃으면서 손을 흔들더니 빠르게 걸어갔다. 허옇게 색이 바랜 청바지 속에는 녀석의 길고 곧은 다리 두 개가 늘씬하게 뻗어 있었다. 나는 처음으로, 재영인 다리가 참 멋지구나라는 생각을 했다.

원장의 노모가 돌아가셨다. 그분은 칠 년이란 세월을 정신이 오락가락하며 살았다. 일흔둘. 자식들 입장에서 보면 아쉽고 슬픈 일이겠지만 문상객들은 하나같이 잘 가셨다는 말을 했다. 여학생들은 일주일 동안 방학에 들어갔다. 교실이 상가로 쓰였기 때문이었다. 십일월 초순. 입시를 앞둔 아이들은 발을 동동 굴렀지만 다른 방법이 없었다. 하필이면 이때 돌아가실게 뭐냐면서 가방을 내던지는 아이도 있었다.

그러나 우린 진한 국화 향기에 마비된 채 예상치 못했던 휴가를 보냈다. 쉬는 게 답답한 사람은 남학생들 교실로 가라고 했지만 그런 여학생은 한사람도 없었다. 발 고린내와 음담패설로 찌들은 남학생들 숙사를 지날 때 우린 일부러 손수건을 꺼내 코를 싸쥐고 다녔다. 그건 다소 과장된 행동이었는데 우리는 너희들을 이렇게 경멸한다는 소극적인 표현이었다.

남학생들 가운데는 이미 여자를 알아버린 아이가 적지 않았다. 그것도 순정만화에 나오는 가슴 콩닥거리는 일과는 차원이 다른 거였다. 이를테면 손목을 잡아본다거나 엉겁결에 해 본 입맞춤 같은 것하곤 사뭇 다른, 색싯집을 드나든다는 사실이었다. 그중에 꺽다리, 아니 재영이가 끼어 있었다. 그런 소식을 물어 나르는 여학생들 역시 공부하고는 담을 쌓은 아이들이었다. 나는 그런 얘기를 듣는 것만으로도 몸을 떨었다. 사람이 아니야. 어떻게? 짐승의 탈을 쓴 거지. 나는 되도록 재영이와 마주치지 않으려고 애를 썼다. 나는 재영이를 떠올릴 때마다 '더러운'이란 욕이 저절로 나왔다.

원장 어머니의 장례식이 끝나자마자 우리는 야간수업에 들어갔다. 이때만큼은 남자 여자 구별이 없어졌다. 우린 두 번 다시 실패를 해선 안 되는 입시생일 뿐이었다. 밤 열시. 듣던 대로 내가 지나다니던 길이 도깨비 나라처럼 요란스럽게 변했다. 아이들이 내깔린 똥 덩어리는 보이지 않았다. 그저 보얗게 분을 바르고 입술이 새빨간 여자들이 추위를 아랑곳하지 않고 손님들을 끌고 있었다.

자고 가요. 자고 가라니까! 이거 왜 이래! 아저씨 하나가 서류가방을 옆구리에 끼고 지나가다가 여자를 밀쳐냈다. 야, 놔줘라, 놔줘. 보면 모르냐? 그런 샌님을 데려다 어따 쓰게? 하하하! 저년은 언제나 사람을 제대로 보는 눈이 생기나? 여자들은 하나같이 뼈 없는 사람들 같이 흐느적거렸다. 이모나 하숙집 아줌마는 내게 왜 이런 사실을 알려주지 않았을까? 당장이라도 짐을 싸들고 엄마와 은경이가 있는 곳으로 돌아가고 싶었다.

무슨 일이 있었니? 아줌마는 뻣뻣하게 굳은 내 얼굴을 보고 걱정스럽게 물었다. 좀 피곤해서요. 그리고 저기, 낮에는 몰랐는데 밤 되니까 거리가 영 딴 세상이 됐어요. 아하! 난 또 뭐라고. 아무 걱정 마라. 걔들도 한동네 사람들은 다 알아본다. 절대 귀찮게 안 해. 내가 이 동네서 애들 키우며 산 게 삼십 년이야. 그래도 삐뚜루 나간 애는 하나도 없었단다. 다 저 할 탓이야. 그것들 그렇게 분을 쳐 발라 그렇지 낮에 보면 네 또래도 있단다. 에그! 불쌍한 것들이지. 아줌마는 찢어져라 하품을 하면서 대문을 걸었다.

세상에나! 거기에 널? 어딜 가나 뒷골목이 있다는 것을 알고 있었지만 이모가 마련해준 하숙집이 하필 그런 곳이냐면서 엄마는 펄펄 뛰었다. 난 오히려 엄마를 진정시켰다. 아무려면 어때. 이제 조금만 참으면 되는데 뭘. 난 시험에 합격만 하면 그 골목을 벗어날 거란 생각에 큰 걱정을 하지 않았다. 은경이와 내가 있을 곳이 따로 마련되지 않았지만 나는 '내일 일은 내일 생각하자'는 말을 하루에도 서너 번씩 되뇌었다.

꺽다리가 내 눈에 보이지 않은 지가 한참이나 됐다. 내 쪽에서 일부러 그 애를 피해 다니기도 했지만 어느 날부터 그 애는 그림자조차 안 보였다. 여자애들은 꺽다리를 두고 말이 많아졌다. 아마 이번에도 떨어지면 그 애는 분명 죽을 거라는 둥, 기술을 배우러 서울로 갈 거라는 둥, 그 애 아버지가 재력가이니 시시한 학교에 억지로라도 쳐 넣을 거라는 둥, 아무튼 재영이는 터줏대감이란 별명만큼이나 소문이 무성했다.

나는 재영이가 궁금하긴 했지만 내가 합격하는 일이 우선이었다. 입시가 다가오자 나는 자주 꿈을 꾸었다. 엄마는 부연 수증기를 헤치면서 밥을 푸고, 은경이는 여대생들의 잔심부름을 하고 푼돈을 벌고 있다. 꿈에서 깨어나면 너무도 허망하고 쓸쓸했다. 나는 하숙집 아줌마가 눈치 못 채도록 이불을 뒤집어쓰고 우는 날이 많았다. 그렇게 한참을 울고 나면 가슴 한가운데 있던 단단한 응어리가 시원스럽게 빠져나갔다.

학원은 단축수업을 했다. 입학시험 문제를 족집게처럼 뽑아내 준다는 특별과외를 받느라고 아이들의 반이 빠져나간 학원은 분위기가 썰렁해졌다. 강사들도 주요 과목만 남기고 이미 떠나버렸으니 단축수업을 할 수밖에 없는 형편이었다. 그래도 처음 약속대로 학원비를 면제해 준 원장이 고맙기는 했다. 난방조차 시원치 않은 학원에서 몸을 달달 떨며 더 있을 필요가 없어졌다. 이젠 하늘에 맡겨야 해. 합격 하는 그날까지 목숨 바쳐 너희들을 돌보겠다던 부원장은 살집 좋은 얼굴을 실룩대면서 운명론을 폈다. 그러나 입시에 지친 아이들은 부원장의 위선이 역겹다는 생각조차 할 기운이 남아있지 않았다.

입학시험을 마치고 돌아온 그날 밤에 나는 금빛 사다리를 타고 하늘로 올라가는 꿈을 꿨다. 다음 날 아침에 엄마의 전화가 걸려왔다. 발표를 앞두고 있는 내게 엄마의 전화는 오히려 불안감만 주었다. 네 엄만 암만 바빠도 딸 시험 보는데 어째서 안 오신다니? 하숙집 아줌마는 처음으로 섭섭한 얼굴을 했다. 늘 바쁜 것이 사실이고 기숙사생들의 밥 때문에 하루를 비울 수 없는 엄마 사정을 잘 알고 있는 나는 뭐라고 변명할 말이 없었다. 난 공연히 무안해져서 아줌마 얼굴을 바로 볼 수가 없었다. 나는 속이 안 좋다는 핑계를 대고 일찌감치 잠자리에 들었다. 잠이 들까 말까한데 누군가 대문을 세게 흔들었다. 아줌마의 슬리퍼 끄는 소리가 나는가 싶더니 내 방문이 열렸다.

"자니? 웬 키 큰 남학생이 현경일 찾네."

나는 꺽다리가 왔음을 직감했다. 꺽다리는 대문 밖에 우두커니 서 있다가 나를 보더니 빙긋 웃었다. 수염이 꺼뭇하게 나있고 몸은 더 야위었다. 그 모습은 잎을 모두 떨궈 버린 앙상한 겨울나무 같았다.

"어떻게 된 거니? 시험은 봤고?"

"시험? 그놈의 시험. 내 인생에 더 이상 시험은 없다. 두고 봐라. 이 세상에 있는 시험이란 시험은 내가 죄다 없애버릴 터이니."

고래고래 소리를 지르던 재영인 그 자리에 털썩 주저앉았다. 주저앉은 그의 모습은 아주 작고 여린 초식동물 같았다. 그러다 보니 새벽 두 시가 됐다. 우리 둘은 몸이 꽁꽁 얼어 동태가 돼버렸다. 난 재영이를 간신히 달래 집으로 보냈다. 돌아서는 재영이의 눈빛이 몹시 서글프다고 느꼈지만 시험에 대한 두려움에서 빚어진 엄살이겠지 싶어 크게 신경을 안 썼다.

드디어 내일 아침이면 시험 결과를 알 수 있다. 학원에서는 남들보다 한 발 앞서 결과를 알려줄 수 있다고 했다. 물론 원장만이 해낼 수 있는 일이었다. 별안간 엄마와 은경이가 몹시 보고 싶었다. 급히 옷가방을 챙겼다. 자다가 깬 아줌마가 건너와 얘가 제정신이 아닌가 보다고 하면서 말렸지만 나는 고개를 저었다. 매운바람을 헤치고 역으로 달려갔다.

지름길을 알아두었던 덕에 역까지 가는 데는 십 분이 채 안 걸렸다. 나는 누가 쫓아오는 것처럼 맹렬하게 달려갔다. 내가 그토록 눈살을 찌푸리며 다녔던 거리에는 살아 숨 쉬는 것이라곤 하나도 없었다. 너저분한 비닐봉지며 종이들이 훌훌 춤을 추며 날아다녔다. 이곳 아이들이 예사로 불고 다니던 콘돔이 발에 밟힐 때마다 찌직, 생쥐 울음소리를 냈으나 나는 놀라지도 않았다.

아무 생각 없이 역으로 달려갔지만 나를 데려다 줄 기차는 없었다. 늙은 역원은 혀를 끌끌 찼다. 이리 들어와 불이라도 쬐라. 그러나 나는 대합실 의자에서 꼼짝을 안했다. 차가운 기운이 점점 올라와 요통이 심해졌고 다리엔 쥐가 올랐다. 하지만 나는 강력한 자석에 붙은 쇠붙이마냥 의자에서 떨어질 줄을 몰랐다. 그렇게 한참을 보내고 나니 청소하는 아줌마들이 비질을 시작했고 마포걸레질을 했다. 나는 청소 아줌마들을 보는 것만으로도 안심이 됐다. 통근 열차가 들어오려면 아직도 멀었지만 날이 밝았으니 걱정은 반으로 줄었다. 조간신문을 돌리는 소년들도 서너 명이 드나들었다. 볼이 붉고 앳된 소년들은 겨우 열두어 살밖에 안 돼 보였다. 역원들도 두서너 명이 더 들어섰다. 그들은 난로 가에 둘러앉아 조간신문을 훑고 있었다. 나는 더 이상의 요통을 참을 수가 없어 화장실에 다녀왔고 역사 밖으로 나가 간단한 체조를 했다.

어느덧 통근열차가 들어올 시간이 됐다. 역사 안으로 들어오니 부지런한 사람들은 벌써 표를 끊기 위해 줄을 서고 있었다. 늙수그레한 역원이 아는 체를 하면서 고생 많았다고 어디까지 가냐고 물어봤다. 나는 'ㅈ' 읍으로 간다고 대답했다. 표를 끊고 새벽 내내 앉아있던 자리로 돌아왔다. 개표를 하려면 십여 분을 더 기다려야만 했다. 내가 앉았던 의자에는 누군가 읽다 만 신문이 펼쳐져 있었다. 나는 자리에 앉기 위해 펼쳐진 신문을 접었다. 신문을 접어 얌전하게 놓는 순간 내 눈을 찌르는 글씨가 있었다. '생을 비관한 삼수생, 어린 창부와 동반자살' 지방신문의 사회면엔 그 기사가 대문짝만하게 실려 있었다. 나는 얼어붙은 듯이 서서 신문에서 눈을 떼지 못했다. 통근열차가 들어왔고 늙은 역원이 소리쳐 나를 불렀지만 나는 꼼짝 않고 그 자리에 서 있었다.

1974년, 한복 매무새가 고왔던 여인이 총을 맞았다. 그해 여름은 국화 향기로 숨이 막혔다. 그 날 이후, 이현경은 또 다른 다리를 건너기 위해 갑옷을 갖춰 입고 날선 검을 들었다.

책읽기와 글쓰기를 열망했던 모임이 있었다. 우리들은 늘 열에 들떠 두서없이 지껄이곤 했다. 너무 많은 말을 하고 돌아서면 가슴에 찬 얼음이 박혔고, 우린 그 얼음조각이 녹기 전에 미친 듯이 컴퓨터 자판을 두들겼다. 그러나 시간이 흐를수록 말도 글도 힘이 빠져 볼품없는 종이 뭉치로 남고 말았다. 누가 남의 얘기를 귀담아 들어 줄 것인가. 누가 남의 얘기를 공들여 읽어줄 것인가. 헤쳐 모여란 말이 있지만 우린 다시는 뭉치지 못했다.

결코 오지 않을 것만 같았던 이천년대가 거센 물결을 타고 겁도 없이 흘러갔다. 책꽂이 맨 밑 칸에서 누렇게 바랜 종이 뭉치를 꺼내서 다시 읽어보았다. 고슴도치도 제 새끼는 너무 예뻐서 함함하다면서 핥아준다는 말이 있다. 못생기고 어설프고 촌스럽기만 한 나의 분신을 끌어안고 한참을 울었던가.

언제나 큰마음으로 날 일으켜 세운 이경혜 작가님, 정말 고맙습니다. 그리고 오랜 글동무 진영대 시인과 늘 내편인 김정현 동지, 또 나의 팔다리가 돼 준 해님과 밝음이, 살뜰한 맘 변치 않을 봄동과 소옥과 마니, 모두 모두 고맙습니다. 또 이 글을 엮는데 깨알 같은 살핌으로 힘을 실어준 김은주 선생님과 신소정님, 두 분께도 큰절 올립니다.

조치원읍의 작은 골목길에서 우연히 마주쳤던 사람. 그가 시인과 출판사 대표, 두 마리 토끼를 모두 잡은 것, 더할 나위 없이 반갑습니다. '문화의힘'은 이순옥 대표의 얼이 스며든 곳이라 믿으며, 이곳에서 네 번째 이야기를 펴냄이 마냥 기쁩니다.

2023년 9월에

반석천변에서 강소금

강소금 장편소설

다리를 건너

펴낸날 2023년 9월 10일

지은이 강소금
펴낸이 이순옥
펴낸곳 도서출판 문화의힘
등록 364-0000117
주소 대전광역시 동구 대전천북로 30-2(1층)
전화 042-633-6537
전송 0505-489-6537

ISBN 979-11-984312-1-9

*이 책은 한국예술인복지재단의 지원을 받아
발행하였습니다.

| 값 17,000원 |